LE TESTAMENT AULICK

PIERRE SERVENT

LE TESTAMENT AULICK

roman

Robert Laffont

ISBN 978-2-221-19342-6

À Éloi, Anaïs, Robin et Gaïane

Prologue

Ma très chère Jutta-Sibylle, mon amour,
Mes chers enfants,

Je ne sais pas vraiment pourquoi je prends le crayon pour vous écrire. Sans doute parce que je savoure ne serait-ce que ce petit temps à moi, à nous, que je dérobe à mes geôliers, et qui adoucit la tristesse de mes journées. À toi de voir, ma chérie, si ce que je vais confier à cette bible complice peut avoir un jour du sens pour nos enfants. Je ne sais même pas si j'irai au bout de tout ce qui me submerge, si je ne vais pas détruire ce que j'aurai écrit avant de partir. Mais je vais devenir fou si je garde tout cela en moi. Au moins, avant de mourir, aurai-je eu ce tête-à-tête avec mes eaux troubles, le sentiment d'être encore en vie, de palpiter jusqu'à la fin.

Tracer des lettres, faire des pleins et des déliés, trouver les mots qui brûlent mon âme, si j'en ai encore une, la mettre au jour. La fixer sur le papier. C'est vraiment tout ce qui me reste entre ces quatre murs où je ne contrôle plus rien. Dans quelque temps, ce sang qui afflue au bout de mes doigts pour commander aux mots, aux phrases, ce sang qui irrigue mon cerveau me rappelant que j'ai appartenu au genre humain, me permettant de ressentir, de te parler, tout ce flot qui bouillonne encore malgré les murs qui m'entravent, va s'évader de mon corps. Je connais son odeur et même son goût. Une fois répandu, mon esprit sera alors bu avec lui par cette terre étrangère. L'idée ne m'effraie pas. La mort m'accompagne depuis si longtemps. Je pense l'avoir vue dans toutes ses œuvres. Elle a une imagination redoutable. C'est une vieille amie décatie. Et puis, je l'ai tellement bien servie qu'elle sera tendre avec moi.

Retrouverai-je Konrad et Konstantin ? Y a-t-il un après ? À quoi bon poser ces questions maintenant ? C'est trop tard !

Te savoir à l'abri là-bas avec les enfants me rassure. C'est étrange, votre absence me comble. Ils ne peuvent pas m'atteindre à travers vous. Je n'ai aucune envie de chercher à me justifier devant mes juges. J'assume ce que j'ai fait. Cela surprend leurs enquêteurs qui m'interrogent. Ils pensaient que je finasserais, que je ferais tout pour échapper à l'exécution en niant, ou en reportant la responsabilité sur les autres. Ce que j'ai fait, je l'ai fait. C'est encore une façon pour moi de vivre intensément jusqu'à la dernière minute, de rester vivant en assumant la part qui a été la mienne dans ce grand tumulte. Je ne sais pas si nos enfants pourront me comprendre. Le faut-il d'ailleurs ? Il vaut peut-être mieux qu'ils pensent que j'ai été un salaud. C'est plus simple. Mais si tu penses que le fait de comprendre que tout a été dément dans cette époque pourrie peut les aider à se construire, alors tu leur feras lire ces lignes, si jamais elles parviennent jusqu'à toi.

Je pense surtout à Klaus que je n'ai encore jamais serré dans mes bras. Comment est-il ? Je l'imagine avec tes yeux. Je préférerais qu'il ait tout pris de toi.

Il faut que je leur dise pourquoi moi et ceux de ma génération avons fait ce que nous avons fait. À peine sortis de l'enfance, nous avons été jetés de force dans le grand lit de la Guerre. Elle a été notre Mère, notre Épouse et notre Maîtresse. Notre matrice. Nous avons tous été emboutis comme des obus que la guerre a expulsés ensuite dans un flot de sang, de sucs et de glaires infects.

Pour moi, ce fut un jour d'avril 1915. J'avais un peu plus de dix-neuf ans. Je ne te l'ai jamais raconté. Tout cela est fixé dans mes os. Ils vont bientôt blanchir, alors autant les faire parler avant qu'il ne soient rendus muets par le bourreau. La pénombre qui s'installe dans ma cellule m'aide à me replonger dans ce petit matin du côté de… Est-ce important ? Du côté de la mort en Champagne. Une terre française festive par excellence avant que nous n'y semions tous la destruction avec allégresse. Jusqu'alors, je n'avais participé qu'à des escarmouches, à des patrouilles, à des combats à distance avec mes « amis » français. Mais cette fois, c'était le grand rendez-vous. Nous étions tous en ligne au fond de notre tranchée. Toute la compagnie.

Konrad et Konstantin étaient à ma droite. Dans la pénombre, à l'abri du regard des autres, nous nous étions rapprochés un moment, nous tenant un instant par les épaules, nos têtes casquées entrechoquées pour nous donner de la force. Nous avions fusionné nos esprits pour avoir moins peur. « Les trois K. », comme disaient nos camarades moqueurs et envieux de notre amitié. Konrad, lui, n'avait pas peur. Il était plus âgé et avait déjà connu le feu en Afrique du Sud. Il nous donnait sa force. Il connaissait les effets de cette épreuve dans le cœur des hommes. Nous avions ensuite repris notre position face aux échelles d'assaut, le Mauser bien en main, baïonnette au canon, attendant le signal. Nous avions reçu l'ordre de laisser nos sacs à dos pour ne pas nous alourdir. L'objectif était droit devant… les tranchées françaises à quelques centaines de mètres. Elles étaient matraquées par notre artillerie depuis deux bonnes heures. La terre tremblait. Je voyais devant moi le rebord de notre propre tranchée s'effriter en petites mottes de terre à chaque coup qui tombait en face. Nos pionniers n'avaient pas encore eu le temps de les consolider avec des planches de bois.

Je me disais que si cela continuait ainsi, nous allions nous retrouver à découvert ou ensevelis. C'était idiot. J'avais plus de trois mètres de terre face à moi. J'avais la fièvre sans être malade. J'étais trempé de sueur, alors que nous étions immobiles. Le silence était total dans la tranchée, comme une barrière de vide nous isolant du tumulte du dehors. Un silence si pesant que chacun pouvait avoir l'impression que c'était un liquide poisseux dans lequel nous étions tous immergés. Je n'avais qu'une peur, que ce liquide m'englue au fond de ce trou, que mes jambes refusent de grimper, de courir, de me porter vers le noir, droit devant, là où le chaos se déchaînait et n'attendait que moi. J'ai senti la main de Konrad sur mon épaule. Elle se voulait rassurante. J'avais honte car j'avais le sentiment qu'il avait lu en moi, que sa paume percevait la dévastation qui me pénétrait, comme si je m'effritais du dedans comme la terre meuble sous mon nez. Je me suis dégagé d'un mouvement sec du bras pour qu'il ne sente pas mon éboulement intérieur. Un sifflement strident m'a percé les oreilles. J'ai rempli mes poumons comme un noyé qui sort la tête de l'eau une dernière fois juste avant de sombrer.

Mes os me restituent cette impression horrible. Ils ne mentent pas. Je ne peux pas te dire tout cela. Si. Il le faut sinon qui te le dira ? Nous sommes tous déjà morts...

Le coup de sifflet du capitaine Märker venait de retentir. Il m'a déchiré les tympans. J'ai reçu une forte bourrade dans le dos de je ne sais qui, et j'ai jailli du fossé comme un fou. Je ne sais absolument pas comment je me suis retrouvé à quelques mètres des tranchées ennemies. Combien de temps cela a-t-il pris ? Pendant toute ma course, je n'étais pas dehors, j'étais à l'abri de mon corps. Je m'étais planqué à l'intérieur de moi. Mon esprit s'était réfugié dans mon tréfonds, derrière mes viscères. À l'abri. Esprit et corps s'étaient dissociés. Je me souviens de cela. Je suis incapable d'évaluer le temps écoulé, ni même ce que j'ai ressenti durant ma cavalcade. Je ne me souviens que du sang qui battait mes tempes et du fusil que je projetais par un mouvement violent et répété en avant et en arrière pour me propulser droit vers ces petits éclairs bleutés et dorés qui partaient en gerbe juste devant moi. J'avais la conviction stupide que mon arme, comme un bouclier, parait les balles qui venaient vers moi. Je me rappelle autre chose : l'odeur âcre laissée dans l'air par les explosions et les détonations.

L'artillerie française s'est abattue sur nous dès que nous sommes sortis. C'était leur tour de nous étriper. Je n'en ai gardé comme souvenir que le déplacement d'air chaud provoqué par les explosions qui me faisaient dévier de ma trajectoire. J'ai lutté contre ces claques brutales en me fixant un point à atteindre, droit devant, un gros mât sectionné à mi-hauteur qui avait dû servir pour un téléphone de campagne. C'était ma ligne de mire. Mon esprit avait décidé de faire abstraction du reste. Je n'avais comme objectif que ce morceau de bois. Je devais devenir « bois » à mon tour pour survivre.

Je suis arrivé au bord de la tranchée ennemie sans savoir si j'étais seul ou si j'avais toute la compagnie derrière moi. Peut-être étais-je le dernier survivant. Au moment où j'allais sauter dans le vide comme dans une immense tombe, je l'ai vu très nettement en contrebas, seul, le visage pétrifié, son fusil braqué sur moi. À la seconde même où sa boule de feu a éclaté, mon pied s'est pris dans un fil de fer barbelé au ras du sol et dans mon élan, j'ai basculé de tout mon corps dans le vide. Cette chute m'a sauvé la vie. Au lieu de la poitrine, la balle a frappé le sommet de mon casque à pointe, l'arrachant de ma tête, cassant net la jugulaire, me déchirant la gorge sous le choc. J'ai été catapulté en avant comme une loque avec la sensation d'avoir été décapité. Ma tête derrière, mon corps devant. J'étais mort… déjà ? Si vite ! je suis tombé de tout mon poids de bête sur le Français. Ma baïonnette est entrée à la base de son cou. Je n'ai rien fait pour cela car mon corps était désarticulé. Je ressens encore le choc. Mon Dieu… Deux corps de bêtes s'entrechoquant l'un l'autre.

Je me suis retrouvé sur lui, mon bras droit bloqué entre mon fusil et son corps dont je sentais les spasmes. Son cou crachait du sang à pleines saccades dans mes yeux, dans mon cou, dans ma bouche quand j'essayais de respirer. C'était gluant, atroce. J'ai essayé de toutes mes forces de me dégager de cette étreinte infernale, mais ma main gauche griffait le sol argileux sans pouvoir prendre appui, mes pieds s'agitaient de même, si bien qu'à chaque effort pour me redresser je retombais plus lourdement sur le corps du Français qui gémissait. Mon cou me faisait horriblement souffrir. J'avais l'impression que le soldat me tenait à la gorge et m'entraînait avec lui dans la terre. Je m'enfonçais, je m'enfonçais. La glaise allait se refermer sur nous deux.

Je suis trempé de sueur en te racontant cela, c'est terrible. Peux-tu comprendre ? Je suis déjà mort une fois… ce jour-là, avec ce maudit Français. Je retrouve cette sensation d'être englouti avec lui comme si un lest de plomb s'accrochait à mon corps.

C'est ce qui m'attend. Être englouti à jamais. Absorbé, avalé pour toujours.

Je ne voyais plus rien, ce qui rendait mes autres sens encore plus réceptifs. C'était comme si je me dissolvais. Cela a dû durer seulement quelques secondes, mais le temps m'a paru long, infiniment long, tandis que le sang du Français m'inondait, me poissait. Soudain, une main a agrippé mon brelage de cuir dans le dos et m'a arraché violemment du ventre de la mort. J'entends encore le bruit de ma baïonnette sortant de la tête du Français. Horrible !

Je hurlais. Je n'ai jamais crié comme cela. Je venais de sortir de la matrice sanglante. Ma nouvelle mère m'avait recraché comme un sale fœtus de fer et de sang. J'étais debout mais aveugle. Soudain, j'ai vu ! Konrad face à moi, incroyablement calme, il venait de me débarbouiller les yeux. Il frottait par petits coups rapides et précis, et sa manche devenait de plus en plus rouge. Je voyais à nouveau. Il m'a dit d'une voix très douce : « Viens ! » Et il est parti en petite foulée vers la gauche où il avait vu s'enfuir une masse bleue. Nous nous sommes engagés dans la tranchée à moitié éboulée, jonchée de cadavres, de caisses, de débris d'armes et d'équipements. Odeur d'urine et d'excréments. Des blessés râlaient. Je l'ai suivi instinctivement sans jeter un coup d'œil en arrière sur le cadavre du Français qui a fait un drôle de bruit d'écoulement quand je l'ai quitté.

J'ai réglé mon allure sur celle de Konrad. Je revenais à la vie à chaque pas, avec soudain en moi le début d'une certaine ivresse. Plus j'avançais, plus je me réunifiais. Je rassemblais progressivement les morceaux épars de mon être. Mon esprit revenait douloureusement à la surface. J'émergeais enfin du fond de mes tripes, de ma boue intérieure. Un sentiment de puissance immense irriguait chaque centimètre de ma peau. La mue commençait. Très vite j'ai entendu derrière moi une autre foulée, un autre souffle. Sans me retourner je savais que c'était Konstantin. Nous étions réunis. Konrad était devant moi, avec un Luger dans chaque main ; où les avait-il trouvés ? Ce n'était pas notre armement réglementaire. Simples soldats, nous n'avions en dotation que notre encombrant Mauser.

Je n'en revenais pas de voir Konrad progresser devant moi comme un Sioux sur le sentier de la guerre, balancer ses bras avec leur poing d'acier comme une prolongation naturelle de son corps. Ses deux automatiques semblaient le tirer en avant, comme si c'étaient eux qui commandaient, qui humaient l'air, qui le propulsaient, qui cher-

chaient des chairs à déchirer, des vies à prendre. De temps en temps, il tirait un coup de feu dans l'embrasure d'une casemate ou d'un abri que nous dépassions. Alors qu'il allait aborder une chicane, il s'est figé et a crié : « Grenade ! » Nous nous sommes plaqués tous les trois contre la paroi. La grenade ronde comme un gros œuf de poule a explosé devant nous en soulevant une gerbe de terre et de pierres. Nous n'avons rien eu, le sol meuble et détrempé à cet endroit a absorbé une bonne partie de l'explosion.

Dans un halo, un peu sonné par le souffle, j'ai vu alors Konrad se jeter à plat ventre au-delà de la chicane en tirant de ses deux armes. Je suis passé par-dessus lui sans attendre qu'il se relève tant je sentais de violence en moi. Je crois bien lui avoir marché sur le dos. Il me fallait faire subir aux autres ce que j'avais encaissé dans mon bain sanglant. À dix mètres, un corps était en travers du chemin. Celui de l'officier français qui avait jeté la grenade. Il était à la renverse. Les tirs de Konrad lui avait arraché une partie du crâne. La couleur blanchâtre de la cervelle gélatineuse s'est fixée dans ma mémoire. Je l'ai souvent revue par la suite. Sur le moment cela ne m'a pas atteint.

J'ai foncé vers des paquets bleus informes qui se tenaient au fond du boyau en cul-de-sac, à quelques mètres. Je tenais mon fusil, baïonnette au canon, bien droit devant moi comme je l'avais appris à l'exercice. J'ai vu alors le regard terrifié de cinq ou six Français tapis là, serrés les uns contre les autres. En me voyant recouvert de sang de la tête aux pieds, ils ont jeté instantanément leur fusil et ont levé les bras. J'allais néanmoins embrocher le plus proche de moi, un petit bonhomme au visage gris comme sa moustache si française. En clignant des yeux, il a détourné la tête de côté, tendant les mains bêtement comme pour arrêter mon coup, comme pour me dire qu'il n'était pas là, qu'il n'existait pas, qu'il fallait que je passe mon chemin, que je n'insiste pas. J'étais sur lui. Je sentais sa peur à plein nez… C'était la mienne quelques instants plus tôt. Insupportable. Il me fallait la tuer séance tenante, la faire disparaître définitivement avec lui. Konrad m'a bloqué net dans mon élan en me saisissant une nouvelle fois par mes sangles. J'étais prêt à le tuer lui aussi, tellement ma fureur était grande. Je me suis débattu, cherchant à lui donner des coups de crosse en arrière pour qu'il me relâche. De sa poigne puissante, il a tiré une seconde fois très sèchement vers lui pour me ramener à la surface.

Je me suis repris. Konstantin était là. Mes deux amis me regardaient étrangement. « C'est vrai que tu as une sale gueule ! Si on te balade comme ça dans les tranchées françaises, ils vont tous se rendre sans se battre… », a déclaré Konstantin en rigolant d'un rire nerveux. Devant les yeux effarés des Français terrorisés, nous avons été pris tous les trois d'une crise de fou rire irrépressible. Nous en pleurions, courbés en deux. Le corps déchargeait son trop-plein de tension. Mes larmes traçaient sur mon visage rouge des striures blanches verticales. « Maintenant, tu es un vrai Sioux ! » a lancé Konrad. Revenant sur ses pas, il s'est penché sur le corps de l'officier français au crâne ensanglanté. Il lui a pris sa Légion d'honneur et son revolver. « Souvenirs ! » a-t-il dit en les empochant.

Trois coups de sifflet brefs. Notre capitaine nous rameutait. Nous avons fait mouvement avec nos prisonniers vers le centre de la tranchée pour nous compter, car nous devions normalement partir à l'assaut de la seconde ligne française avec les autres compagnies du bataillon. Je suis repassé devant mon cadavre sans lui jeter un coup d'œil. Un peu plus loin, Konrad a planqué ses deux armes de poing dans sa musette et a récupéré son fusil. Il l'avait posé contre une poutre pour s'alléger. Nous nous sommes retrouvés moins d'une trentaine sur les cent vingt hommes de la compagnie, avec quelques prisonniers, autour de Märker flanqué du lieutenant Bronstein, un petit Juif fonceur qui nous impressionnait avec sa croix de fer de 1re classe et ses galons gagnés au feu. Märker se tenait la main gauche, un infirmier le pansait. Il avait eu deux doigts sectionnés par une balle. Parmi les survivants, beaucoup étaient blessés.

Quand mes camarades m'ont vu arriver, leurs visages se sont crispés. Ils ont tous pensé que j'étais grièvement touché et que j'allais expirer devant eux. Ils m'ont trouvé étrangement en forme pour un mourant. J'ai été très heureux de ce que j'ai lu dans leurs yeux. Personne ne pouvait douter désormais de mon courage. J'ai fanfaronné en les rassurant. « Ce n'est rien ! Ce n'est rien ! » J'étais excité et prêt à en découdre sans tarder. J'avais une faim de tous les diables. Je suis un ogre, me suis-je dit sans rire. Le capitaine nous a appris qu'il avait envoyé une estafette à l'arrière pour savoir quels étaient les ordres, car si les autres compagnies du bataillon étaient dans le même état que la nôtre, il nous voyait assez mal repartir à l'attaque. L'ordre d'assaut de la seconde ligne ennemie a été rapporté. J'en ai été terriblement déçu. Je voulais continuer à me battre, tout de suite, rester dans l'état euphorique dans lequel je baignais. Je piaffais. Konrad, sautillant sur place, me regardait en se marrant et en répétant : « Le Sioux, le Sioux. » Nous sommes revenus sur nos lignes de départ, des troupes fraîches venant prendre notre place pour nettoyer la tranchée française et la tenir.

Voilà, je suis né à la guerre ce jour-là. J'avais dix-neuf ans. Nous avons tous trois été décorés de la croix de fer de 2e classe pour nos prisonniers. J'en étais extrêmement fier. Mais les nuits suivantes ont été éprouvantes, je sentais les mains du Français m'étreindre la gorge en riant, en riant. Sa gorge tranchée se transformait en une immonde bouche maquillée de vermillon qui tantôt voulait m'embrasser, tantôt me crachait des flots de sang en pleine figure. Je devenais aveugle. Ces cauchemars sont revenus à chaque veille d'assaut important. Ils m'assaillent en ce moment. Est-ce que je vais retrouver ce maudit Français avec sa tête entre les mains ? Enfant, au catéchisme, les images de saints ou de martyrs décapités posant tranquillement avec leur tête sous le bras me terrifiaient.

Je ne peux plus continuer. Je suis exténué comme si j'avais couru de toutes mes forces.

À demain, peut-être, ma chérie. J'ai une pensée pour les enfants. Pourvu qu'ils ne connaissent jamais cela. C'est mon seul espoir.

Je t'embrasse avec le peu d'énergie qui me reste.

Ton K.

1.

Depuis l'enfance Alexandre Plainlevé avait développé une forte addiction pour toutes les substances exhalant les saveurs du passé : objets, souvenirs, lettres, gravures, poussières, Mémoires… Elles le plongeaient dans une sorte de songe qui permettait aux disparus de reprendre chair devant lui. Les parfums sépia l'enivraient. Il les inhalait à plein nez. Dans les volutes de la commémoration, il franchissait sans peine la barrière du temps. Son épaisseur lui était toujours apparue comme une convention étroite, un leurre grossier, un filtre bien mince en réalité entre l'aujourd'hui et l'hier. Il suffisait aux élus de pointer le doigt avec délicatesse pour le transpercer, passer de l'autre côté. Cette évasion était pour lui vitale. Ce n'était pas le présent qui le faisait vivre, ni le futur, mais le passé.

Plus tard, son métier de professeur d'histoire l'avait transformé en une sorte de griot blanc ou de prêtre vaudou. Dans ses classes, il faisait revivre les mânes des disparus devant des élèves éberlués par ses tours de magie pas toujours très conventionnels. Pour partager cette passion avec les autres, il devait atteindre la transe. Aussi lui fallait-il trouver sa dose quotidienne de poudre de temps pour y parvenir et pour tenir le choc du sinistre présent. Brocantes, débarras, vide-greniers et petites annonces lui fournissaient le gros de sa came. Il était toujours à court d'argent. Et éternellement en manque. S'il avait connu Internet dans ses années initiatiques, il serait vite mort d'overdose. Il avait brassé très tôt de grosses quantités de dope mémorielle. Il est vrai qu'il avait trouvé un dealer compatissant – sa grand-mère paternelle – et une source d'approvisionnement inépuisable – les généreux greniers de sa grande maison de Montpellier. Loin de Paris, où il vivait durant l'année, les vacances lui permettaient de retrouver dans le Midi le berceau familial des Plainlevé avec un profond sentiment de liberté. Même s'il y avait vécu peu de temps dans son enfance – ses parents ayant émigré dans la capitale au début des années 1960 quand il avait quatre ans –, sa ville natale lui manquait. Loin d'elle, il se sentait en exil. Au nord, manquaient la lumière, les couleurs et la transparence.

Adulte, quand dans une boutique miteuse ses narines accrochaient les fragrances moites et acides de l'ancien, il avait des flashs puissants qui le replongeaient instantanément dans cette espèce de furie qui l'empoignait enfant, quand il montait au dernier étage de la maison du quai du Verdanson pour se livrer à un pillage jubilatoire des immenses bric-à-brac de sa chère grand-mère à l'accent chantant. Trois mariages et deux héritages avaient facilité le remplissage de soupentes surchauffées en été, glaciales en hiver, gavées d'un délicieux fouillis en tout temps. Conquérant, il avait l'esprit fébrile en gravissant les degrés qui le conduisaient dans cet autre monde, celui d'hier. Son univers. Celui dont il était le prince-enfant.

Tout était possible sous un vieux lit, au détour d'une armoire, sous le couvercle d'une boîte à chapeau ou au fond d'un tiroir. L'un des deux sanctuaires, le plus vaste, lui opposa pendant longtemps une résistance opiniâtre. Il lui fallut bien des campagnes pour en venir à bout. Des monticules de meubles, de livres, de malles, de valises, de cannes, de vieilles caisses, de rideaux encore accrochés à leurs tringles, de vaisselle, de paniers à escargots en fer et de tapis crevés s'y étaient sédimentés au gré des successions. Ils formaient rempart.

Alexandre était alors encore trop petit pour déplacer ces montagnes. Il lui fallait donc tenter de les traverser de part en part en y ménageant des galeries. À plusieurs reprises, rampant, casque Adrian de la Grande Guerre sur la tête, un étui à revolver vide ballottant à la ceinture au bout d'une mauvaise ficelle, il avait mené des explorations sous l'inextricable enchevêtrement pour y ouvrir des voies. Il regrettait fortement l'absence de l'arme dont les contours anguleux marquaient encore le cuir intérieur. Sa présence l'aurait alourdi dans sa reptation, mais elle l'aurait rassuré. Coûte que coûte, il voulait atteindre l'autre versant, si lointain, si sombre, si encombré. L'absence d'électricité le contraignait à jouer avec les rayons de lumière échappés des fenestrous du toit pour assurer sa progression dans le magma.

Quand il faisait une découverte, il devait se dresser un peu, tendre le bras vers le haut pour accrocher un filin de lumière dans l'air nimbé de particules et découvrir ce qu'il venait d'en extraire. Seul dans ce vaste monde aux ombres mouvantes, aux larges poutres menaçantes, il avait un peu peur. Pour dire vrai, il avait vraiment très peur. Il se retrouvait rapidement couvert de toiles d'araignées, saturé de poussière, suffoquant l'été dans ce four, à deux doigts d'être enseveli sous une coulée de moulins à café ou une avalanche de vieux livres brochés dont la reliure ne tenait qu'à un fil. La stimulante envie d'inventer un trésor ordinaire, ou extraordinaire, et la protection du heaume bleuté qui en avait vu d'autres le poussaient sans cesse plus avant dans ses intrépides reconnaissances. Dans l'une des alvéoles de l'étui à revolver, une longue cartouche cuivrée était encore logée. Il la touchait de temps en temps, comme un talisman qui le protégerait des mauvais esprits du lieu.

Vestiges des hurlements ou des murmures du passé, l'insignifiant y côtoyait l'exaltant. Après avoir écarté des tombereaux de bocaux vides, des hordes de pinces à linge en bois et des colonies de tire-bottes, il avait un jour mis la main sur une pagaie en bois qu'il avait prise au premier abord pour une grosse lance. Une petite étiquette à fil de fer mentionnait : *Pagaie de Papouasie-Nouvelle Guinée. Tribu des hauts…* Le reste était illisible. Un vieil uniforme dégoté dans une malle lui avait avoué sans trop de chichis son grade et son arme d'appartenance : capitaine de l'infanterie de marine. Cousues sur un tissu léché délicatement par les mites, les décorations avaient révélé d'un trait les chemins lointains arpentés jadis : Chine, Tonkin, Madagascar… Dans les basques de la tunique, après une fouille minutieuse, une étiquette à l'encre indélébile, pour résister au teinturier, avait révélé l'identité de celui qui l'avait portée, le lieu et la date de confection.

Dans cette pièce close, à la fois déserte et peuplée d'ombres, inaccessible au commun des mortels, Alexandre pouvait réduire l'épaisseur du temps, le traverser. Il voulait s'en gaver, empoigner les poussières d'hier à pleins poumons. Sous la cendre, la vie était palpitante. Tout cela était encore confus dans son jeune esprit, mais la poussée intérieure était diablement puissante chez cet enfant rose et blond, rougissant dehors, rugissant dedans.

Par un après-midi torride, il était tombé sur une boîte publicitaire en fer-blanc tiédie contenant un paquet de tabac encore fermé et daté de 1914. Alexandre était un gros consommateur d'effluves de la Grande Guerre. Il avait appris par cœur l'inscription : *Tabac à fumer. Scaferlati pour les troupes. 1 F 50 centimes le kilogramme.* Un gros coup de tampon noir ARMÉES mettait en garde le péquin qui aurait voulu s'aventurer à fumer ce tabac réservé aux vrais guerriers. Il imaginait le pioupiou en pantalon rouge sang recevant son paquet de tabac réglementaire juste avant de monter à l'assaut d'une tranchée allemande. Pourquoi ne l'avait-il pas consommé ? Une traîtresse balle teutonne l'en avait-elle empêché ?

Parmi les pépites exhumées, il y en avait deux qu'il avait extraites de ce dépôt sacré avec un délicieux sentiment de profanation. Il les avait trouvées coup sur coup, alors qu'il creusait une nouvelle galerie dans un gisement d'emballages en balsa et de cartons bourrés de plats à motifs roses. Depuis quelque temps, il naviguait à l'estime entre ces massifs anguleux et fragiles. Au fond d'une boîte, dont il eut du mal à faire sauter le couvercle, il aperçut ce qu'il prit pour une casquette d'enfant tant elle était petite avec sa visière carrée en cuir. Il se demanda si ce n'était pas le couvre-chef d'une grosse poupée. Il en avait croisé une à l'air triste, un peu borgne, quelques décombres plus tôt. Il l'avait écartée avec mépris. Pas de prisonnier ! Surtout une fille. Il était encore à l'âge où ce dédain servait de paravent à la crainte de l'autre sexe. À l'intérieur du petit képi noir, en soulevant une rondelle de cuir articulée, il parvint à lire une inscription portée délicatement à la plume sur une minuscule étiquette protégée de la lumière du temps. *Képi de communard. Trouvé dans mon bureau au ministère de la Guerre. Juin 1871.* À neuf ans, il ignorait encore tout de la Commune. Mais il eut une pensée émue pour le précieux rédacteur et pour le propriétaire du couvre-chef. Le mot « communard » était plein de promesses. *Communard, communard, communard,* se répétait-il. Le mot commençait doux et finissait dur. Il mit la coiffe de côté, pour la reprendre quand il ferait marche arrière, avec la ferme intention de creuser le sujet une fois rentré à Paris à la fin des vacances.

Dans une autre galerie, un étui en cartonnage dévoila brutalement une autre proie. Dans la pénombre, il venait de l'écraser avec son genou. Il tâta l'enveloppe lavande éventrée pour deviner la nature de l'objet. Le moment était parmi les plus délicieux. Celui qu'il préférait. Tout était possible. En suspension dans l'air. Ses doigts tentèrent de deviner en braille la nature du filon. Or pur ou vil métal ? Son cœur battait plus vite. Il sentit ses joues s'enflammer instantanément pour devenir peaux-rouges. Il venait de mettre la main sur une sorte de gros carnet d'écolier à dessins, a priori une extraction de très faible intérêt dans sa hiérarchie de valeurs. Le dos calé contre le pied instable d'un guéridon crissant de plaisir à ce contact juvénile inespéré, il feuilleta le carnet sur lequel était inscrit en couverture dans un joli cartouche coloré : *Souvenirs d'Algérie. 1859-1863.* Intérieurement, il remercia sa grand-mère d'avoir été si avide tout au long de sa vie – elle aimait *le bien !* –, si branchée sur des lignées militaires et si profondément conservatrice, comme en témoignaient les ribambelles de bouts de ficelle, trop courts pour être utilisables, dénichés lors d'une précédente expédition.

L'intérieur du carnet lui révéla l'identité du propriétaire et le plongea dans des songes orientaux sans fin, certains sensuels pour la première fois. Une petite photographie dévoilait les traits d'un jeune officier à barbiche équipé d'une tunique étrange, très cintré et à jupette plissée en dessous du ceinturon. Une écriture fine et lisible mentionnait : *Émile du Plessis de Saintonge. Sous-lieutenant. 24e régiment d'infanterie. Souvenirs d'Algérie. Tlemcen. 1859-63.* Il fit défiler les pages rapidement pour obtenir une première sensation. Les ombres du grenier faisaient danser les couleurs vives du carnet de campagne orné de saynètes croquées sur le vif et rehaussées par le pinceau de l'habile artiste en uniforme.

Après s'être empiffré, il passa à la dégustation. Il reprit, page par page : *Le quartier juif, Les femmes mauresques de Tlemcen, Noce arabe, Turcos au repos, Zouaves en goguette, Mausolée en ruines…* Toutes ces scènes s'enchaînaient, éclairées d'une petite écriture noire qui courait d'un feuillet à l'autre, faisant le lien avec des paysages fabuleux peints de blanc, d'ocre, de rouge ou de bleu. Les femmes mauresques avaient ses préférences avec leurs grands pyjamas bouffants montant jusqu'à la taille et leurs petits boléros éclatants de lumière. De lourds bijoux d'argent scintillaient au cou et aux oreilles. Sous leurs voiles translucides, leurs sourires étaient engageants. Ce fut la première fois qu'il se demanda comment elles étaient… en dessous. En recherche perpétuelle d'affection, il s'en fit des amies virtuelles. Il se demanda avec une pointe de jalousie laquelle le jeune officier avait aimé le plus.

Chaque dessin était signé de sa main avec application. Le sous-lieutenant ne lui en était que plus familier. Il sentait sa fierté d'avoir patiemment saisi sur le vif ce déferlement de couleurs et d'humeurs. Il y avait mis sa patte, sa griffe ! Il adorait ce frémissement humain sur l'objet. Dans son esprit, la peinture était encore toute fraîche. Après avoir contemplé les *100 defsins*, comme il était écrit sur la page de garde, il lut une phrase au hasard : « Le petit lignard si bon, si dévoué, si naïf est la glorieuse personnification de notre armée. » Il nota le mot « lignard » sur un bout de papier pour pouvoir demander à son grand-père quelques éclaircissements.

Quoique déjà assez grand pour faire la différence entre le mal et le bien, Alexandre n'eut pas vraiment le sentiment de mal faire en dérobant ces deux petits trésors. Il était convaincu qu'ils lui étaient confiés mystérieusement par leurs anciens propriétaires, certains qu'ils étaient de trouver en lui le protecteur *post mortem* d'une fraction de leur vie. Il lui fallut ruser pour les emporter sans que sa grand-mère ne le voie. Lui, si sage d'ordinaire, était prêt à toutes les bassesses pour remplir sa mission sacrée de gardien du temps. Il aurait pu tout simplement les lui demander. Grand-Maman acceptait tout ce qu'il voulait. Elle le *badait.* Mais la chose n'aurait pas eu la même saveur. Il se refusait à mettre un intermédiaire entre les anciens vivants et lui, fût-ce sa grand-mère dépositaire des trésors du temple.

Bien plus tard, il fut fort chagriné de découvrir qu'elle envoyait Solange dans son dos en inspection dans les greniers. Vieille fille, esclave des désirs de sa sœur aînée trônant solidement à la tête de ses trois mariages, cette tante au cœur d'or payait son gîte et son couvert en soumission sonnante et trébuchante. Voiture-balai, elle était chargée de mettre un peu d'ordre après les expéditions sauvages qu'il menait en greniers profonds. Il est vrai qu'il avait tendance à ravager furieusement plutôt qu'à inventorier délicatement. Dans le huis clos de la mansarde, le tendre se sentait plus proche de Tamerlan que du Dr Schweitzer. Confusément en son âme enfantine, il regrettait la douce époque des pillages. Il avait vu des illustrations saisissantes à ce sujet dans certains livres. Dans un ouvrage broché qui cherchait plus à expulser ses pages qu'à les retenir, il avait lu une phrase à laquelle il n'avait rien compris, mais qui, de prime abord, lui avait beaucoup plu : « Dans la ville livrée à la soldatesque ivre de pillages, le chef des barbares avait forcé la douce jeune fille aux cheveux bruns sur le cadavre encore chaud de son père. » Une belle histoire de famille sans doute !

2.

Sa passion pour l'histoire lui était venue tout naturellement de cette fréquentation assidue des empreintes oubliées. Les objets parlaient *sa* langue. Avec eux, il était sur *ses* terres. En harmonie. Trouver un objet était une chose. Le faire parler en était une autre. Cela demandait patience, silence et science. Il sut dompter ses impétuosités pour y parvenir... à peu près. Il conservait une sorte d'instinct de prédateur. Autant il était amorphe en classe, autant sa quête du Graal de la mémoire le mettait en branle. Il fit donc précocement ses humanités dans ces univers immobiles et poussiéreux, vides d'êtres vivants et pourtant si densément peuplés. Inlassablement, il avait cherché à faire parler ces ombres, à leur soutirer des informations ou des aveux. Il avait appris que les objets ne se livraient qu'à ceux qui savaient les regarder, les admirer, et qui voulaient les écouter avec les mains, les yeux, les oreilles, le nez, le cerveau et le ventre. Les autres humains passaient le plus souvent à côté, croyant qu'ils étaient muets et sans saveur.

Il cherchait avec avidité les indices que les hommes et les femmes du temps fané avaient, de façon volontaire ou involontaire, semés pour ceux qui les suivraient, comme dans la casquette du communard. Extraire d'un magma une lettre, un message, un mot, une dédicace, une carte de visite, une fleur séchée dans un livre, comme autant de bouteilles à l'océan du temps, le remplissait de bonheur. Parfois un parfum, une odeur, pas seulement celle du vieux – âcre poussière, encaustique rance, arôme tourné et douce moisissure –, s'attachaient encore à ces petits éclats de temps. À vrai dire, en son âme enfantine, il espérait secrètement trouver un mot d'il y a longtemps s'adressant à lui : *Mon bien cher Alexandre… Je t'écris pour te raconter… Je ne saurai te dire combien… Sais-tu…* Le miracle d'un bref échange d'outre-tombe n'eut pas lieu. Du moins, pas en son jeune âge.

À partir de l'adolescence, ce solitaire prit la décision de truffer les livres de sa bibliothèque d'empreintes de son passage terrestre pour d'éventuels successeurs aussi passionnés que lui de la vie des autres, de ceux d'hier. Il écrivait de petits mots nominatifs adressés à des vivants d'après lui : *Cher Éloi, chère Anaïs, cher Robin, chère…* Il savait d'instinct depuis la petite enfance qu'un jour il serait, lui aussi, un homme d'hier, du temps passé, un ancien vivant. Un *mort*, pour parler comme le commun des mortels. Un mot qui ne l'avait jamais effrayé. Pourquoi ne pas aimer les disparus et les objets qui témoignaient de leur passage sur terre, puisque, le temps aidant, il finirait par faire partie de leur très longue cohorte ? Indiscutablement, ce cortège avait l'avantage du nombre. Cela n'avait rien de triste, bien au contraire.

La visite des cimetières le mettait en joie. En décryptant les inscriptions grattées par les intempéries, il cherchait à saisir ce que le gisant avait bien pu faire avant de gésir là. Les plaques ovales d'émail blanc craquelé avec le visage du ou des disparus avaient ses faveurs. Il pouvait mieux faire glisser sur elles son imagination fertile. Comme toujours, les tombes militaires étaient pour sa plus grande joie les plus bavardes, avec le grade et le symbole des décorations du défunt gravés ici en creux dans la pierre, détachés là en reliefs de bronze, ou en régule pour les moins fortunés. Il pouvait les effleurer du doigt pour mieux échanger avec leurs propriétaires. Il les imaginait dessous en grand uniforme. Son esprit se refusait à aller plus loin et à penser à ce qu'il y avait à l'intérieur de la tenue après quelques décennies ou siècles passés sous terre. Parfois, il collait sa tête contre la pierre. Il tentait un improbable dialogue qui tournait désespérément au monologue. Plus tard, il fut saisi de stupeur en découvrant dans une revue américaine des clichés montrant au cimetière militaire d'Arlington une veuve d'un GI tombé au Vietnam, couchée sur la tombe de tout son corps, enlaçant l'herbe funéraire sous la croix blanche.

Trop rêveur pour être un élève attentif, il peuplait ses heures carcérales à l'école par des escapades mentales dans les greniers de sa grand-mère. Il était en permanence en mode survie. Le maître d'école parlait, parlait, parlait. Alexandre était un peu gêné par ce bruit de fond, mais il avait appris à faire avec. Au fil du temps, il était parvenu à tenir à bout de gaffe ces perturbations sonores. Pour échapper à la torture de l'immobilité, son esprit se déployait en liberté dans l'espace clos de ses vacances montpelliéraines. Il se propulsait mentalement sous les toits, sentant les odeurs, ouvrant les tiroirs, prenant d'assaut les armoires, repoussant les meubles. Dans sa tête, il pouvait démonter et remonter, pièce par pièce, sans oublier une seule vis, un casque de cuirassier d'argent et d'or qu'il avait découvert sous un lit. Dans ce domaine, et dans celui-là seulement, sa mémoire n'avait pas de limite. Il voyait défiler devant ses yeux les dessins du lieutenant de Saintonge aussi sûrement que s'il les avait eus en main. Il pensait aux belles Mauresques et à leurs voiles translucides, aux zouaves avec leurs crevés de soie rouge perlés de boutons en or sous les manches.

Un jour, en huitième, il avait estomaqué son maître d'école qui venait de dire à l'un de ses camarades d'arrêter de « faire le zouave ».

« Les zouaves s'appellent les zouaves parce que les Français, après les Turcs de la Sublime Porte, les recrutaient en Algérie dans la tribu des Zawas », lança-t-il à la cantonade de sa place, avant de replier prestement la bannière de son esprit.

Le maître et ses camarades en restèrent bouche bée, sans bien savoir si c'était le fruit de sa fantaisie ou une information sérieuse. Il raffolait de l'expression « la Sublime Porte » sans savoir très précisément de quoi il s'agissait. « La Sublime Porte »... une saveur d'orange amère et de mystères. Qu'y avait-il donc derrière cette porte sublime ? Il avait trouvé cette évocation dans un vieux *Miroir de l'histoire* délabré avec quelques illustrations de grands mamamouchis enturbannés.

De temps en temps, il avait de ces fulgurances qui laissaient pantois tout le monde, notamment le maître d'école qui, sur ce registre étroit, en savait bien moins que lui. Mais ces éclats étaient rares. Le reste du temps, une solide torpeur lui servait de viatique. Dans sa tête, il était libre, tellement libre. En pleine évasion sensorielle... jusqu'au fatidique « Alexandre, au tableau ! » qui tombait comme un couperet brutal sur ses songes, car il ne s'agissait pas de disserter sur ses zouaves mais de parler de litres, de décalitres et d'hectolitres. Toutes choses auxquelles il ne comprenait absolument rien. Son esprit était inapte à s'intéresser à cela, sauf si on lui avait expliqué que ces mesures abstraites avaient un rapport avec le contenu de la gourde... d'un zouave poursuivi par une cohorte d'ennemis par exemple, et donc avec sa capacité à traverser un désert brûlant grâce à elle. « Avec une gourde d'une contenance d'un litre, sachant qu'elle a été traversée d'une balle et qu'il s'en échappe un millilitre par dizaine de mètres parcourus, quelle étendue de désert un zouave très courageux peut-il traverser avant de mourir de soif ? » Voilà qui aurait eu du sens pour lui ! Il aurait tout fait pour aider ce brave homme en turban. C'eût été un vrai problème, bien plus motivant que les éternelles baignoires qui fuyaient bêtement juste pour noyer les élèves dans le désarroi le plus total. La notion de « courage » était essentielle, car elle aurait permis de dompter l'intransigeance du calcul par une donnée subjective pleine d'humanité. Jamais il n'eut la chance de tomber sur un tel sujet consacré à ses chers zouaves et Turcos. Il souffrait en silence, se gavant de bonbons à la récréation.

« Alexandre, au tableau ! »

La première injonction le pétrifiait sur place, le cerveau en marmelade. La seconde ne laissait aucune échappatoire. Il fallait s'exécuter, au sens propre du terme. Tableau rimait avec échafaud. Une fois monté sur la petite estrade du bourreau, Alexandre attendait la mise à mort en fixant les bras ballants le cadre de bois. Ce tableau sinistre avait-il une histoire lui aussi ? Saurait-il témoigner des souffrances de ceux qu'il avait vus défiler ? Il fixait bêtement sa craie, se demandant comment elle était fabriquée pour être aussi ronde. Puis il regardait autour de lui pour découvrir un graffiti auquel s'agripper. Il imaginait une petite bouche sortant du mur noir pour lui souffler la bonne réponse. Le maître l'interrogeait sur des choses baroques, des décamètres ou des compléments d'objet indirect. Il n'entendait pas « indirect » mais « infect »… « Complément d'objet infect ! » Comment aurait-il pu y prêter quelque attention ? Les adultes n'étaient décidément pas des gens sérieux.

Sur sa petite plate-forme, il observait en détail le sinistre panneau sombre. « Pourquoi ne fait-on pas des tableaux tout blancs pour écrire avec des craies noires ? » se demandait-il en pensant que ce serait plus gai.

« Zéro ! Alexandre, à votre place, comme d'habitude vous n'écoutez rien ! »

C'était si peu intéressant ce qui se disait dans ces murs gris comme la blouse du maître. Qui avait pu avoir l'idée de figer ainsi de jeunes enfants devant un figurant, généralement piètre acteur, se débattant avec pour seul décor ce trou noir comme une tombe sans épitaphe et surplombé de grandes cartes de géographie pendant lamentablement comme de vains linceuls ? Quel manque d'imagination pour le théâtre de la vie !

Ce cancre rêveur vivait sans effort dans une sorte de continuum temporel passé-présent. Rencontrer Jeanne d'Arc lui aurait fait très plaisir. Il avait plein de questions à lui poser. Il avait deux mots à dire à Charlemagne sur l'école. Très tôt, il voulut mettre la main sur Hitler pour le tuer avec le pistolet du grenier de sa grand-mère dans lequel il aurait introduit, s'il l'avait retrouvée, la dernière balle de l'étui de cuir.

À peine renvoyé à son banc de forçat avec un zéro bien rond, son esprit repartait de plus belle. Tout était prétexte à évasion. En septième, son maître d'école de la communale de la rue Boulard, à Paris, M. Barbizon, avait la fâcheuse habitude de confisquer lors de la récréation les petits soldats avec lesquels les écoliers se défiaient dans la cour. Des générations de prisonniers piétinaient tristement dans un camp suspendu pour éviter les évasions. Ils s'entassaient lamentablement sur les rebords des grandes vérandas qui éclairaient tout là-haut les têtes blondes, sans espoir de retrouver le ciment de la cour et leurs poches. Alexandre trouvait cela injuste. Il avait rêvé plus d'une fois de libérer ces cohortes traîtreusement capturées par ce Gulliver primitif. Mais elles étaient inatteignables. Hautes, trop hautes. Plus tard, il serait grand, très grand pour pouvoir les délivrer. Il y avait là, au comble de la désolation, des Indiens, des cow-boys, des pompiers, des chevaliers, des soldats, des marins. Tous un peu cabossés. M. Barbizon ne respectait ni les camps, ni les époques. Quelle honte ! Tout était mélangé en fonction du moment de son rapt. Comment pouvait-il commettre une telle faute de goût ? Autant d'indélicatesse choquait Alexandre, déjà très à cheval sur l'étiquette des temps sans avoir jamais rien compris au plus-que-parfait, à l'imparfait et autres fariboles grammaticales. Le passé composé ? Composé de quoi, pour qui ? Ce temps était moins revêche à l'oreille, mais il n'en perçait pas pour autant les subtilités. Il souhaitait surtout pouvoir recomposer le passé. Or le « passé recomposé » n'existait pas dans les sinistres livres de grammaire qu'on lui remettait en début d'année scolaire.

Il en avait demandé la raison au maître et s'était fait rabrouer.

Il dépensait donc beaucoup d'énergie à faire manœuvrer dans sa tête ces malheureuses figurines privées d'oxygène en altitude. L'entreprise était ambitieuse. Il fallait les faire migrer d'une véranda carcérale à l'autre en respectant les lois de la gravité. Alexandre ignorait tout de ces lois, mais il ne voulait pas que *ses* soldats trichent lors de leur évasion. Il avait le sens du détail. Il fallait qu'il y ait une continuité territoriale pour pouvoir les faire migrer. Il avait accepté une petite entorse à sa règle. Les pompiers avec leur tenue rouge écaillée par les poursuites avaient ainsi le droit de mettre leur échelle à la disposition des autres pour qu'ils puissent franchir certains obstacles et se regrouper par communauté : les Indiens avec les Indiens, les cow-boys avec les cow-boys, les chevaliers avec les chevaliers, les marins avec les marins, etc. Le mouvement devait être achevé avant la sonnerie de la cloche. Il n'y parvenait jamais. Mais cela développait sa mémoire visuelle, son agilité dans l'espace et son sens de l'observation.

Une figurine, seule de son espèce, lui avait posé problème : une infirmière avec sa petite croix rouge sur le bras. Il avait décidé de la laisser grandir un peu à l'écart et de la marier avec le seul cow-boy ayant encore son cheval. Ainsi pourrait-il l'emporter plus tard au loin.

Seules les leçons d'histoire sortaient Alexandre de sa torpeur. À ce moment-là, le maître d'école parlait enfin sa langue. Tous ces hommes des temps morts étaient instinctivement familiers au jeune garçon. C'étaient des proches, quelle que soit l'époque. La veille du 8 Mai, l'enseignant lisait des lettres de résistants ou de déportés. Le cerveau d'Alexandre commutait instantanément. Il passait du coton à l'acier. L'émoussé se faisait tranchant. Il aimait alors le maître d'école. Il n'était plus son adversaire. Tout ce qu'il disait s'inscrivait dans sa mémoire comme s'il s'agissait de l'histoire de sa propre famille. Ces brefs moments passés, une douce léthargie l'envahissait à nouveau. Ses rêves reprenaient leurs droits pour une meilleure évasion de ces hauts murs du non-sens.

Quand il revenait à Montpellier pour les vacances scolaires, il rattrapait chez ses grands-parents le temps perdu à ne pas avoir pu rêver tout son saoul. C'est dire que la ville de Rabelais lui était toujours apparue comme une sorte de havre de paix pour écoliers-délinquants en liberté conditionnelle.

3.

Les fragments de guerre mettaient particulièrement en émoi ce délinquant scolaire depuis le jour où son beau-grand-père l'avait initié à une forme d'archéologie militaire avant de rejoindre *ad patres* les deux précédents époux de son inoxydable grand-mère. Un coussin de velours fauve insolé, constellé de croix, attestait du courage ou de la férocité de cet ancien combattant de 1914-1918. Une douzaine de décorations s'y côtoyaient, jetant leurs feux. Tout petit, Alexandre était irrésistiblement attiré par ces taches multicolores et par les deux obus astiqués qui montaient la garde de leur masse or et gris. Après l'émotion vint la connaissance. Il put les citer par cœur une par une : chevalier de la Légion d'honneur, médaille militaire, croix de guerre 1914-18 avec trois citations, croix du combattant, médaille commémorative de la Grande Guerre... Il avait un faible pour la Légion d'honneur avec son ruban rouge moiré, et pour une décoration britannique en argent qui brillait comme un sou neuf avec son royal profil. Arrivait, en troisième position dans son cœur, une décoration belge frappée d'un beau lion noir sur fond jaune. Il supposait qu'il avait fallu une énergie peu commune pour décrocher l'honneur d'arborer sur la poitrine un tel blason.

Un jour que son beau-grand-père lui racontait les péripéties d'un coup de main palpitant dans les lignes allemandes, il l'interrogea du haut de ses sept ans :

« C'est comment, Bon-Papa, la peur à la guerre ? Est-ce que tu as eu peur ? Est-ce que tu as tué des soldats ? »

Le vieil homme le regarda longuement en tentant vainement de sortir un son de sa bouche. Alexandre palpa à plein cœur l'immense émotion de l'ancien guerrier cueilli à froid qui ne disait rien, les yeux fixés sur le bord du tapis. Ce n'était pourtant pas un émotif, l'ancien sous-officier de la biffe, lui qui avait forcé certains de ses soldats à ne pas reculer en leur tirant dans les jambes. Soudain, le plantant là, il avait filé d'une traite au grenier. Alexandre l'entendit au-dessus de lui maugréer et farfouiller. Il redescendit, portant un très long fusil. L'objet avait une allure préhistorique avec ses reliefs de bois et d'acier. Une lanière de cuir pendait mollement d'un bout à l'autre, fatiguée d'avoir si longtemps porté le joug des combats. Son grand-père le lui mit dans les mains brusquement. Alexandre était déjà costaud, mais il faillit plier sous le poids.

« C'est un fusil Mauser que j'ai pris au Mort-Homme, à Verdun, sur le corps d'un soldat allemand qui avait mon âge. Je l'ai su après quand j'ai trouvé son livret militaire dans la poche de sa vareuse. Regarde-le bien et dis-moi si quelque chose te frappe. »

Alexandre n'osa pas lui demander s'il avait tué son propriétaire. Il sentait que ce n'était pas le moment. Il tripota l'arme comme il put. Elle était lourde et bizarre, avec une espèce de petit toboggan en fer sur le dessus du canon.

« C'est la hausse pour tirer loin. Elle est graduée jusqu'à deux mille mètres, lui dit son grand-père en le voyant gratter la protubérance. Alors, tu ne remarques pas quelque chose ?

— Non, je ne vois rien », dit-il après avoir caressé le bois et tenté en vain de faire jouer la culasse dont l'acier brillant et lisse lui était d'emblée sympathique.

Il était déçu de ne pas trouver la solution de l'énigme.

« Regarde de plus près la crosse.

— La quoi ?

— La crosse. Regarde, c'est cette partie du fusil qui sert à épauler », dit-il en mimant le geste.

L'enfant observa le fusil de plus près, mais ne remarqua toujours rien. Il faut dire que le poids de l'arme le déséquilibrait et qu'il faisait beaucoup d'efforts pour ne pas chavirer. Son regard ne savait pas encore décrypter les signes du passé. Son grand-père la lui prit des mains avec une aisance qui le surprit, lui qui le trouvait si incommode. Il vit tout de suite que le fusil était comme une autre partie du vieil homme. La bretelle s'anima comme un serpent en s'enroulant autour de son avant-bras en un tour de main. Bien calé contre lui, le fusil reprenait des couleurs. Avec le doigt, le vieil homme lui indiqua la poignée de la crosse, boursouflure avant la plaine du bois de mise en joue, celle que le soldat étreint quand il vise l'ennemi le doigt sur « la queue de détente ». Son grand-père insista : « On dit "queue de détente" et non "gâchette" comme dans les films de cow-boys. »

Il vit alors ! Ce fut sa première grande révélation : il y avait une différence de couleur dans le bois, nettement plus sombre à cet endroit.

« Tu vois, la peur, elle est là, incrustée à l'endroit où il a serré son arme de toutes ses forces. Le bois a noirci parce que la sueur du soldat que j'ai tué s'y est imprégnée au fil des combats. La peur de *mon Boche,* elle est encore là, toujours là, indélébile dans les fibres du Mauser, dit-il d'une voix qui avait basculé soudainement dans les basses. Dans le bois, oui dans le bois, la marque de sa paume. C'est ça, la peur, l'acide de la peur ! Elle est toujours là. Touche, touche là pour bien comprendre », conclut-il l'œil triste.

Sans savoir pourquoi, Alexandre sentit dans son ventre que le mot « Boche » détonnait. Il était incongru. Ce n'était pas du tout en harmonie avec ce qui s'échangeait sous les mots depuis la fameuse question. Ce n'est que plus tard qu'il comprit que le vieux soldat avait eu besoin de mettre à distance le cadavre de ce jeune soldat dans les yeux duquel il avait plongé les siens. Pendant des années,

Alexandre chercha dans le grenier le livret militaire de l'Allemand. Il espérait y trouver son nom. Peut-être un visage. Il exhuma nombre de prises de guerre rapportées par son grand-père – qu'il emporta – mais jamais le *Militärpass* du *Boche.* Et il n'osa pas le lui demander.

4.

Alexandre poursuivit cahin-caha son chemin dans le dédale des études secondaires pour déboucher sur une plaine plus hospitalière : celle des études supérieures d'histoire. Comme il s'était beaucoup économisé auparavant, il avala avec une rage et une efficacité décuplées les étapes le conduisant aux grades universitaires indispensables pour enseigner. Subversif, il agissait désormais à l'intérieur des lignes *ennemies*. C'était un *infiltré*. Une secrète volonté de vengeance sur ses années de bagne le poussa à revenir sur les lieux des crimes d'ennui commis contre lui. Il voulut détourner ces geôles de leur destination première : punir les enfants de ne pas être vieux avant l'âge. Dans les zones sensibles où il fut nommé professeur, sans difficulté, puisqu'il était volontaire, il enseignait autant que possible l'histoire par l'objet. Il avait envie d'enivrer ses élèves. Il s'était aperçu que dans des classes rebelles et bruyantes aux prénoms bariolés, partir d'un souvenir tangible pour expliquer la vie des hommes d'hier avait un effet apaisant et bénéfique. « Touche pour comprendre ! » : c'était la botte pédagogique secrète de l'ancien cancre devenu au forceps un inattendu professeur d'histoire-géographie.

Avant de retrouver sa ville natale de Montpellier, en cette fin de XXe siècle, le jeune capésien avait éclusé pas mal de zones plutôt défavorisées dans le Nord de la France. Il avait aimé cela. Dans l'ensemble, il trouvait les équipes pédagogiques solidement motivées. Il le fallait. Enseigner dans ces ZEP relevait souvent du parcours du combattant. Le risque, au fil des années, était d'adopter progressivement les us et coutumes de certains jeunes élèves pour lesquels la classe était un perpétuel défouloir de frustrations réelles ou fantasmées. Il en avait pris conscience un jour où, excédé, il avait lâché un « Ta gueule ! » retentissant à Rachid, qui pour la énième fois venait de proclamer debout sur sa chaise que les Juifs avaient inventé les camps d'extermination… Il se promit néanmoins de tout faire pour tenir une ligne de non-violence verbale. Par vocation et par tempérament, il n'avait pas choisi l'enseignement pour la castagne.

Une année, en région parisienne, il avait eu une classe de troisième infernale peuplée de malabars prêts à en découdre. Les meilleurs jours, Alexandre parvenait à peine à faire quinze minutes de cours sur les cinquante théoriques. Le reste du temps, c'était un combat pied à pied contre une sorte de vague, d'ondulation humaine d'où sortaient des bruits divers, des éructations et des interpellations tonitruantes – « Kévin, je vais te tuer ! » – quand ce n'était pas la corbeille à papier qui, tout à coup, s'embrasait comme par enchantement.

« Y a le feu, y a le feu ! Faut évacuer ! » lançait très sérieux Lorenzo, pompier pyromane, déclenchant la fuite tonitruante de tous les élèves hilares.

En plein cours, les interpellations personnelles fusaient.

« M'sieur, vous êtes marié ? Vous avez des enfants ? Shade, elle est raide dingue de vous... M'sieur, vous êtes sûr que vous êtes français ?... C'est quoi votre religion ? »

Il s'en sortait généralement plutôt bien. Son haut et lourd gabarit – un mètre quatre-vingt-douze pour cent kilos assez bien répartis – avait un impact certain sur les meneurs de sa classe, très sensibles au rapport de force. Il en jouait tout en constatant que d'autres faisaient sans, avec talent. C'est ainsi que personne ne mouftait dans certaines classes tenues par des consœurs au gabarit menu mais à la poigne de fer.

Blond aux yeux bleus, il avait dû faire face plusieurs fois à la détestable question : « Est-ce que vous avez été SS pendant la guerre ? » Il en avait donc profité pour les sensibiliser à la chronologie, aux dates et à l'impossibilité pour un homme de presque quarante ans d'avoir connu cette période. Il avait tenté de leur expliquer ce qu'était la sinistre garde noire d'Hitler jusqu'à ce qu'il se rende compte que cela suscitait des lueurs d'admiration dans certains regards.

Pour les dompter, il dut les emporter avec lui dans les tranchées de la mémoire. Il brûla énormément de calories pour capter leur attention. S'il ne faisait pas le « spectacle », comme il disait, cela ne fonctionnait pas. Il lui arrivait de rechuter et de songer à des méthodes plus musclées. Il avait alors une pensée furtive pour M. Barbizon et ses raids brutaux sur les tendres trapèzes des élèves dissipés ou inattentifs. Autres temps, autres mœurs. Avec un tel comportement, Alexandre se serait retrouvé très vite en garde à vue. Il ne comptait plus le nombre de fois où l'un de ses élèves l'avait menacé de porter plainte parce qu'il n'acceptait pas de le laisser sortir, alors qu'il allait certainement mourir sur place dans d'atroces souffrances. Avec emphase, le professeur sortait à ce moment-là de sa poche une grosse fiche rouge dont il avait inventé le contenu et sur laquelle était inscrit en gros *Code pénal.* Elle précisait de quelles lourdes peines de prison les menteurs étaient frappés en France. Après lecture solennelle des premiers articles imaginaires, la crise du simulateur cessait brutalement.

Au fil du temps, il avait appris à faire face. Il avait remplacé le coup de gueule par l'humour. Cela marchait mieux et était plus conforme à son idéal d'ancien délinquant scolaire. Tout le monde ne sortait pas indemne de ces séjours en milieu hostile. Élise, une de ses jeunes collègues fraîchement débarquée et pleine d'enthousiasme à l'idée d'enseigner les mathématiques, n'avait pas tenu le choc très longtemps devant un pack de gaillards la dominant de la tête et des épaules, et qui l'appelaient *cousine* quand ils s'adressaient à elle. Dépression pour elle, régression pour eux, en attendant un remplaçant qui ne vint qu'en fin d'année scolaire.

Pour son début de cours sur la Grande Guerre – une initiation prévue pour le brevet des collèges –, il décida cette année-là de sortir sa botte secrète. En contravention avec toutes les règles sacrées de l'Éducation nationale, il vint en cours avec le fusil allemand de son grand-père caché dans un étui à canne à pêche. Ses collègues se moquèrent de lui dans les couloirs, pensant que son cours terminé, il allait taquiner le goujon.

La classe resta pétrifiée en découvrant l'allure peu conventionnelle de la gaule. Un tel silence n'avait sans doute jamais régné entre ces quatre murs. Tous les yeux étaient braqués sur l'arme qu'Alexandre tenait verticalement comme un immense sceptre, le noyer chaud contrastant avec le brillant des parties métalliques. Pour marquer un avantage décisif, il sortit de sa sacoche la baïonnette encore gainée de son fourreau et l'enfila prestement dans le petit rail qui courait sous le canon. Il avait répété chez lui le geste pour retrouver l'incroyable aisance de son grand-père manipulant l'arme. Puis, d'un mouvement sec, il enleva le fourreau à bout ferré démasquant la lame argentée en forme de langue de carpe. S'il avait fait jaillir les éclairs de Zeus, l'effet n'aurait pas été plus sidérant. La stupéfaction passée, chaque élève fut invité à venir sur l'estrade *toucher* l'objet. Certains le firent du bout des doigts comme on le fait pour un chien dont on craint la morsure, bien qu'il insistât sur le fait que l'arme était désormais inerte, incapable d'aboyer après l'avoir fait tant de fois pour semer la mort.

Il expliqua longuement les combats des soldats de 1914 tout juste un peu plus âgés qu'eux. Il parla de la peur, de la mort, du patriotisme, de la solidarité des tranchées, de la misère, de la pourriture des corps… et du bonheur que Français et Allemands s'aiment aujourd'hui. Il évoqua la mémoire de ses deux grands-pères, anciens combattants de 14-18, revenus du feu, l'un militariste fervent, l'autre pacifiste ardent. Enfin, il montra la marque sombre, l'ombre, la trace de la peur d'un jeune soldat allemand de vingt ans qu'exhalait encore ce fusil ramassé huit décennies plus tôt sur son corps chaud. Quand la sonnerie retentit, pour la première fois personne ne bougea, comme pour ne pas rompre le charme. Ils sortirent en silence après un ultime regard plein de respect vers la relique.

Aucun élève n'en parla à l'extérieur. Il n'eut plus jamais le moindre problème avec cette classe. C'était leur secret désormais. Ils lui demandèrent d'apporter d'autres objets témoins. Il le fit : casques, artisanat de tranchées, lettres, photographies, dessins, gamelles, ceinturons, cartouchières, etc. Il leur montra un casque français et un allemand pour leur expliquer comment les comptes rendus opératoires des chirurgiens de guerre avaient permis de les dessiner pour éviter certaines blessures mortelles à la tête. Il mit le lourd *Stahlhelm* sur la tête du plus chahuteur de la classe, Suleyman. Tous crurent voir le casque de Dark Vador tant les formes étaient proches. Alexandre se rapprocha de son turbulent élève jusqu'à toucher le casque de ses lèvres. Il hurla de toutes ses forces et tapa avec une règle sur l'acier comme si c'était une batterie. Le jeune fit un bond en arrière en criant de surprise et ôta brusquement le heaume comme s'il était devenu bouillant. Alexandre ne fut pas mécontent de lui avoir fait comprendre ce qu'il leur faisait subir chaque semaine avec son habituel tintamarre tout en instruisant sa classe de la particularité de ce couvre-chef. Plus enveloppant et plus lourd que le français, le casque allemand protégeait mieux la nuque et les tempes mais il formait caisse de résonnance autour des oreilles des soldats du Kaiser. Lors des bombardements d'artillerie, cela les avait rendus fous. C'est cette expérience en réduction, sans danger pour ses tympans, que le jeune Suleyman venait de vivre. Tout le monde voulut mettre le casque allemand, puis le français pour les comparer. En cercle autour de leurs camarades casqués, les élèves beuglaient à pleines cordes vocales… à des fins pédagogiques pour une fois.

L'onde de choc atteignit les classes mitoyennes, confirmant la réputation de *fêlés* des élèves de troisième B.

Pauvre Alexandre ! pensèrent ses collègues.

« Ils t'en ont fait voir de toutes les couleurs aujourd'hui.

— Oui… », répondit-il hypocritement.

En fin d'année, grâce à une subvention du conseil général, Alexandre emmena ses élèves fascinés *toucher* les tombes piquetées de blanc du côté de l'ossuaire de Douaumont à Verdun, sans oublier le carré musulman où ils retrouvèrent sur les stèles au croissant leurs propres prénoms répercutés à l'infini. Cela devenait *leur* histoire. Personne ne manqua ces visites. Ses collègues ne comprirent jamais comment il avait pacifié les démons intérieurs des « barbares » de la troisième B, comme on les nommait parfois en conseil de classe malgré ses rugissements de protestation.

Les années suivantes, quand il croisa dans la rue l'un de ces « barbares », ils échangèrent un coup d'œil complice. Tout était dit. Pas de mots. Surtout pas de mots. Ils n'auraient pas été à même de *dire.* Un regard suffisait. Il avait pour Alexandre une délicieuse saveur : celle de la vengeance sur ses années de plomb.

5.

La quarantaine venue, Alexandre Plainlevé s'était marié. Bêtement. Une sorte d'accident de la route. Une embardée mal maîtrisée qui l'avait conduit très vite dans le décor. Hélène était trader. Quelle idée ! Elle, à fond pour bâtir des lendemains lucratifs ; lui, la tête pleine d'un passé aux rendements décroissants. Ils avaient partagé au début de leur relation un même goût forcené pour le théâtre et deux ou trois autres choses insignifiantes : la cuisine mexicaine, les vieux films policiers en noir et blanc… et les activités horizontales. Au lit, leurs corps s'encastraient harmonieusement. Ils avaient fini par se croire indispensables l'un à l'autre, alors qu'ils n'étaient que juxtaposés ou superposés.

Il aimait chez elle son manque total d'imagination, son côté très terre à terre. Cela le rassurait. Elle appréciait chez lui son calme, son inertie, ses absences. Cela la reposait et la divertissait du rythme trépidant de son métier. Leur union avait la forme d'un deal. La passion n'y était pas. De son côté il espérait de ce mariage une sorte de confort bourgeois susceptible d'apprivoiser le temps présent et de donner naissance à des enfants pour travailler un peu le futur, ce « passé des demains », comme il disait. Hélène prenait au sérieux son nouveau statut d'épouse. Elle prenait d'ailleurs tout au sérieux. Elle se donnait du mal. Elle avait fait un gros effort, au début, pour collectionner quelque chose et pouvoir le suivre dans ses virées. Son dévolu s'était porté sur des verres anciens. Alexandre avait apprécié. Mais on ne force pas sa nature. Elle en avait péniblement acheté trois dans des brocantes. Par la suite, elle en avait cassé un, avait égaré le second, remisé le dernier…

C'était un peu à l'image de leur mariage. Il avait duré trois ans. Une année par verre. Cassé, égaré, remisé ! Dommage qu'elle n'ait pas trouvé un service complet, cela aurait pu durer un peu plus longtemps. Mais pour quoi faire au juste ? Très vite, ils s'étaient mis tous les deux à naviguer dans des espaces-temps qui ne se télescopaient que trop rarement pour assurer la survie d'un couple à la recherche d'un épanouissement mutuel.

Détaché en France par sa banque d'investissement, un petit Américain bodybuildé et nourri aux stock-options, un éternel sourire coincé entre les dents, avait déboulé dans le paysage. Il avait mis très vite bon ordre à tout cela : les traders avec les traders, les décalés nostalgiques des temps anciens avec… personne. Bien plus tard, Alexandre se rappellerait un détail : le séducteur travaillait pour Lehman Brothers. Il l'imaginerait alors, la tête contre le bitume, sans sourire ni stock-options, suite à une salutaire défenestration.

Après son divorce express, sans larmes, sans cris et sans partage compliqué – Hélène ne revendiquait aucune de ses *vieilleries* et ils n'avaient pas eu le temps d'accumuler les traditionnels fardeaux de la discorde : enfant, chien, appartement, résidence secondaire, tableaux –, Alexandre avait préféré mettre de la distance entre les décombres de son amour et son cœur meurtri. Il se sentit convalescent. Soucieux d'être honnête vis-à-vis de son ex-moitié, il reconnaissait devant ses amis qu'elle avait pu avoir légitimement le sentiment de compter moins que certains personnages du passé ou que des objets anciens qui pouvaient parler sa langue. Alexandre avait souvent trompé son épouse avec les Parques. L'idée qu'en vieillissant, elle ne ferait que prendre de la valeur à ses yeux n'avait pas suffi à la retenir. Il n'avait pas su féconder le temps. Son sort était d'une effroyable banalité. Il s'en voulait d'avoir été si léger, si aveugle. Décidément, le présent ne lui réussissait pas. Il se sentait handicapé.

À force de jouer les Casques bleus pendant une quinzaine d'années dans les collèges et lycées défavorisés du nord de la France, il avait accumulé suffisamment de points pour prétendre retrouver plus au sud, à Montpellier, les vestiges de son enfance. Un poste était libre au lycée Marcelin-Albert. Il était temps de se replier… de régresser. De fuir. Dans son esprit, il avait rangé dans la même boîte son mariage raté et ses années de détention enfantine. Tout cela avait désormais un parfum émollient. Il voulait se mettre en long, très long congé affectif. Une certaine abstinence amoureuse et sexuelle n'avait pas que des inconvénients : il travaillait plus et mieux. C'est ainsi qu'il acheva d'une traite une *Histoire de la Résistance dans l'Hérault* qu'il faisait traîner depuis pas mal de temps au grand dam de son éditeur.

Le week-end, il faisait le tour de *ses* antiquaires et brocanteurs à travers les dédales du vieux Montpellier. Il partait toujours du café Riche, place de la Comédie. Ses pas le portaient immuablement vers un chapelet d'hôtels particuliers aux façades altières et aux noms chantants et fameux ; ceux des Cabrières-Sabatier d'Espeyran, des Massilian, des Joubert, de la famille d'Assas. En pente douce, la rue de la Vieille-Aiguillerie le conduisait ensuite vers le quai du Verdanson, puis rue Lakanal, où l'attendaient des stations votives grand-paternelles plus roturières. Il remontait ensuite la rue de l'Université pour récupérer la rue Foch et déboucher sur le parc du Peyrou aux grilles forgées par l'un de ses ancêtres, François Plainlevé. En hommage, il passait le doigt sur sa signature figée pour l'éternité dans le bronze. Sa tournée s'achevait rituellement sous les arceaux du majestueux aqueduc romain de l'avenue de l'École d'agriculture, désertée momentanément par ses habituels pétanqueurs stakhanovistes. Entre débarras de greniers, étalages de brocantes et objets « tombés du camion » miraculeusement réapparus, il savait qu'il ne rentrerait pas bredouille. Sa collection de souvenirs anciens, notamment militaires, prospérait sur fond de jachère sentimentale, pour le plus grand plaisir de ses élèves qui la voyaient défiler ensuite en classe lors de ses cours sur les deux guerres mondiales. Après une bise à sa tante et à ses jeunes cousins qui vivaient non loin à l'ombre des arceaux, il rentrait, pressé d'explorer ses trouvailles.

Il poussait parfois une pointe du côté d'une étrange boutique aux très faibles rendements. « Sait-on jamais ! » se motivait-il, espérant contre toute raison y trouver un document jauni, une photographie passée ou un objet défraîchi à passer à la question pour l'édification de ses ouailles. Crasseuse et boursouflée, cette sous-brocante était à l'image du maître des lieux. Sa lippe effondrée n'invitait pas d'emblée à la fraternisation. L'homme grognait plus qu'il ne parlait. Sa grammaire était rustique et sentait le chicot. Les murs bouffis de salpêtre de son échoppe supportaient en grimaçant une ribambelle de débris du temps. L'endroit avait un petit air cendré de Pompéi, les corps momifiés en moins.

Contrairement à certaines brocantes au désordre convivial, celle-ci était parfaitement inhospitalière. Coincée dans une rue du vieux Montpellier rudement taguée, elle semblait avoir été conçue pour dissuader le passant d'y fourrer son nez, a fortiori de vouloir y acquérir quoi que ce soit. Seuls les contorsionnistes avaient une chance d'y onduler sans renverser une pile de poussière. Mâles dominants des espèces vivant en ce lieu, les livres attendaient patiemment d'être exfiltrés. Ils siégeaient, sans ordre ni protocole, sur des étagères ventrues à la limite de la rupture. Les vélins des siècles anciens affrontaient le regard morne des papiers plus jeunes, déjà contaminés par l'acidité des temps modernes. Leur tranche aurait dû normalement en maintenir quelques-uns au garde-à-vous. Mais ils n'en avaient pas le droit. Le caractère oblique de l'hôte de ce capharnaüm se serait mal accommodé de cette verticalité. Tout devait être de travers, pêle-mêle, enchevêtré : les volumes orphelins, les piles d'assiettes aux multiples égrenures, les gravures piquetées de rousseurs, les chenets noircis dépareillés, les jetons de présence désargentés et les bougeoirs à bobèches sur lesquels un corset de cire jaunâtre laissait à peine entrevoir un filet du cuivre originel. Sur une vilaine table, quelques débris militaires de fer et de cuir se mêlaient en un ultime choc à un jeu de tarot défait et à quelques petites cuillères en pleine débandade. Trouver quelque chose dans les pleins et les déliés de ce tumulte relevait de l'archéologie. À chaque fois, Alexandre Plainlevé n'y pénétrait qu'après avoir fait un petit effort sur lui-même. Mais son addiction à l'ancien était plus forte que l'hostilité latente qu'il percevait quand il passait le seuil de la porte écaillée.

Sous un taillis de sourcils aussi torturés qu'un bonzaï, le brocanteur accueillait toujours l'impudent client d'un air soupçonneux. Même sa barbe s'était mise au diapason du décor. Ses poils avaient conquis leur indépendance depuis bien longtemps et colonisaient des espaces normalement vierges chez le commun des mortels. Une casquette pisseuse sur la tête, mâchouillant alternativement un cure-dent, un Bic ou un reste de vieux cigarillo à bout de plastique, il donnait l'impression de défendre une tranchée invisible. M. Licorne régnait d'un pas lourd sur son petit État en pièces détachées. Alexandre l'avait surnommé ainsi car le lieu était dédié à l'animal fabuleux. Des licornes trônaient un peu partout, en métal, en ivoire, en bois, en étain et même en paille. Le profil de la bête participait du piquant dissuasif de l'antre. Il ornait des boîtes de biscuits, un pommeau d'épée sans lame ou la pierre du chaton d'une chevalière bosselée que l'homme gris portait à l'annulaire. Seule l'évocation de la bête ensorcelante éclairait le regard jaune de M. Licorne. Plus vif, il émergeait soudain de sous ses paupières fatiguées.

« Je suis acheteur de tout ce qui s'y rapporte ! » lâchait d'une traite le brocanteur quand Alexandre évoquait la licorne et ses charmes, préalable diplomatique indispensable à une hypothétique bonne affaire.

Comment cet antique personnage pouvait-il vivre de ce commerce poussif ? En dehors de quelques revues moribondes abandonnées en devanture avec une méchante étiquette griffonnée, les prix n'étaient jamais marqués. Exception faite des licornes, le broc' n'achetait rien et ne vendait que très rarement. Alexandre se demandait s'il avait volontairement agencé son magasin déstructuré en hommage aux surréalistes. Il y avait du Buñuel dans ces décombres. Une telle avalanche de formes, de couleurs et d'odeurs désajustées pouvait passer pour l'expression d'un puissant génie artistique ou d'un esprit dérangé.

À l'occasion de l'un de ses passages, alors que l'homme-licorne avait le dos tourné pour se réfugier derrière sa tenture crapoteuse au fond du magasin, Alexandre avait prestement redressé du doigt trois ouvrages à tête d'or vautrés dans la poussière. Il souffrait pour eux de leur pénible soumission. Quand il revint, quelques semaines plus tard, un joug invisible les avait à nouveau courbés. Le maître de l'oblique veillait sur son petit monde cabossé.

6.

Cela faisait longtemps qu'Alexandre n'avait pas pénétré le territoire déconfit de M. Licorne. Il s'y résolut enfin. Une sorte d'intuition. Comme d'habitude, la porte vitrée protesta en frottant sur le sol de guingois. La pression de la masse du jeune professeur eut raison d'elle facilement. Immédiatement, il sentit que quelque chose s'était modifié. Le brocanteur était en face de lui et, pour une fois, ne semblait pas vouloir fuir la présence humaine en se réfugiant au fond de sa caverne. Curieusement, cela mit Alexandre mal à l'aise, comme quand une personne d'ordinaire glaciale vous saute soudain au cou avec une effusion suspecte.

« Je vous ai vu ! » dit-il à Alexandre, surpris par le ton de la voix où perçait nettement la volonté d'être aimable malgré sa brusquerie.

À l'occasion des cérémonies du 8 Mai 1945, France 3-Languedoc-Roussillon avait organisé une table ronde sur la fin de la Seconde Guerre mondiale. Son éditeur, Soleil Levant, était parvenu à le caser dans cette émission pour parler de son livre sur la Résistance locale. Cette modeste contribution lui valait des commentaires plutôt sympathiques de ses proches, de son concierge, de son boucher, de ses collègues du lycée Marcelin-Albert et des brocanteurs. Ces derniers lui faisaient même des prix.

« C'est bien, ce que vous avez raconté !

— C'est très gentil », remercia-t-il un peu bêtement.

Il ne savait jamais comment répondre à ce type de commentaires louangeurs prodigués depuis l'émission : ses aimables laudateurs lui assuraient qu'il avait dit des choses intéressantes, qu'il passait bien à l'écran sans, pour autant, évoquer une seule de ses idées.

Alexandre pensa que le gros de la conversation était passé. M. Licorne avait sans doute consommé son stock de mots de l'année. Le brocanteur semblait pourtant avoir envie de poursuivre l'échange. Il était tendu comme un arc qui ne sait plus quelle flèche décocher. Alexandre était un peu embarrassé. Il ne voulait pas se montrer impoli pour une fois que l'homme-licorne sortait des taillis.

« Qu'est-ce qui vous a intéressé ? se risqua-t-il.

— Ce que vous avez dit sur la difficulté du choix et de l'engagement ! On croit que c'était facile de choisir le bon camp. Foutaises ! »

« Foutaises ! » Le mot vibra comme une corde de violon désaccordée. Depuis son plus jeune âge, Alexandre sentait résonner étrangement les mots des autres. Il percevait en simultané deux choses : le sens du mot, à plat – comme tout le monde –, et surtout en creux sa sonorité secrète, sa musique discrète, son intensité cachée. Le dit et le non-dit du *dit.* Instinctivement, il avait cette double lecture. Il ressentait le malaise intérieur ou le mensonge des autres, dissimulés sous un mot ou sous une phrase d'apparence anodine. C'est comme cela qu'il avait senti que le mot « Boche » utilisé par son grand-père à l'époque cachait quelque chose d'autre que sa brutalité et son mépris apparents.

Souvent, il ne comprenait pas tout de suite le sens caché qui suintait d'un propos trompeur qu'il avait attrapé au vol. Sans même le vouloir, il le casait automatiquement au chapitre « dissonance ». C'était stocké non dans son cerveau mais dans ses tripes, dans son ventre. Juste derrière le nombril. En zone humide plutôt qu'au sec. Certaines nuits étaient épuisantes car ces mots camouflés émergeaient, nus, en rafales, comme des lucioles de phosphore se libérant du tréfonds d'un marais. Le nombril s'ouvrait comme un bouton-pression. Libérés, les faux mots s'assemblaient alors, formant des phrases secrètes qui livraient une partie des ombres intérieures des autres. Son cerveau pouvait alors s'en saisir. Il mettait en place le puzzle dans le bon sens. À cet instant, il comprenait ce qui lui était apparu instinctivement comme rugueux ou frelaté dans l'épaisseur du fil des propos trompeurs. Au début, il pensa que tout le monde entendait intérieurement la même chose et débusquait sans mal le vil métal oral. Aussi s'efforça-t-il très jeune d'avoir le moins de décalage possible entre ce qu'il ressentait profondément et ce qu'il disait objectivement. Travestir était inutile, puisque cela se sentait, se *voyait* comme un *vrai mot* au milieu de la figure des faux-semblants. Il ne comprit que plus tard que ce n'était pas le cas, que les autres ne percevaient pas la même chose que lui. Il en souffrit, ayant l'impression que ses pairs en humanité étaient aveugles à l'évidence du ventre.

« Foutaises ! » répéta l'homme-licorne, à court d'arguments.

Alexandre perçut la puissance secrète du mot intrus, plus violent en intensité que ce que sa prononciation méridionale un peu molle pouvait laisser supposer.

« Que voulez-vous dire ? » interrogea-t-il, tout en se disant intérieurement que M. Licorne n'était pas assez vieux pour avoir connu cette époque, et que c'était plutôt l'atmosphère délétère du lieu qui lui donnait cette apparence vétuste.

« Vous avez bien fait d'expliquer que le choix de la Résistance était souvent plus instinctif que réfléchi. Et que se ranger systématiquement aujourd'hui dans le camp des "bons résistants" contre les "méchants collaborateurs" est très confortable quand on connaît la fin de l'histoire. C'était juste aussi le… le truc de l'acteur que vous avez cité. »

Le truc en question était un propos que l'acteur Niels Arestrup avait tenu dans *L'Express*. Alexandre l'avait noté juste avant d'entrer dans le studio de télévision. Il l'avait utilisé, histoire de varier un peu ses sources. Il avait mémorisé les trois phrases de cet acteur tellurique qu'il aimait : « N'importe quel truand, guerrier ou nazi porte l'humanité en lui. Ce serait plus facile de les considérer comme des bêtes sauvages. Non, le salaud, c'est moi, c'est vous… »

Il n'en revenait pas. Ce brocanteur, qu'il croyait perdu pour le genre humain, pouvait communiquer, articuler des mots ayant un sens et en comprendre les nuances. Le bonhomme avait parfaitement saisi ce qu'il avait voulu dire sur le plateau de télévision entre un sympathique ancien résistant encore vert et un vieux briscard de la 2e DB un peu pète-sec. C'était son premier « fan » capable de restituer la moelle de son propos. Sans trop savoir pourquoi, Alexandre commença à déballer les raisons de sa passion pour cette période. Le nez de l'homme-licorne faisait à nouveau la jonction avec ses chaussures comme pour dérober son regard. Jamais autant de mots n'avaient déferlé en cascade en ce lieu sinistré. Alexandre était agacé de voir une certaine forme de bien-pensance faire de l'engagement du bon côté une sorte d'évidence. Il est vrai que tout devenait d'une extrême simplicité avec le recul et la prise de conscience de l'étendue des crimes nazis.

L'enseignant s'arrêta de lui-même sur un grognement de contentement de M. Licorne. Quelques longues secondes de gêne réciproque s'installèrent à nouveau. La fraternisation avait été trop rapide. Puis, peut-être pour rompre avec cet instant pesant, le taciturne lâcha brusquement d'un air mystérieux :

« J'ai peut-être quelque chose qui vous intéressera ! »

Alexandre sentit instantanément dans son cou un picotement délicieux qu'il connaissait bien. Celui des reptations dans les greniers de son enfance. À la minute, ses facultés mentales montèrent en pression. L'homme disparut derrière une lourde tenture écrue. Il farfouilla, tripota, déplaça, traficota. Il revint avec une mine de conspirateur, un débris de toile d'araignée flottant dans son sillage. Il avait dans la main une petite boîte enveloppée dans un papier de soie beige. Alexandre en reconnut instantanément le type au crissement du papier quand M. Licorne commença à le déplier d'un doigt plein de respect qui le ravit. La passementerie militaire était traditionnellement enveloppée dans ce genre d'emballage fin. C'était bon signe. Bientôt, une barrette de décorations colorées émergea des mains du brocanteur comme de celles d'un prestidigitateur. Les yeux d'Alexandre l'analysèrent instantanément tout en butant sur quelque chose d'étrange.

« Savez-vous ce que c'est ? demanda l'antiquaire en la posant avec délicatesse sur la table.

— Oui, bien sûr ! Ce sont les décorations d'un soldat allemand de la Première Guerre mondiale. Elle est très caractéristique », répondit-il d'une traite.

Non sans une légère réticence, le brocanteur lui tendit la relique qui tintinnabula. Avec l'assurance de celui qui sait, Alexandre retourna le placard où pendaient six décorations solidement arrimées à leur ruban cousu sur un support métallique recouvert au dos de feutrine carmine. Il voulait vérifier qu'il était *sincère,* qu'il n'avait pas été bidouillé comme cela arrivait parfois pour en faire monter le prix. Il souhaitait aussi se donner un peu de temps, car il savait déjà que quelque chose clochait. Sur un ton docte, il décréta que ce placard était authentique. Le montage à l'allemande, visible au dos par le jeu de couture, était bien conforme. Revenant à l'avers des médailles, il prit son temps pour égrener le nom de chaque décoration et montrer sa science, car il *voulait* cet objet et pensait l'obtenir en impressionnant son interlocuteur par l'étendue de ses connaissances.

« Elle a appartenu à un soldat allemand de la Grande Guerre, répéta-t-il. En premier, il y a une décoration bavaroise avec ses couleurs blanc et bleu très caractéristiques. Vient ensuite la prestigieuse croix de fer prussienne de 2e classe avec son ruban noir et blanc – c'est une décoration qui a été créée en 1813 pour célébrer les victoires contre Napoléon. Notre homme a reçu également un ordre de la maison de Hohenzollern et une croix d'honneur de la guerre 14-18 instaurée sous la république de Weimar. Il a donc survécu à la guerre. Il y a également une croix d'ancienneté de service dans l'armée postérieure à 1918 qui le confirme. Et puis il y a la dernière... C'est... Je ne comprends pas... Quel soldat du Kaiser a pu porter ce placard ? C'est historiquement impossible ! La dernière est une médaille russe de l'époque du tsar Nicolas II... C'est incompréhensible. »

L'esprit d'Alexandre était proche de la fusion. Il balayait à toute vitesse l'ensemble de ses connaissances accumulées depuis l'enfance pour identifier la rebelle. Elle résistait. Il voulait gagner du temps pour percer le mystère.

« C'est russe, indéniablement, de l'époque impériale, répéta-t-il en faisant jouer du doigt la médaille ronde et dorée, bordée de cyrillique. C'est une médaille du Zèle et de la Bravoure, si je me souviens bien. La question est : comment un combattant allemand a-t-il pu se faire décerner une telle médaille ? Les deux pays sont ennemis à cette époque. La Russie tsariste sombre en 1917 et avec elle les belles décorations russes, expliqua-t-il à son hôte, visiblement ravi de ce cours particulier. Tout est codifié dans le domaine des décorations, y compris l'ordre des médailles pendantes par ordre d'importance. Il n'y a pas de fantaisie, surtout avec les Allemands. Je ne comprends pas ce qu'elle fait là. Le savez-vous ? s'empressa d'ajouter Alexandre pour ne pas vexer M. Licorne avec son érudition et risquer de détruire ses nouvelles bonnes dispositions.

— Non, je ne sais pas. C'est très instructif en tout cas, dit-il en grattant les poils de sa barbe revêche. Eh bien… c'est donc un sujet à creuser ! Vous savez que la barrette est là, marmonna-t-il en la remballant dans le papier de soie sous les yeux désespérés d'Alexandre. Si vous arrivez à percer son mystère, je vous la donnerai », ajouta-t-il d'un ton presque badin.

Alexandre eut du mal à refréner une brusque envie de meurtre. *Ce type est un pervers !* se dit-il en ressortant épuisé du capharnaüm.

Il eut dans les semaines suivantes des cauchemars à répétition. Il revenait nuitamment dans le bouge de M. Licorne pour lui dérober les décorations. Ses deux grands-pères en tenue de poilu le guidaient de la main dans un dédale de rues sans fin constellées de fresques murales déjantées et de gigantesques tags qui mettaient en scène des combats titanesques entre des soldats casqués à l'allure de grands scarabées caparaçonnés. Il arrivait, non sans mal, à pénétrer au cœur de l'antre vert-de-gris. Le bonhomme-licorne, au rictus hideux, le crâne surmonté d'une immense dent torsadée de narval surgissait soudain d'une cavité moisie, tête en avant pour le transpercer. Alexandre esquivait la pointe de justesse. Il saisissait sur la table la barrette qui flottait dans un bocal d'algues et plantait la grosse épingle de fixation dans le cœur du brocanteur velu, le transformant instantanément en un soldat allemand imberbe et mort. Dehors, ses deux grands-pères regardaient à travers des hublots et l'encourageaient de leurs mimiques. Il se réveillait en sueur juste après avoir roulé le cadavre encore chaud de l'homme lourd de ses secrets dans un rideau crasseux.

7.

Pendant plusieurs mois, Alexandre fut saisi d'une fièvre phaléristique aiguë. Il se plongea avec frénésie dans une multitude de catalogues de vente de décorations françaises, britanniques, belges et allemandes. Il demanda leur avis à des experts parisiens reconnus. Tous confirmèrent son diagnostic sans pouvoir aller plus loin. Il compulsa de vieux livres et d'antiques revues allemandes, loupe à la main pour tenter de discerner sur les uniformes quelque chose qui puisse ressembler à cette mystérieuse décoration. Il devint incollable sur les ordres et médailles russes et allemandes. Certains officiers germaniques ayant servi, avant la guerre, près l'ambassade d'Allemagne à Saint-Pétersbourg, avaient pu recevoir au moment de leur départ de Russie une décoration pour les remercier du succès de leur mission diplomatique : une croix de Saint-Stanislas ou de Sainte-Anne. Il apprit que c'était un usage encore en vigueur aujourd'hui dans les chancelleries. Mais dès l'entrée en guerre, ces décorations *ennemies* avaient disparu des uniformes teutons. Et puis, vérification faite, la médaille du

Zèle et de la Bravoure n'était attribuée qu'à des soldats russes, non à des étrangers.

Le mystère restait entier. Il faisait chou blanc. Un objet le trahissait. Son ancien propriétaire refusait le dialogue *post mortem.* Il ne supportait pas ce mutisme. Pourquoi cette défiance ?

Sa traque était d'autant plus dévorante qu'il voulait posséder cet objet insolite. Il mit un point d'honneur à ne pas retourner chez le brocanteur sans avoir trouvé l'explication. Il souffrait de ne pas avoir la mystérieuse barrette sous la main pour qu'elle l'encourage à persévérer. Avec elle, il aurait pu persister plus longtemps. Il arrêta sa quête au bout d'un an avec un sentiment douloureux d'échec. Il était vaincu sur son terrain de prédilection. Il repensait à son grand-père et à la tache brune sur le Mauser. « Regarde, regarde ! » Il avait suivi son exhortation en visualisant la barrette maintes et maintes fois, mais la dernière décoration conservait son mystère.

Une petite plaie intérieure suppurait lentement. Elle avait une forme ronde et rendait un pus doré. Il tenta de cicatriser en se plongeant à corps perdu dans des marches solitaires dans l'arrière-pays héraultais si lumineux. Le pic Saint-Loup n'avait plus de secrets pour lui. Il l'avait arpenté dans tous les sens, passant parfois la nuit à la belle étoile malgré la fraîcheur nocturne. Le reste du temps, il se repliait dans son espace intérieur avec une grande facilité, puisqu'il avait pratiqué cet exercice d'apnée durant toute son enfance. Il frisait la neurasthénie. Tout cela pour un bout de tôle dorée avec le visage d'un pauvre tsar à qui il avait toujours reproché de ne pas avoir su protéger ses quatre filles et son fils hémophile de la fureur bolchevique.

Seuls ses élèves du lycée Marcelin-Albert le tiraient de sa torpeur. Avec eux, il entrait en scène pour faire revivre le temps mort vivant. Ses forces de vie étaient concentrées dans cet espace clos. Exclusivement. Sa passion était intacte alors car il se sentait libre dans cet ancien cadre carcéral. Cela le stimulait. Les adolescents étaient tout aussi indisciplinés que ses anciens « barbares » du Nord.

La difficulté à se concentrer était manifeste et croissante avec l'augmentation de la consommation de télévision et de jeux vidéo. En ce siècle finissant, Internet n'avait pas encore frappé de toute sa puissance. Mais le virtuel gagnait du terrain tous les jours dans leur jeune matière cérébrale. Il parvenait néanmoins à capter leur attention en utilisant sa traditionnelle martingale pédagogique. Plus ses jeunes élèves s'enfonçaient dans cette addiction à l'immatériel, plus l'antidote fourni par l'objet mis en scène parvenait à capter leur attention. L'analyse des textes historiques se faisait ensuite plus facilement.

Pour ses cours sur 1939-1945, il faisait venir de grands témoins, notamment d'anciens déportés. Derrière l'humain, il pouvait étayer et construire des connaissances, peut-être un embryon de pensée. Il éprouvait de grands bonheurs à voir certains cancres basculer dans l'histoire après un déclic de ce type. Les progrès étaient souvent parallèles en cours de français. Il le constatait en conseil de classe. C'est le seul moment où il sortait un peu de sa léthargie car ces réunions de professeurs et de délégués provoquaient chez lui la plus lourde des torpeurs. Il ne supportait pas l'immobilisme et les palabres. Son esprit s'évadait très vite. Comme il avait toujours des milliers de choses en tête, ce n'était guère difficile. Il filait ensuite sans demander son reste, au grand dam de certaines de ses collègues qu'il ne laissait pas indifférentes. Il s'était rapidement taillé une réputation d'ours mal léché en hibernation permanente. Il s'en accommodait fort bien. Il faisait souvent des escapades en solitaire sur Paris pour chiner aux Puces de Saint-Ouen et se rassasier de vieux films en noir et blanc au Lucernaire.

À la demande de son éditeur, il accepta de rédiger un nouvel ouvrage, le précédent ayant eu un gentil succès local. Le projet était plus ambitieux, puisqu'il s'agissait d'écrire une histoire comparée des forces aériennes allemandes et françaises à l'entrée en guerre en 1939. Le ministère de la Défense avait mis quelque argent et ouvert des archives inédites rapatriées de Russie. Les Soviétiques les avaient raflées en Allemagne à la chute du Reich. Il se lança avec d'autant plus de délectation dans ce nouveau défi que sa vie était toujours plutôt monacale dans son grand studio cours Gambetta qui, par le désordre ambiant, commençait à ressembler à l'antre de M. Licorne.

Pendant les grandes vacances, il prit ses quartiers d'été pour travailler dans la villa de Carnon que sa grand-mère avait achetée jadis en bord de mer, à une quinzaine de kilomètres de Montpellier. Exceptée la chaleur étouffante, le cadre était idéal pour avancer la rédaction de son nouvel opus. Sur la plage, entre deux épis de rocher, adossé à un pliant rouillé, Alexandre était sans doute l'un des rares vacanciers à mille lieues à la ronde à éplucher une somme peu glamour datée de 1936, *Histoire de l'armée allemande*, de Benoist-Méchin. Écrit par un esprit brillantissime – germaniste distingué, collabo durant l'Occupation, aimant passionnément les Allemands avec qui il couchait à l'occasion –, cet ouvrage, qui n'était pas vraiment le best-seller de cet été 1999, était une référence pour historien avisé. Alexandre s'en délectait car l'auteur mêlait étroitement érudition, finesse d'analyse et sens du détail « qui parle ».

Et puis, au détour d'une page… la clé du mystère de la médaille russe se livra sans prévenir, entre volleyeurs et baigneurs. Le sceau cédait enfin ! Alexandre jubila, persuadé que le propriétaire de la barrette l'avait aidé dans sa quête, le guidant par la main, se dévoilant dans un cadre décalé.

Benoist-Méchin évoquait une période de l'histoire de l'immédiat après-guerre qu'Alexandre connaissait mal et qui s'enseignait au lycée au pas de charge. L'histoire des *Baltikum-Bünde*, les corps francs allemands de la Baltique de 1919. Il avait lu, il y a bien longtemps, les livres d'Ernst von Salomon sur le sujet. Il n'en avait retenu qu'une suite confuse de combats sauvages entre des protagonistes mal identifiés pour un objectif indéfini sous un ciel de plomb et un décor noir de fumées d'incendie. Ce qu'il découvrait au fil des pages était sidérant. Il ne comprenait pas comment il avait pu passer à côté de cette tranche d'histoire au royaume des ducs de Courlande. Elle aurait pu changer la face de la seconde moitié du XXe siècle.

« Alors, même en vacances tu potasses… T'es sacrément polar ! »

L'interpellation le cloua net sur le sable car il était en pleine immersion sensorielle dans les profondeurs du temps. Une jeune femme brune, la trentaine élancée, se tenait devant lui, le soleil dans le dos, prenant gentiment soin de faire tomber son ombre sur son visage. Il ne la reconnut pas tout de suite.

« Clara Tiera… Clara Tiera, répéta-t-elle devant son air nigaud. Nous sommes profs dans le même bahut. T'es un peu vexant », dit-elle en souriant.

Elle était arrivée l'année précédente dans son établissement. Elle était germaniste. Mais il avait eu peu d'occasions de la croiser. Leurs cours respectifs étaient décalés dans la semaine et ils n'avaient pas les mêmes classes. Ils avaient échangé une fois dix mots en attendant que la machine à café capricieuse de la salle des professeurs leur restitue leur dû. Il ne l'avait jamais vue dans les rues de Montpellier ou sur la plage de Carnon où il venait souvent. Ou, plus simplement, il n'avait jamais fait attention à elle, pas plus qu'aux autres, alors qu'elle était à l'évidence de celles qui retiennent l'attention.

Surpris par son irruption, Alexandre régressa à toute vitesse, comme quand le maître le surprenait jadis à dessiner des chevaliers pendant les leçons de calcul ou à rêver aux greniers de sa grand-mère. Une stupide bulle de culpabilité remonta à la surface. Il se leva d'un bond par politesse et pour essayer de retrouver une certaine contenance en jouant de son physique.

« Je, je… En fait, je travaille sur mon prochain livre. Je me replonge dans le Benoist-Méchin, dit-il pour tenter de chasser son malaise intérieur. Toi qui es germaniste, tu dois connaître son *Histoire de l'armée allemande* ? » dit-il en montrant la page de garde.

Clara sourit sans répondre. Et ce mouvement fit plisser deux jolies rides claires autour des yeux que le soleil avait soulignées en en dorant les contours. Deux fossettes se creusèrent légèrement sous le même effet. Alexandre avait toujours eu un faible pour cette anomalie physique délicieuse. Clara sortait de l'eau, la serviette sur l'épaule. Son regard ambre le fixait, attentif et sans apprêt. Ses cheveux de jais coupés court, plaqués par le sel autour du visage, accentuaient l'intensité de son regard. Elle était à la fois ronde et très solidement musclée. Il ne comprenait pas pourquoi son charme ne l'avait pas frappé plus que cela lors du bref épisode de la machine à café. Sans doute les effets amorphiques de sa période « ours des cavernes ».

Le bronzage lui va à ravir, se dit-il, un peu troublé. Alexandre commença à s'éloigner doucement du tumulte baroque de la Baltique. Le présent talonna soudainement le passé. Il se sentait gauche face à la jeune femme. Quand il était dans cet état infantile, il se répétait qu'il avait été marié et que, la quarantaine passée, il pourrait être un peu plus simple et sûr de lui.

Il tenta un très conventionnel :

« Tu viens souvent ici ?

— Oui, mais je préfère le Grand-Travers, c'est un peu moins surpeuplé. J'y monte à cheval de temps en temps.

— Tu es là demain ? avança Alexandre, en se disant que, d'ici là, il aurait le temps de savourer sa découverte baltique.

— Non, je pars en Italie voir ma famille. Je ne reviens que pour la rentrée. »

Curieux qu'elle soit professeur d'allemand, se dit-il, trouvant sa réflexion idiote, comme si on ne pouvait être à la fois latine et aimer Goethe. Il ne fut pas vraiment déçu par la réponse de Clara. Le passé reprenait le dessus. Il repensait déjà à ses barons baltes et à leurs combats dantesques contre l'Armée rouge.

Après avoir passé un T-shirt, elle lui fit au revoir avec un petit geste de la main qui disait quelque chose qu'il ne saisit pas. Elle mit sur la tête un borsalino et contourna Alexandre avec un léger balancement de la hanche à peine accentué par les ondulations du sable brûlant.

Sa légère inclinaison du corps fit resurgir en lui un flash oublié. C'était presque un an auparavant, quelques jours avant la rentrée des professeurs. Ils ne se connaissaient pas du tout. Alexandre prenait de l'essence à la sortie de la ville quand était passée dans son champ visuel une jeune femme brune aux pommettes hautes avec une longue jupe légère couleur crème qui amplifiait ses mouvements d'une jolie vibration. Il ne l'avait pas très bien regardée, les yeux rivés sur le compteur de la borne. Mais il avait néanmoins été saisi par son déplacement dans l'espace, par sa façon d'effacer son corps d'un mouvement souple quand elle avait regagné sa voiture par l'arrière pour se mettre au volant.

Il fut frappé par sa douce assurance, par une forme de sensualité retenue. Elle donnait l'impression de se mouvoir très légèrement au-dessus du sol. Les filles, puis les femmes l'avaient toujours fasciné par cette puissance dévoilée tout à coup par un geste anodin, banal dans un cadre qui ne l'était pas moins. Son esprit avait oublié la scène, mais sa rétine avait conservé cette vision fugitive, assez délicieuse dans l'air lourd de la station : le mouvement d'un corps charmant et sûr dans un environnement au demeurant peu glamour. Il avait à l'époque repensé aux jeunes Mauresques de l'officier français du Second Empire, et il s'était trouvé un peu grotesque avec son pistolet à essence à la main.

Bien que taraudé par l'envie de se replonger dans le Benoist-Méchin, il la regarda quelques instants s'éloigner dans le sable chaud, contemplant le balancement léger d'un bras doré équilibrant le corps lesté d'un gros sac de plage en corde. Les volutes de chaleur floutèrent un peu sa silhouette. Il avait le sentiment qu'elle arborait toujours – quoique de dos – ce sourire qu'elle lui avait offert. Un sourire simple et sans sous-entendu.

Il repensa à une phrase étrange d'une amie de son ex-épouse. Elle avait décrété que : « Dans leur dos, les hommes ne regardent que les fesses des femmes… » Lui ne faisait rien comme tout le monde. Il regardait le cou de Clara sous la courte coiffure et la chaîne en or qui en caressait le port léger. Il avait toujours trouvé la nuque d'une femme émouvante et érotique. Alexandre jeta tout de même un coup d'œil plus bas, sur les fesses charpentées pleines de caractère. Il fut impressionné par sa musculature de gymnaste. Ses pas faisaient rouler les muscles de son dos et de ses épaules tout en puissance et en finesse. *Elle a un physique de sauteuse en hauteur,* se dit-il, en se surprenant lui-même par cette accumulation de réflexions ineptes. *J'ai peut-être pris trop de soleil…*

Il se replongea avec une volupté décuplée dans le miraculeux volume que le soleil avait juste eu le temps de rendre tiède. Le passé se réchauffa et reprit tous ses droits. Le présent se retira. Son corps retrouva l'empreinte qu'il avait laissée dans le sable et son esprit le délicieux tumulte annonciateur de la révélation. Il avait oublié Clara et son sensuel balancement. L'idée de revenir triomphalement chez M. Licorne avec la clé de l'énigme le fit rosir de plaisir, à moins que ce ne fût l'effet du soleil sur sa peau trop pâle.

8.

Fébrile, Alexandre attendit les derniers jours d'août pour reprendre le chemin de la boutique de M. Licorne. Elle était close. De vieux cartons gondolés protégeaient les deux vitrines crasseuses. Bien sûr, il n'y avait aucune affichette précisant le jour de réouverture. *Pourvu qu'il ne soit pas mort pendant l'été…*, se dit-il, sans se rendre compte de l'incongruité de sa réflexion.

Il prit donc son mal en patience. Puis ce fut la fin des vacances. Il croisa Clara dans le hall du lycée lors de la rentrée des professeurs. Quand elle l'aperçut, elle fila vers lui de son pas léger. Il piqua un stupide fard heureusement camouflé par son bronzage encore frais.

« Alors, tu as eu le temps d'avancer dans ton fameux livre ? lui demanda-t-elle d'emblée avec toujours cette même lueur dans le regard mi-ironique, mi-curieuse.

— Oui, mais j'ai surtout trouvé la clé d'une petite énigme historique qui me résistait », répondit-il pour piquer la curiosité de la brune germaniste.

Le regard de Clara se fit plus intense.

« Une énigme… Raconte-moi, j'adore les énigmes !

— C'est un peu long. On peut se retrouver après les cours pour que je te raconte, si tu veux ? Au café Riche vers 18 heures par exemple ? Je t'expliquerai. C'est sidérant ce que j'ai découvert, si tu t'intéresses à l'histoire allemande de l'immédiat après-guerre. Je ne sais pas si tu as abordé cette période dans ton cursus. Tu ne m'en voudras pas si je te raconte des choses que tu connais par cœur ?

— À tout à l'heure ! » dit-elle simplement, confirmant son peu de goût pour les circonvolutions inutiles.

Alexandre arriva volontairement le premier, place de la Comédie. Il aimait y venir seul, car c'était un lieu stratégique pour voir déambuler le Tout-Montpellier qui passait par là à certaines heures, surtout depuis que la place avait été entièrement dédiée aux piétons. En regardant les passants filer, s'embrasser, se quereller ou traînasser, il s'essayait à deviner leur caractère, leurs origines sociales, leurs préoccupations, leur destination, leurs joies et leurs tracas. Il imaginait leurs dialogues, les raisons d'une dispute ou d'un sourire, le début d'une idylle. Il tentait de capter une bribe de phrase pour construire un scénario fugace, aussitôt remplacé par un autre. Il laissait libre cours à son nombril pour capturer le sens secret des mots trompeurs échangés entre des mâles prédateurs au lourd accent et leurs proies féminines. Leur sonorité était souvent à ce point faussée, comme le bruit d'un mauvais crincrin, qu'il ne comprenait pas la surdité abyssale des jeunes femmes. Complices ou dures d'oreille ? Une fois ou deux, il avait été à deux doigts de s'inviter dans la conversation pour les mettre en garde. Un réflexe stupide qu'il avait su maîtriser in extremis. La Terre n'avait pas besoin de lui pour tourner rond. Il se rabattait alors sur la partie spectacle de la place, y trouvant souvent un dérivatif à sa solitude grandissante. Les filles étaient superbes, pimpantes, souriantes. Elles ne marchaient pas, elles flottaient dans l'air chaud à quelques centimètres du sol. Au printemps, c'était un véritable défilé de mode autour de cette harmonieuse place en forme d'œuf.

En attendant Clara en terrasse, il ne put s'empêcher de penser à son grand-père maternel, Maurice Tournerat – antimilitariste et anticlérical – qui l'y emmenait souvent pour lui raconter sa jeunesse. Avec ses deux inséparables amis, Valentin et Noël, le jeune Maurice se retrouvait sur cette place pour vider un godet avant d'aller faire un tour à la maison close de la rue Belmont. Le trio s'y cachait pour tenter de surprendre de pauvres jeunes curés qui s'y aventuraient. Si une malheureuse soutane était surprise à l'approche de la porte surplombée d'une lanterne rouge, elle y était aussitôt clouée par une bordée de « Croa, croa, croa » sonores. Ils y entraient ensuite d'un air triomphant, tandis que la mère maquerelle les grondait gentiment de faire fuir la clientèle, fût-elle ecclésiastique et peu fortunée.

Son grand-père ne lui avait jamais caché sa sympathie d'alors pour ces lieux accueillants dont il parlait sans fausse pudeur. Pour un homme né à la fin du XIXe siècle, il était très détendu sur le sujet. Alexandre avait d'ailleurs toujours eu du mal à rapprocher les deux images : celle de ce jeune homme en bordée avec ses deux copains amateurs d'amour tarifé et celle du monsieur racé et élégant, mari fidèle et haut fonctionnaire en retraite décoré de la Légion d'honneur. Alexandre n'eut pas le temps de sombrer plus avant dans ces réminiscences familiales car il vit Clara foncer vers lui d'un pas martial.

« Alors ! Raconte-moi ! dit-elle tout de go en s'asseyant. Je suis curieuse de savoir ce qui pouvait bien t'encalminer sur une plage par trente degrés en plein été, un vieux livre relié à la main… même de Benoist-Méchin. »

9.

Clara n'était pas maquillée. Elle n'en avait pas besoin. Hâlée, elle avait les lèvres incroyablement bien dessinées et colorées. Leur pourtour était cerné d'un très léger renflement comme pour en souligner la régularité et la parfaite symétrie. Alexandre dut faire un effort pour débuter son récit car il n'avait qu'une envie, détailler plus avant son visage tant il était délicat. Elle portait un fin col roulé noir qui le mettait en valeur, un peu comme ces socles subtils et aériens qui se font invisibles pour mieux porter aux nues la beauté d'un masque africain ou asiatique épuré. Il aurait voulu s'attarder sur ses paupières, un trait du visage si souvent délaissé dans les romans et pourtant si tendre et secret. Il réprima un geste spontané de la main pour toucher sa joue tant son grain était fin. Il se faisait souvent réprimander dans les musées, car il ne résistait pas au plaisir de caresser les statues, leurs hanches galbées, leur cou fragile, une épaule gracile, une fesse affirmée, un téton frondeur.

Il avait potassé la période baltique durant une bonne partie de l'été, prenant force notes. Une sorte de raid sauvage au royaume de Courlande en 1919. Il voulut emporter Clara dans son récit. Il évoqua rapidement l'énigme de la barrette germano-russe trouvée chez son étrange brocanteur sans lui en donner tout de suite la clé. Elle fut intriguée, comme le révéla ses deux fossettes qui se creusèrent progressivement en l'écoutant. Il vit que la peau de ses bras se veloutait légèrement.

« Pardonne-moi si je reviens sur des événements que tu connais déjà, dit-il d'un ton un peu docte qui fit tiquer Clara. En mars 1918, les bolcheviks sont contraints de conclure une paix séparée avec les Allemands. C'est un succès inespéré pour Guillaume II. Il peut donc concentrer désormais toutes ses forces à l'ouest et espérer l'emporter avant que les Américains ne montent en puissance.

— Jusque-là, je suis en terre connue, rassure-toi, dit-elle d'un ton imperceptiblement aigre-doux. Lénine a fini par céder aux exigences berlinoises, estimant qu'il ne pouvait pas poursuivre la guerre à l'extérieur et installer en même temps la révolution à l'intérieur.

— C'est un renoncement douloureux pour lui qui croit à la révolution prolétarienne mondiale. Quant aux Allemands…

— Si je me souviens bien, coupa Clara, ils ont pensé récupérer définitivement les pays Baltes. Ils ont toujours été obsédés par le *Drang nach Osten*, la poussée vers l'Est, vers les terres slaves. Les barons baltes d'origine allemande y sont d'ailleurs implantés depuis sept siècles.

— Oui…, dit Alexandre un peu déstabilisé par la tournure de l'échange qu'il pensait bêtement diriger. J'ai noté une éloquente description de Benoist-Méchin du cadre de ces affrontements de 1919, poursuivit-il tout à trac en sortant un papier froissé de sa poche pour tenter de retrouver une certaine contenance.

— *Ton* Benoist-Méchin…, lâcha Clara, ironique.

— Ce n'est pas *mon* Benoist-Méchin, répliqua Alexandre en prenant la mouche, rentrant les épaules, désireux de lire coûte que coûte son stupide papier : *Une terre sablonneuse et triste, semée de forêts et d'étangs, un ciel illimité où souffle un vent venu du fond des steppes asiatiques, une mer glauque et mélancolique, dont l'horizon nacré contraste avec la sombre verdeur des pins…*

— C'est plutôt réfrigérant. On dirait le début d'un film d'Ingmar Bergman avec un plafond bas… du style *Cris et Chuchotements* en Courlande », ajouta Clara en faisant une grimace raccord avec le thème.

Bloqué dans son élan, il pensa qu'il n'arriverait jamais au bout de son récit. Tout à coup, il se sentait un peu perdu avec son approche falote, bêtement professorale. Cela dut se voir car ses traits dissimulaient mal ses humeurs. Clara prit alors la mine faussement contrite d'un disciple ayant interrompu son maître. Alexandre éclata de rire en voyant sa moue de petite fille dissipée. Elle adopta une pose plus sérieuse, un « Je t'écoute » intense, presque grave, qui le remobilisa instantanément. Il empoigna à nouveau son sujet, essayant de ne pas perdre

Clara dans les chemins de traverse qui pullulaient sur cette terre qu'il ne parvenait pas à imaginer autrement que recouverte d'un triste manteau neigeux. Au pas de charge, avec force moulinets, jeux de tasses et de verres pour marquer les positions des belligérants, il déroula la saga des combats de la Baltique.

Après la défaite allemande en novembre 1918, les bolcheviks avaient voulu récupérer leur bien. C'était le match retour. Ils étaient repartis à l'assaut avec un féroce désir de vengeance. Mais ils avaient rapidement trouvé en face d'eux une armée fantôme inattendue : les débris de la VIIIe armée allemande de la Baltique. Exceptionnellement, les Alliés britanniques et français avaient autorisé la toute nouvelle République allemande à la laisser sur place pour bloquer la poussée rouge.

« Tu veux dire qu'après la fin de la Grande Guerre, une armée allemande régulière continue de se battre contre les bolcheviks avec la bénédiction des Alliés ? demanda Clara, estomaquée.

— Oui, et j'ai complètement zappé cette période dans mes cours. Il faut dire que nos programmes glissent sur ce type d'épisode. On passe à côté de perles…

— Et la suite ? lui intima gentiment Clara.

— Fin 1918-début 1919, les Russes et leurs alliés lettons foncent vers Riga. Mais ils butent sur une incroyable armada, comme si cette terre raffolait de coalitions hétéroclites.

— À quoi ressemble-t-elle ?

— À un improbable patchwork… Accroche-toi ! Aux côtés de la VIIIe armée allemande, dont je viens de te parler, il y a des paysans baltes mais aussi des troupes russes blanches. Ils veulent remettre un nouveau tsar sur le trône de la Russie éternelle.

— Et les barons germano-baltes ?

— Ils ne sont pas en reste. Ils ont leurs propres troupes mobilisées dans leurs immenses domaines. Et puis il y a des *chiens de guerre*, les corps francs qui arrivent d'Allemagne avec la rage au ventre pour rejouer l'aventure des chevaliers teutoniques du XIIIe siècle. »

Hésitant entre la version longue et la courte, Alexandre choisit une voie moyenne, tout en surveillant des yeux les signaux non verbaux de lassitude ou de décrochage de la belle. Il ne put s'empêcher d'évoquer un personnage oublié dont les plans auraient pu changer la face de la seconde moitié du XXe siècle : le général Rüdiger Graf von der Goltz, commandant les troupes allemandes de la Baltique. Clara lui fit répéter deux fois ce nom totalement inconnu. Alexandre embraya, expliquant que ce général très politique, imaginatif et combatif, s'était mis en tête d'écraser les Rouges et de rétablir un Romanov à Saint-Pétersbourg avant de foncer vers Berlin pour y réinstaller un Hohenzollern. Mais après des combats d'une violence inouïe entre tous ces protagonistes baroques, le plan de l'Allemand s'était effondré. Les Alliés avaient finalement décidé de couper les fils de la marionnette Goltz. Ils étaient d'accord pour qu'elle s'oppose aux Soviétiques, pas pour qu'elle joue sa partition en solo. L'Allemand avait résisté tant qu'il avait pu. Mais son outil militaire s'était disloqué sous les bombardements de la marine de guerre britannique de la Baltique et les assauts furieux des Rouges. Il s'était battu, débattu, cherchant toutes les martingales possibles pour échapper à l'étau.

« Je ne vois pas encore pointer le profil de ta médaille russe, fit soudain remarquer Clara. Le serveur tourne autour de nous depuis un bon moment. Je crois qu'il faut qu'on bouge et qu'on paye…

— On s'en fout ! » lâcha brusquement Alexandre avec une lumière étrange dans les yeux qui la figea de stupeur.

Il n'était plus là, dans cette brasserie montpelliéraine cosy. Il était plongé dans les rougeoiements de Riga, dans les affrontements de Libau, Mitau et Narva. Là-bas, le sang coulait à flot et les serveurs impudents se faisaient empaler pour un mot de travers.

Clara se risqua néanmoins :

« Bon, mais ta décoration, alors… ? »

Revenant à la surface, Alexandre s'exécuta tandis que le serveur faisait une prudente marche arrière après avoir vu l'ombre du pal dans son regard furieux.

« C'est au moment où tout s'effondre qu'intervient un rebondissement comme on en voit seulement dans les pièces de boulevard. Un colonel russe blanc, le prince Bermondt-Avalov, se rend chez

Goltz pour lui faire une proposition surprenante. Les rumeurs les plus folles s'attachent aux basques de cet homme fantasque et grande gueule. Certains doutent qu'il soit réellement prince de sang. Ils le prennent pour un de ces aventuriers comme les périodes troublées en produisent en grand nombre. Mais il a pour lui un atout maître : il a quitté Saint-Pétersbourg en emportant une partie des sceaux officiels de l'administration tsariste. Il a notamment ceux des naturalisations. Il propose donc tout simplement à Goltz de faire citoyens russes d'un coup de tampon tous les soldats des troupes allemandes et de les incorporer de facto dans “l'armée russe blanche de libération”.

— Ainsi ils seront soustraits à l'autorité de la république de Weimar et des Alliés, et ils pourront poursuivre le combat jusqu'à Saint-Pétersbourg, conclut Clara, songeuse.

— Tout juste. Voilà comment les derniers soldats de la VIIIe armée du Kaiser et les corps francs sont devenus en 1919 des citoyens de la Très Sainte Russie munis de papiers d'identité tsaristes en bonne et due forme.

— C'est sidérant !

— Le tour était joué.

— Et ils ont pu alors recevoir des décorations tsaristes…

— Exactement. L'Allemand de ma barrette mystère a été décoré au feu par les princes blancs qui avaient emporté des stocks de décorations avant de fuir.

— Le stratagème a-t-il fonctionné ?

— Non, tu l'imagines bien ! Les Alliés ont fait savoir au gouvernement allemand qu'ils n'étaient pas dupes et que la plaisanterie avait assez duré : citoyens allemands ou pseudo-russes, ces desperados devaient rentrer au bercail d'urgence, sans quoi les armées françaises et britanniques pénétreraient en Allemagne pour y remettre de l'ordre. La mort dans l'âme, Goltz a dû se soumettre. Pour ne pas subir l'humiliation d'être désarmés, nombre de corps francs sont rentrés en Allemagne de nuit par les forêts. Il faut dire que personne n'avait vraiment envie de les en empêcher. Leur réputation les précédait…

— Que sont-ils devenus ?

— Quelques années plus tard, plusieurs de ces ex-combattants de la Baltique se retrouveront dans la garde rapprochée d'un certain Adolf Hitler. Ils vont créer les Sturmabteilung (SA), sections d'assaut de sinistre réputation. Les unités de SS et de Waffen SS compteront également de grandes figures de l'aventure balte. Tu vois la filiation… et tu imagines leur jubilation quand, en 1941, leur Führer repart à l'assaut de l'Est en envahissant la Russie soviétique et les pays Baltes. Voilà, tu sais tout. Je vais pouvoir récupérer ma barrette dès que ce maudit brocanteur poilu aura rejoint son blockhaus. »

Heureux qu'elle ait finalement plongé avec lui, il se tut, soudainement épuisé, des pétales noirs de son esprit encore accrochés quelque part le long des fils barbelés de Riga et de Libau.

« Si tu veux creuser un peu plus le sujet, dit Clara, le rouge aux joues, je te présenterai Charles Murrière qui a été mon professeur de littérature allemande à Paris. Il a plus de quatre-vingts ans, mais il est resté très vert. Il est retiré dans les environs de Montpellier, au Crès, dans une grande demeure familiale. C'est un normalien, historien de formation, qui s'est tourné ensuite vers la littérature allemande. Je me demande s'il n'a pas fait sa thèse sur les mouvements révolutionnaires allemands de l'après-guerre et les desperados qui sont partis combattre dans les pays Baltes. »

Alexandre acquiesça, plus pour la perspective de revoir Clara que pour celle de rencontrer le vieux professeur. Il en savait désormais assez sur ce sujet qu'il comptait introduire dans l'un de ses cours à partir du secret de la barrette. Il tenait là un sacré effet de scène. Et sa brochette de décorations lui fournirait un bel instrument de médiation temporelle pour ses classes. Surtout s'il parvenait à trouver le nom du récipiendaire.

10.

Pendant tout le mois de septembre Alexandre alla rôder du côté de la boutique de M. Licorne. Elle était toujours close. De rage, il tambourina à plusieurs reprises contre la vieille porte, provoquant la chute de courriers débordant de la boîte aux lettres. Il demanda aux vendeurs des magasins voisins s'ils avaient une idée de la date à laquelle le brocanteur avait l'habitude de faire sa rentrée.

« C'est un toqué. On ne sait jamais. Il ne dit rien. Une année, il n'a pas rouvert avant décembre. On pensait qu'il était mort ou parti. Il doit être blindé de tunes pour se moquer à ce point des clients. De toute façon qui voudrait acheter quelque chose dans ce bazar ? On attend qu'il se barre pour reprendre le pas de porte. Mais il s'accroche, le vieux », déclara une jeune nymphette siliconée qui vendait des maillots de bain.

Et puis, un samedi d'octobre, encore à distance de la boutique, il comprit que son homme était revenu. Les protections crasseuses de la façade n'étaient plus en place. M. Licorne était dans sa tanière. Alexandre entra en tentant de maîtriser sa jubilation intérieure. Il l'aurait presque embrassé mais il fut soudain saisi d'un horrible doute. *Et s'il se rétractait, s'il m'avait baladé ? Il l'a peut-être déjà vendue à un inconnu.* L'homme à la casquette inamovible était là. Il l'accueillit d'un air neutre et d'un geste des doigts à la hauteur du front, comme le font les soldats polonais quand ils saluent. C'était plutôt bon signe même s'il ne brisa pas le premier le silence qui empesait l'air.

« Je sais ! annonça Alexandre, qui voulut faire sobre.

— Ah…

— Oui, pour la barrette de décorations… Vous vous souvenez ? Je sais. J'ai résolu l'énigme de la médaille russe.

— Ah bon ! » dit l'homme en gratouillant son taillis de sourcils. Il eut une petite lueur brillante dans les yeux qu'il ne parvint pas à dissimuler complètement.

Alexandre se lança, expliqua, détailla, mit en scène les personnages. Un récit à réveiller les morts de la Baltique. La misérable échoppe du brocanteur se transforma en un vaste champ de bataille, les cadavres remplaçant au mur les mochetés pendues. Riga, Mitau et les autres bourgades de la Baltique dévastées y projetèrent leurs ombres maléfiques. On pataugeait dans le sang. Comme avec Clara, il maintint le suspense jusqu'à la fin, espérant faire sortir l'étrange bonhomme de sa torpeur. Plus d'une fois, il avait redonné vie à des classes somnolentes en les entraînant avec lui sur les chemins du temps ressuscité. À la fin, M. Licorne se contenta d'un lapidaire :

« Elle est donc à vous ! »

L'enseignant fut heureux quoique un peu déçu de ne pas avoir déverrouillé comme la dernière fois le traditionnel mutisme du bonhomme. Il regretta de ne pas avoir fait durer un peu plus le récit. Qu'importe, il possédait enfin ce qu'il avait tant désiré. La barrette changea de propriétaire sans plus de cérémonie. Pour Alexandre, cela valait une passation de commandement devant le front de troupes. Il la tenait enfin dans sa main. Il pouvait désormais la lire, lui redonner vie. Il la prit délicatement comme un talisman, refermant sur elle le papier de soie en respectant les lignes anciennes du pliage. Il la glissa dans sa poche intérieure. Il s'apprêtait à partir après avoir remercié l'homme sans âge et lui avoir dit qu'« il était un homme de parole » quand, après avoir saisi la poignée de la porte, il entendit le bonhomme grommeler dans son dos :

« Il y avait autre chose avec ces décorations. Je ne me souviens plus très bien quoi, mais je crois que cela va avec… »

Alexandre se retourna le plus calmement possible pour que le brocanteur ne voie pas son visage qui s'empourprait, tandis que son rythme cardiaque s'accélérait. Il ne dit rien et attendit la suite.

« J'ai vidé une cave il y a deux ou trois ans à Martigues et j'ai découvert des bricoles dans une sacoche. Les décorations s'y trouvaient avec d'autres trucs... je ne sais plus quoi... mais cela va peut-être ensemble... peut-être pas. Je dois avoir cela quelque part », poursuivit-il, se dandinant, tournant mollement sa crinière grise de droite et de gauche comme un ours en panne de miel.

Il s'éclipsa finalement derrière sa tenture, farfouilla longtemps et revint en tenant à la main une sacoche de cuir en fin de vie. Quand il la posa sur une table bancale, elle expulsa un nuage de poussière, se dégonflant comme un vieux soufflet de forge cacochyme.

« Oui, c'est là-dedans qu'il y avait la barrette. – Un grand silence, puis : – Je vous la donne. Ça va ensemble. Il y a du bazar dedans. En échange, vous me donnerez votre livre dédicacé quand vous l'aurez fini. »

Alexandre n'en espérait pas tant. M. Licorne lui sembla décidément bien étrange car c'était la première fois qu'un représentant de cette profession, peu encline à la gratuité, lui offrait quelque chose. En sortant, après moult salutations, il remonta la rue Fournarié avec son *précieux* sous le bras, sans savoir s'il contenait un trésor ou des objets sans intérêt. En marchant, il palpa le cuir selon sa vieille habitude pour tenter d'en pénétrer tactilement le contenu. Il sentit la présence d'un gros livre et d'un autre plus petit, moins épais. Il y avait une autre chose, très plate, qu'il ne parvint pas à interpréter et un objet rigide plus lourd, oblong. *Une dague ou un poignard. Peut-être une courte baïonnette*, pensa-t-il.

La piste était prometteuse. Il espérait surtout y trouver l'identité du propriétaire de la barrette balte si le contenu de la mallette avait bien un lien avec elle. Alexandre se retint à grand-peine d'y plonger la main. Il fallait faire durer les préliminaires avant l'étreinte.

Arrivé chez lui, il se prépara au traditionnel cérémonial de la mise au jour. Il posa la barrette de décorations en exergue sur la table basse, puis examina de près la sacoche en cherchant un marquage. Son expérience lui avait enseigné que le cuir pouvait révéler des informations d'une grande valeur si on le faisait parler astucieusement, par exemple en le cirant. Par la différence de couleur entre la surface et l'épaisseur du cuir, on pouvait alors voir apparaître parfois des inscriptions en creux, un nom, un régiment, une date, gravés parfois sommairement. Son doigt glissait sur la peau flétrie à la recherche d'un message de l'au-delà. Le cuir était râpé, abîmé, fendu, suturé, griffé, mordu. Les coutures bâillaient. Mais nulle inscription à fleur de peau. Avant de procéder à l'exhumation du contenu, Alexandre tâta une dernière fois les objets à l'aveugle, mais de l'intérieur cette fois.

La fouille confirmait la palpation externe. Il sortit un gros livre qui se révéla être une lourde bible en allemand avec la pièce de titre en gothique. Elle était recouverte d'une moleskine noirâtre qui portait les traces de nombreuses manipulations. La reliure était bien faite mais avait été malmenée. Il la posa sur la table à côté des décorations. Puis ce fut au tour d'un petit album de photographies de la Première Guerre mondiale. C'était un modèle classique que les soldats se procuraient à l'économat de leur unité. La couverture cartonnée était frappée d'une croix de fer en creux, des trois couleurs de la Prusse et de la mention presque effacée *Kriegsja... 1915/1918.* Sa main saisit ensuite un objet froid. C'était effectivement un poignard. Une dague brune de SA avec l'aigle nazi sur la poignée. Il la posa à côté des autres objets avec une pointe de dégoût.

En explorant le fond, il tomba sur une petite pochette de pansements de guerre étrangement lourde. Elle révéla la présence à l'intérieur de plusieurs Légions d'honneur françaises. Avant de pousser plus loin l'investigation, il observa son butin, tous les sens aux aguets. Les pièces du puzzle se mettaient en place, même s'il manquait encore l'identité du propriétaire. Il se décida à poursuivre l'interrogatoire en commençant par la bible, car il espérait y trouver un nom. Mais la page de garde était vierge de toute mention manuscrite. Il la retourna au-dessus de la table en faisant battre les pages comme un jeu de cartes afin que s'en échappe ce qu'elle pouvait receler : lettres, photos, petits mots. La bible resta muette. Il la reposa pour ne pas fatiguer la reliure moribonde.

Il passa à l'album photo. Il en avait dans sa collection un grand nombre de ce style avec leurs pages bistres à encoches pour glisser les clichés. Pas de nom ni d'indication de lieu. L'album était d'un grand classicisme avec ses photos pâlies de groupes de soldats prenant la pose en armes ou bock de bière à la main ; images de tranchées, de prisonniers français, de prises d'armes, de ripailles, de champs de bataille retournés. La photographie de trois soldats revenait régulièrement. Sur la première d'entre elles, une mention avait été portée au crayon blanc. Il n'eut pas de mal avec son allemand scolaire à la traduire : *Die drei K.*, « Les trois K. ». Au fil des années, leur tenue de combat changeait. Et eux aussi. Le casque à pointe en cuir bouilli laissait la place au lourd casque d'acier. Il pouvait donc dater précisément ces photographies de 1916, date d'introduction de ce casque dans les armées du Kaiser. Toutes les parties métalliques de l'uniforme disparaissaient sous le tissu pour ne plus briller et indiquer à l'ennemi où viser. Les décorations s'accumulaient sur leur poitrine. Mais c'est surtout leur regard qui frappa Alexandre. Il devenait plus intense au fil des années de guerre tandis que leurs visages s'émaciaient, se durcissaient. À la fin de l'album, une dernière photographie des trois K. le clôturait. Ils étaient en tenue de troupes d'assaut, ces fameux groupes d'hommes déterminés à percer les lignes adverses dont il avait déjà parlé à Clara. Casque d'acier enfoncé sur la tête, musette à grenades à manche et carabine en bandoulière, étui en cuir brun pour le Luger P08 et couteau de tranchée à la ceinture, ils dégageaient une impression de force brute, bestiale, primitive. Leur lourd *Stahlhelm* vissé sur le crâne donnait à lui seul le sentiment qu'ils n'appartenaient plus à l'espèce humaine. *L'un des trois est sans doute le propriétaire de ma barrette*, se dit Alexandre. Il se reprit : *l'un des deux*. Les trois K. n'étaient en effet plus que deux à la fin de la guerre. Il venait de voir au bas de la photo, sous le plus âgé, celui dont les yeux avaient une expression assez terrifiante, une petite croix au crayon avec la date : 27 septembre 1918.

Il reposa l'album, se réservant pour plus tard la délicate tâche de sortir chacune des photographies de leur compartiment pour vérifier au dos s'il n'y avait rien d'écrit qui puisse l'éclairer. Il fit ensuite glisser la lame de la dague hors du fourreau car ce type d'arme était parfois dédicacé au nom du récipiendaire. Il vit apparaître la devise de la garde brune d'Hitler gravée en gothique : *Alles für Deutschland*, « Tout pour l'Allemagne ». Mais toujours pas de nom. L'ensemble était cohérent. L'un des trois K. au moins avait survécu à la Grande Guerre. Il avait donc servi en 1919 dans les corps francs de la Baltique, reçu une décoration russe et il avait poursuivi sa course dans la garde prétorienne du chef nazi. Qu'avait-il fait au juste durant la Seconde Guerre mondiale ?

Alexandre revint à la bible pour affiner son inspection. Il la porta à ses narines pour la humer, pour tenter de détecter un parfum particulier. Elle dégageait juste une très légère odeur de moisi. En la feuilletant, il vit rapidement qu'elle avait été trafiquée. Réparties en plusieurs endroits, plusieurs dizaines de pages non imprimées étaient recouvertes d'une écriture serrée au crayon à papier. Ces feuilles, du même grammage que le reste, avaient été insérées par blocs tout au long de l'ouvrage par un habile relieur. Elles étaient indécelables quand on l'avait en main. L'imagination d'Alexandre s'emballa. Pourquoi un tel subterfuge ? Il rassembla ses connaissances d'allemand pour tenter de saisir le sens général et chercher la date du manuscrit. Le début du texte s'adressait à la femme et aux enfants du rédacteur. Les mots *Krieg* et *Tod* revenaient sans cesse. Il identifia également deux prénoms, *Konrad* et *Konstantin*, qui couraient tout au long des pages. Il se demanda si ce soldat, le troisième K., avait été capturé à la fin de la Seconde Guerre mondiale. Pourquoi une bible ? Comment aurait-il pu s'en procurer une avec cet agencement de pages vierges d'origine ? Après avoir tenté en vain de saisir le sens de phrases prises au hasard, il se résolut à reposer l'étrange livre en sachant à qui il allait demander de l'aide.

« Oui, bien sûr ! » avait répondu sans hésiter Clara en jouant naturellement de ses fossettes et en frictionnant son avant-bras avec la main.

Un mouvement qu'elle faisait spontanément quand elle était dans l'embarras ou saisie de curiosité, avait noté Alexandre. Il venait de lui demander si elle acceptait de jeter un coup d'œil sur sa vraie-fausse bible allemande. Comme elle était partie en voyage linguistique avec sa classe, il ne l'avait pas revue depuis deux bonnes semaines.

« Si c'est assez lisible, je te traduirai quelques passages pour que tu te fasses une idée », lui avait-elle dit avec un sourire complice.

Ils se retrouvèrent la semaine suivante au Riche. À l'intérieur, car le temps avait fraîchi. Les claques du mistral avaient transformé les rues de Montpellier en glacière, du moins à l'aune du Midi. Malgré la température ambiante, Clara portait un chemisier échancré qui laissait entrapercevoir les contreforts de sa poitrine enserrant une perle noire de Polynésie. Alexandre ne put s'y attarder. Il nota immédiatement la mine sérieuse de la jeune femme. Elle avait les traits tirés et une petite barre inhabituelle sur le front. Elle se dirigea d'autorité vers le fond de la brasserie, dans l'endroit le plus isolé. Il fut de nouveau fasciné par sa démarche. Elle avait un très léger ressort vertical, une élasticité intrigante, sensuelle. Il l'imagina spontanément en tutu…

« Alors ? lança-t-il, à peine assis.

— Je t'ai traduit les premiers feuillets. Tu vas voir, son style est direct et assez moderne même si ma traduction a certainement accentué ce trait. Je pensais seulement piocher ici ou là pour te donner un aperçu du contenu, mais j'ai commencé par le début et je n'ai pas pu décrocher. C'est la première fois que je plonge dans un témoignage de première main aussi secouant. Être sur le document brut, sentir les hésitations du crayon à certains moments, c'est… c'est assez déstabilisant. Plus que je ne l'aurais cru. J'ai essayé de traduire le plus fidèlement possible. Je pense que c'est ton homme, l'homme de la médaille russe, car en sautant quelques pages j'ai vu qu'il parlait des combats de la Baltique. Mais je ne me suis pas encore complètement occupée de cette partie. J'ai déjà eu suffisamment de mal avec celle-là.

— À cause de l'écriture ?

— Non, à cause de ce qu'il raconte », dit-elle en se frottant l'avant-bras.

Alexandre prit les feuillets et se plongea instantanément dans leur lecture, oubliant Clara, le tutu et les bruyants clients de la brasserie.

*

Ma très chère Jutta-Sibylle, mon amour,
Mes chers enfants,

Je ne sais pas vraiment pourquoi je prends le crayon pour vous écrire. Sans doute parce que je savoure ne serait-ce que ce petit temps à moi, à nous, que je dérobe à mes geôliers, et qui adoucit la tristesse de mes journées. À toi de voir, ma chérie, si ce que je vais confier à cette bible complice peut avoir un jour du sens pour nos enfants. Je ne sais même pas si j'irai au bout de tout ce qui me submerge, si je ne vais pas détruire ce que j'aurai écrit avant de partir. Mais je vais devenir fou si je garde tout cela en moi. Au moins, avant de mourir, aurai-je eu ce tête-à-tête avec mes eaux troubles, le sentiment d'être encore en vie, de palpiter jusqu'à la fin.

Tracer des lettres, faire des pleins et des déliés, trouver les mots qui brûlent mon âme, si j'en ai encore une, la mettre au jour. La fixer sur le papier. C'est vraiment tout ce qui me reste entre ces quatre murs où je ne contrôle plus rien. Dans quelque temps, ce sang qui afflue au bout de mes doigts pour commander aux mots, aux phrases, ce sang qui irrigue mon cerveau …

*

Après avoir lu tous les feuillets avec avidité, revenant souvent en arrière pour s'en imprégner, Alexandre les avait rassemblés, puis reposés avec ménagement sur la table bistrot. Clara le fixait intensément de ses yeux passés de la noisette tendre à un ambre sombre. Il restait silencieux, tout comme elle. Il avait lu nombre de récits de guerre depuis l'enfance, mais ce récit autobiographique transmis par une bible détournée le frappait par sa capacité d'introspection.

« Marié avec des enfants, en sachant qu'il avait dix-neuf ans en 1915, c'est nécessairement un captif de la fin de la Seconde Guerre mondiale, dit-il à mi-voix, comme le font les personnes âgées en cherchant à rassembler leurs pensées éparses. Il a quarante-neuf ans en 1945… Qu'a-t-il fait ? Un criminel de guerre ? Un officier prisonnier ? Qui est ce troisième K. couvert de sang ? »

Quelle époque de dinguerie ! pensa-t-il, sans parvenir à mettre entre lui et le document la distance professionnelle que son métier d'historien aurait dû lui imposer. Un drôle de goût lui monta aux lèvres. Il voyait apparaître le visage de ses élèves à peine plus jeunes que cet Allemand anonyme. Il ne parvenait pas à les imaginer sous le lourd casque d'acier. Comment se les représenter caparaçonnés de fer et de cuir s'en allant étriper la classe d'à côté ? Il embrassa rapidement Clara et la planta là en emportant sa traduction sans un mot de remerciement.

11.

Le week-end suivant Clara poursuivit la traduction chez elle avec la concentration d'une bénédictine. Elle s'était cloîtrée pour mettre les bouchées doubles. La petite écriture serrée du prisonnier ne lui facilitait pas la tâche. Parfois, elle débordait sur les marges et en bordure des pages imprimées. La nervosité, l'urgence étaient manifestes. Il écrivait également parfois en gothique. Peut-être une sorte d'exercice pour tuer le temps. Elle devait fréquemment recourir à une loupe pour décrypter ses pattes de mouche.

Alexandre voulut à tout prix la joindre pour s'excuser de son départ précipité. Il se rendit compte qu'il n'avait pas son numéro de téléphone, qu'il ne savait même pas où elle habitait. Il était donc dans l'impossibilité de débarquer chez elle à l'improviste un bouquet à la main. *Et si elle avait un mec ? Cela pourrait prêter à confusion*, se dit-il. Pour passer le temps, il engloutit séances de cinéma et hamburgers. Il n'eut même pas assez d'énergie pour aller aux Arceaux. Dès le lundi, son dernier cours expédié, il fila d'une traite au Riche. Clara l'attendait depuis une bonne heure, passée à relire sa traduction pour en corriger les dernières imperfections. Elle ne lui en voulait en rien de son brusque congé de la fois précédente. Elle l'avait vu bouleversé.

Était déposée sur la table de la brasserie une nouvelle moisson de feuillets tout frais dans une jolie chemise bleue sur laquelle elle avait écrit un grand K. en gothique suivi d'un point d'interrogation. Ses yeux disaient : *Tu vas voir…* Ses bras frissonnaient presque malgré la température ambiante. De sa main gauche, elle se massait à nouveau l'avant-bras de façon répétitive, comme pour évacuer une tension accumulée.

« Notre Allemand, pour être précis, notre Bavarois, repart en arrière dans cette seconde lettre. Une sorte de flash-back. Il évoque sa mobilisation en 1914 et sa première rencontre avec Konrad et Konstantin. C'est le début de leur amitié de guerre. On comprend pourquoi elle a été si importante… mais je ne t'en dis pas plus. Il utilise souvent des expressions françaises. Je l'ai signalé entre crochets. C'est peut-être une coquetterie de sa part car il explique que les Bavarois sont très francophiles ou parce qu'il a vécu une année en France. Il y a également dans le texte des fins de phrase qui ont été gommées. Je les ai notées. Tu verras si tu devines de quoi il s'agit. Je n'y suis pas parvenue. Cela ne dénature en rien le texte. J'ai revu un peu la ponctuation défaillante tout en respectant l'esprit au maximum. Il écrit de temps en temps dans un style télégraphique. Mais d'une façon générale son écriture est plutôt soignée, élégante même par moments. Il n'a pas l'écriture d'un soldat ni même celle d'un officier de formation classique. C'est un homme qui a l'habitude d'écrire, de développer sa pensée. Un soldat devenu politique ? Un écrivain devenu chef de guerre ? Nous aurons la réponse, je l'espère, par la suite. Je me suis demandé un moment si ce n'était pas un inédit d'Ernst Jünger mais rien ne colle avec cette hypothèse.

*

Ma chérie, mes chers garçons,

Tu sais, ma tendre amie, à quel point mon amitié pour Konrad et Konstantin fut forte. Sans eux je n'aurais jamais tenu pendant les quatre années de guerre. Je me souviens très bien de la première fois où j'ai vu Konrad. C'était à l'été 1914, j'avais regagné Munich en vitesse où m'attendait mon livret de mobilisation. Nous, la bleusaille, nous devions être regroupés à la gare de marchandises pour partir vers notre camp d'équipement et d'entraînement. J'étais très fébrile et plutôt mal à l'aise. Quelques jours plus tôt, j'étais encore en France pour ma première année d'étude universitaire, en territoire désormais ennemi. Maintenant, j'allais devoir tuer ces Français si joviaux que j'aimais par tradition familiale. Nous, catholiques bavarois, avions toujours eu une affection particulière pour la fille aînée de l'Église malgré la guerre de 1870 : toutes les bonnes familles faisaient faire à leurs rejetons des séjours linguistiques dans ce pays voisin.

De façon un peu lâche, j'espérais que nous gagnerions vite, comme en 1870, et que je n'aurais pas le temps de terminer mes classes, ni de combattre ni de tuer des Français.

En même temps, je voulais connaître l'expérience du feu, devenir un homme, porter des décorations, faire le fier devant les filles. La littérature prussienne était pleine de l'exaltation du caractère vital, viril, saint et sacré de la guerre, de la célébration du fait que c'était le sel de la vie, un processus de régénérescence de la nation : seuls les peuples faibles en avaient peur et étaient voués à la déchéance. En tant que Bavarois, j'étais partagé entre une certaine attirance pour ces valeurs et un peu de mépris pour cette vision primitive de l'humanité qui venait de la Prusse, de cette dynastie des Hohenzollern que nous considérions comme des parvenus tardifs, protestants et un peu bornés, en comparaison de notre très ancienne et subtile maison de Wittelsbach. Mais j'en sentais aussi un certain écho en moi. Comme une salivation de l'âme barbare. En fait, je ne savais pas ce que je voulais. Avec envie, j'observais autour de moi le comportement de mes jeunes camarades. Ils faisaient bonne figure. Ils me semblaient bien plus virils et guerriers que moi, même si nous étions tous encore en tenue civile.

Munich était pavoisée aux couleurs nationales blanches et bleues, et prussiennes noir-blanc-rouge. Les rues étaient pleines de ferveur. L'air était saturé d'une sorte d'hystérie joyeuse. On avait l'impression que tout était possible. Nach Paris ! Nach Paris ! *Quelle clameur ! Un moment de bonheur et de communion. Nous ne savions pas que ce qui nous attendait serait plus près du rouge de Prusse que du bleu de Bavière. Tout était alors brillant et euphorique. J'étais grisé.*

En arrivant sur le quai de la gare, des fleurs piquetées sur mon costume de ville par la foule, je l'ai vu. À l'évidence, il était plus âgé que nous. Surtout, il était déjà en tenue militaire. Il tranchait avec notre masse, bigarrée pour encore peu de temps. Il avait belle allure en tenue feldgrau *avec son casque à pointe étincelant négligemment porté sous le bras, le cuir luisant des brelages sur la poitrine, la plaque de ceinturon en cuivre lustré serrée entre deux triples cartouchières. Je l'ai pris pour un sous-officier tellement* il avait de la gueule [en français]. *Il parlait avec un autre homme, un jeune civil comme nous, noir de poils et de cheveux, qui buvait ses paroles avec respect.*

L'homme en tenue était incroyablement décontracté. Il se tenait avec nonchalance, une jambe tendue en arrière, celle de devant légèrement fléchie, le pied posé sur un pavé. Il se dégageait de toute sa personne une grande assurance. Il avait les cheveux coupés court en brosse. Très blond, presque blanc, comme décoloré par le soleil. Son teint hâlé faisait contraste avec nos peaux roses de bébés guerriers. Sa façon de porter l'uniforme était étonnante pour mes yeux de civil. Il lui collait à la peau. J'avais déjà vu des soldats en tenue de campagne lors des manœuvres qui se déroulaient dans un grand champ à deux pas de la maison. Je les avais toujours trouvés plutôt mal fagotés entre l'armement, l'équipement, les cartouchières. Tout cela pendouillait, donnait une allure fripée qui disparaissait comme par enchantement lors des parades. Lui était différent. Tout était strictement ajusté, sanglé sur lui. Il habitait sa tenue comme une seconde peau. Un guerrier déjà tout de force contrôlée. C'est l'impression première qu'il m'a laissée. Je le revois là devant moi. Et j'en pleure.

Je me souviens m'être demandé : D'où sort-il ? *Il devait sentir mon regard depuis un moment car il a tourné légèrement la tête vers moi avec une expression neutre. J'ai baissé les yeux stupidement comme une rosière, et je suis parti à l'autre bout du quai au milieu d'une bande vociférant et puant le schnaps.*

Plus tard, quand nous nous sommes retrouvés au camp d'entraînement au sud de Munich, je l'ai abordé sous un prétexte. Je n'arrivais pas à rabaisser le drapeau de sécurité en acier de la culasse du Mauser. Il a pris mon fusil calmement et il a fait pivoter sans effort la pièce métallique en m'expliquant sur un ton badin les positions : blocage-sécurité, déblocage, et la manœuvre pour l'extraction de la culasse quand il fallait changer le percuteur brisé. Il m'a dit son nom : Konrad Küllmann. C'est lui qui m'a ensuite présenté Konstantin Schoenig à la popote. Ce dernier avait mon âge. Il venait de commencer ses études de droit à l'université d'Heidelberg et il espérait pouvoir se présenter très vite à la formation d'aspirant. C'est avec lui qu'il discutait à la gare. Konstantin était comme moi de Munich, alors que Konrad était du nord de l'Allemagne, de Brême. Il avait dix ans de plus que nous et déjà une solide expérience malgré son rang de simple soldat.

Il rentrait d'Afrique du Sud, ce qui nous impressionnait énormément. Il y avait combattu les Britanniques aux côtés des Boers. À seize ans, il avait fui sa ville hanséatique où son père, un gros notaire, voulait le préparer très tôt à prendre la suite dans cette étude familiale très renommée. Mais il y avait là trop de poussière et de chuchotis pour son âme éprise de liberté et d'espace. Il avait donc fui la bonne Allemagne. J'étais fasciné par autant de détermination. Je me sentais en comparaison un modèle de conformisme béat. L'entendre m'ouvrait des horizons insoupçonnés. Autant d'indiscipline et d'audace chez un Allemand du Nord m'épatait.

Il avait songé un moment à s'engager dans la Légion étrangère française et avait opté finalement pour un aller simple pour l'Afrique du Sud. Une filière allemande acheminait des têtes brûlées comme lui pour aider les Afrikaners de l'État libre d'Orange et de la république d'Afrique du Sud à tenir tête aux Anglais, les Tuniques rouges. Ils combattaient depuis la fin du siècle précédent pour préserver leur indépendance face aux appétits de la Couronne britannique. En cours de route, en Namibie, l'une de nos colonies de l'Afrique occidentale, il avait fait la connaissance de deux jeunes Afrikaners qui repartaient au combat après avoir été déportés à Ceylan par les Britanniques. Cela je m'en souviens car il nous l'a raconté plusieurs fois. Quand il avait trop bu, il oubliait ce qu'il nous avait raconté. Mais cela ne nous gênait pas de l'entendre à nouveau.

Les deux Afrikaners avaient vite sympathisé avec Konrad dans le bateau qui les conduisait en Afrique du Sud. Grâce à eux, il avait été enrôlé dès son arrivée. À seize ans, il avait l'âge minimum fixé par les Boers pour leurs combattants, fermiers et citoyens libres qui portaient les armes jusqu'à soixante ans. Autour de ces descendants de Hollandais, têtus, bons combattants, insolents et indis-

ciplinés, rescapés pour les plus vieux de combats cruels contre les Zoulous, s'était agrégée une foule bigarrée de combattants étrangers, allemands, belges, français, danois, russes, irlandais, etc. Une tour de Babel de l'esprit rebelle européen. Tous dressés contre les Anglais.

Dans ses récits, dont il était prodigue au repos, on voyait que Konrad restait nostalgique de cette armée de volontaires où l'engagement au combat de « libres citoyens » était aux antipodes de la discipline prussienne. Les chefs Boers étaient élus par la troupe. Tu imagines ! Quand Konrad nous a raconté cela, nous pensions qu'il plaisantait. C'était pourtant vrai. Les chefs élus commandaient au combat, puis au repos, ils se retrouvaient logés à la même enseigne que leurs troupes. Aucun privilège, sauf celui de mourir éventuellement en premier. Formés à la dure sur le modèle prussien qui, après 1871, avait contaminé tous les États allemands, nous avions du mal à imaginer une armée aussi étrange. Nous ne voyions pas le coquet général Arnim von Platter-Bück, commandant de notre brigade, venir dormir avec nous, partager nos feuillées et les poux qui commençaient à pointer leur nez. Cette armée mythique de Spartiates égalitaires nous faisait rêver.

Konrad était séduisant dans ses descriptions d'une armée invincible composée de citoyens-guerriers libres et égaux, mais il n'était pas complètement convaincant quand on constatait ce qu'il était advenu au final de ce singulier édifice. Nous n'osions pas le lui dire. Nous ne pouvions, en effet, oublier que les Boers avaient été finalement battus par ceux-là mêmes que nous allions retrouver en face de nous quelques semaines plus tard avec leurs alliés français. Cette idée mettait en joie Konrad. Il parlait souvent d'une nouvelle manche contre les Anglais. Il avait une autre idée solidement ancrée : transplanter le modèle afrikaner au sein de l'armée allemande.

Je te raconterai cela plus tard, car j'entends des pas dans le couloir. Les gardiens ont eu la bonne idée de piquer les bottes de cuir ferrées de nos troupes. Cela me sert d'avertisseur.

12.

Les attraits de Clara et l'abstinence affective et sexuelle dans laquelle Alexandre végétait depuis trop longtemps auraient dû le pousser plus avant dans la découverte de la belle Latine germaniste. Il n'en fit rien. De son côté, tout en étant très confiante et chaleureuse quand ils étaient ensemble, Clara n'émettait aucun de ces signaux classiques qui indiquent généralement que la voie est libre. Pas de phéromones dans l'air. Alexandre savourait paradoxalement cette situation. L'autre sexe avait encore un petit air de menace, malgré son mariage passé. Il y avait dans cette relation intellectuelle autour d'un document inédit un charme indéniable, du moins, c'est ce dont il tentait de se convaincre en constatant la retenue de Clara. Avait-il peur, au fond de lui, de la jeune femme, de sa trentaine insolente, insouciante, tranquillement conquérante ? Depuis l'anniversaire de ses quarante ans, il disait qu'il était vieux… espérant que les gens se récrient. Ils ne le faisaient pas toujours, lui disant même qu'il s'encroûtait.

Ce qui le fascinait chez Clara, c'est qu'elle était pleinement présente au temps présent. Lui naviguait sans cesse entre passé, présent et futur pour revenir toujours au temps mort. De quel temps était-il vraiment ? Saurait-il vivre un jour ici et maintenant ? N'était-il pas déjà mort pour aimer à ce point les *hiers* plutôt que les *demains* ? Clara semblait avoir réglé ce type de question ou n'avoir jamais été plongée dans ce genre d'affres. Sans aucun monolithisme, ni psychorigidité, elle était d'un bloc. Quand elle était là, elle occupait l'espace sans peser. Elle habitait l'instant avec naturel, sans effort. Elle ne donnait pas le sentiment de se projeter. C'était extrêmement rassurant.

Et puis Alexandre ressentait un signe fort, heureux, quelque part derrière son nombril. Il n'y percevait pas de *traîtres mots* venant d'elle. Après avoir passé du temps en sa compagnie, il n'avait jamais constaté après-coup de dépôts dans sa cavité intérieure dédiée aux faux-semblants et autres mots trompeurs de la journée. Parfois, s'insinuait juste, de façon fugace, une ombre indéfinissable. Clara était *elle*, tout simplement *elle*. Sa placidité et sa plasticité étaient vivifiantes. Elle donnait l'impression d'avoir un pacte secret avec le bonheur qu'Alexandre voulait explorer plus avant. En même temps, elle n'avait jamais fait aucun geste vers lui, ni tendu la moindre perche à laquelle il aurait pu se raccrocher. Il notait simplement que la relecture du mystérieux texte provoquait parfois chez elle une sorte d'extase un peu bizarre. Il avait lui-même un côté un peu barré quand il était aux prises avec les poussières du temps. Clara le surpassait à certains moments en donnant l'impression d'être en lévitation intérieure. Mais le plus clair du temps, elle était d'une franchise à toute épreuve. En fait, il savait d'elle peu de chose, comme si sa personnalité lumineuse rendait inutile d'en savoir plus. Elle esquivait les questions personnelles sur ses petits copains éventuels qu'il lui posait sans grande finesse.

Leurs rencontres étaient à la fois graves quand il s'agissait de la bible allemande et d'une grande gaieté pour tout le reste, notamment quand ils partageaient, autour d'un café au bistrot après la cantine des profs, les histoires de leurs classes bouillonnantes. Clara avait de « bonnes » classes, à faibles effectifs, les élèves studieux choisissant souvent la langue de Goethe plutôt que celle de Cervantès.

Brillante élève depuis l'enfance, elle n'avait pas eu le même cheminement que lui pour retourner à l'école, côté estrade. Très jeune, elle avait voulu exercer ce métier, éveiller les esprits, faire découvrir à travers une langue étrangère une autre culture, une autre manière de penser.

« C'est une façon de découvrir la richesse de l'humanité et surtout à quel point elle est faite de la même pâte au-delà de la culture, de la langue ou de l'histoire. Maîtriser une autre langue force à se déporter mentalement. C'est une excellente gymnastique contre le nombrilisme.

— Tu sais, le nombril peut être parfois très utile… », avait-il objecté sans qu'elle puisse saisir le sens de l'allusion ni qu'elle cherche à l'éclairer.

Elle n'était en rien blasée par rapport à son métier et elle redonnait du tonus à Alexandre qui était souvent cyclothymique. Clara et les souvenirs de K. l'avaient dopé. Il se rendait compte d'ailleurs à quel point tout était plus fluide et plus léger quand on éprouvait cette douce sensation de complicité. Il n'avait jamais ressenti cela avec Hélène. Il avait dit à la jeune professeure qu'il avait été marié mais elle ne l'avait pas questionné plus avant, comme si le sujet l'indifférait. Un samedi, après qu'il lui avait fait découvrir les heurtoirs de bronze et de cuivre des hôtels particuliers du vieux Montpellier, elle céda sans résistance aucune à ses questions sur les raisons de son intérêt marqué pour la singulière bible allemande.

« J'ai une histoire familiale un peu compliquée qui me rend sensible aux grandes fractures du XXe siècle », dit-elle avec une soudaine gravité.

Elle ne regardait plus Alexandre mais le chocolat chaud qui refroidissait devant elle. Le petit sucre qu'elle avait posé sur la mousse s'enfonçait doucement au fur et à mesure de la dislocation de ses molécules. Il était surpris que cela puisse l'absorber à ce point. La tonalité de sa voix avait changé.

« Mon grand-père, ancien de 1914-1918, lui aussi, un brave Français selon la *vox populi*, poursuivit-elle d'une voix assourdie, s'était entiché dans les années 1920 de la figure du Duce. Il n'était pas italien mais il était tombé en dévotion devant le menton carré de Mussolini et ses uniformes de cirque. Une sorte de coup de cœur d'un homme bonasse, dominé par sa femme, pour la posture martiale du grand *Caudillo* romain.

— Il retrouvait par procuration une virilité confisquée ?

— Sans doute, répondit-elle en baissant les yeux. À Agde, où il vivait, cette fascination perçue comme vaguement folklorique et plutôt rigolote dans les années 1920-1930 est devenue carrément sulfureuse dans les années 1930. Si bien que peu de temps avant la guerre de 1940, il s'est exilé en Italie avec toute sa famille pour échapper aux insultes et aux dégradations de son appartement. Il n'est jamais revenu en France. Pour services rendus à sa nouvelle patrie, il a reçu une vague breloque, une décoration, de celles dont les Italiens raffolent. Cela lui a valu le titre de *Commendatore*, l'équivalent, je suppose, de commandeur pour notre Légion d'honneur. Il s'en est rengorgé jusqu'à la fin de sa vie. Tout le monde dans son quartier, notamment les commerçants, lui donnait du *Commendatore* long comme le bras. Ma mère est revenue en France après la guerre pour épouser son ami d'enfance, qu'elle n'avait pas oublié. Ils n'arrivaient pas à avoir d'enfant, jusqu'à mon arrivée tardive et miraculeuse après un pèlerinage à Lourdes. Tu imagines… ce qui pèse sur mes épaules », dit-elle en éclatant d'un rire forcé.

Alexandre sentit du côté de ses viscères une infime crispation qu'il mit sur le compte de l'amertume du café brésilien qu'il avait bu.

« Et l'allemand ?

— J'ai toujours aimé les langues. Je parle l'italien aussi bien que le français… Tradition familiale. J'ai tout simplement eu une professeure d'allemand géniale en quatrième. Elle m'a fait aimer cette langue et cette culture vers lesquelles je n'étais pas naturellement attirée. Il y avait sans doute aussi chez moi le désir secret de démonter les ressorts cachés des années 1930-1940. Comment un pays, connu comme l'une des terres de prédilection du romantisme, a-t-il pu se donner corps et âme à un personnage comme Hitler ? Dans ces années-là, l'Allemagne est sans doute en Europe l'un des États au plus haut niveau culturel, avec un système éducatif et universitaire de très grande qualité. C'est la patrie de Beethoven, Schubert, Schumann. Je pourrais couvrir des pages entières du nom des esprits lumineux qui ont fait ce pays. Comment admettre que la barbarie nazie ait pu y installer son quartier général… Cela reste encore pour moi un mystère. C'est à croire que la Grande Guerre avait détruit en profondeur tous les repères de l'humanité tels qu'on les voit décrits dans les livres lumineux de Stefan Zweig. C'est pour cela que cette histoire de bible me passionne. J'espère que nous parviendrons à trouver l'identité de K.

— Si son nom n'apparaît pas explicitement quelque part, nous pourrons peut-être le retrouver par recoupement. »

Les traits de Clara s'étaient durcis au fil de cet échange. Alexandre pensa que la jeune femme était blessée de constater que ce qu'elle chérissait particulièrement – l'intelligence, la culture, les études universitaires – avait été détourné pour servir de caution à une doctrine monstrueuse qui avait conduit à la mise à mort industrielle d'une partie du genre humain.

Il eut envie de la prendre dans ses bras. Mais il s'en abstint. Malgré leur début de complicité intellectuelle, une barrière invisible semblait la ceindre. Cela commençait à le tourmenter sérieusement car il ne savait comment l'interpréter. Il se demandait si son ascendance italienne et les conditions de sa conception n'en faisaient pas une sorte de vestale coincée malgré son allure cool. Cela lui sembla inepte. Mais il ne savait pas comment aborder la question. Il n'envisageait pas non plus de lui sauter dessus. *Elle doit me trouver trop vieux !* se disait-il.

13.

Ils décidèrent de se retrouver régulièrement au Riche pour partager le fruit des traductions de Clara. La brasserie avait été élue au rang de quartier général dédié à K. Le serveur, qui avait tenté de les faire partir un peu trop vite la première fois, montait la garde avec zèle devant *leur* table. Il était définitivement apprivoisé après avoir échappé de justesse – fruit de l'imagination d'Alexandre – à un pénible *annus horribilis* après empalement de type baltique. Impatient, Alexandre pensait déjà à une publication des Mémoires de K. Ils n'en étaient pourtant qu'au tout début de la mystérieuse bible. Elle contenait au total plusieurs dizaines de pages noircies par l'écriture fine du captif. Son éditeur serait ravi de publier un document inédit si la suite était de la même veine que le début. Son impatience n'était pas que littéraire… Pour Alexandre, le temps de l'abstinence et de la pénitence avait assez duré. Mais Clara se dérobait toujours dans un sourire. Il avait bien tenté de l'inviter un week-end à Carnon, le lieu de leur première rencontre. Le soir, l'immense plage ourlée de bleu, avec un soleil couchant à fleur de coquillages, était d'une grande sensualité. Il y régnait une paix profonde. L'endroit était idéal pour un tendre traquenard amoureux. Elle avait habilement décliné l'offre. Elle avait toujours mille choses à faire…

Clara avait promis de rester au même rythme qu'Alexandre et de ne pas découvrir la fin des lettres avant lui. Ils ne faisaient pas l'amour mais la bible était leurs préliminaires. Leur *Cantique des cantiques.* C'est du moins ce qu'il constatait amèrement, espérant davantage qu'un partage platonique. Elle était toujours charmante avec lui mais pas séductrice, enjouée mais pas provocatrice, apparemment contente de le retrouver mais sans exaltation. Elle avait l'art de s'éclipser, de s'exfiltrer quand il devenait un peu trop pressant, ce qu'il commençait à être. Imaginer cette femme à ce point cynique que seules les aventures de K. motiveraient leur étrange relation de camarades de travail lui paraissait cependant invraisemblable.

Ce jour-là, Alexandre marchait à grands pas pour la retrouver au Riche. Elle lui avait mis un petit mot charmant dans son casier pour le prévenir d'une nouvelle livraison. Encore une douce soirée d'automne avec cette lumière rasante qui accentuait les contrastes de la ville jalonnée de platanes protecteurs et amicaux. Il ne s'en lassait pas. Son épiderme était toujours en fête quand il était caressé par les derniers feux d'une journée ensoleillée. Il retouchait du doigt physiquement qu'il était natif de cette ville, qu'il lui était consubstantiel même s'il n'y avait vécu que quelques années. Après le ventre de sa mère, c'est cette atmosphère qui l'avait enveloppé pour la première fois quand on lui avait fait mettre le nez hors de la clinique. Il était ici chez lui.

En chemin, il avait croisé plusieurs jeunes femmes au verbe haut et aux gestes déliés, plutôt jolies. Elles lui avaient souri au vol sans façon. Cela se fait souvent dans le Midi chaleureux et convivial, et ne prête pas nécessairement à conséquence. C'est une façon de dire que la vie est belle. Il s'en était senti tout requinqué. Un peu plus mâle. Un bon présage ? Il rejoignit Clara qui l'accueillit d'un grand sourire. Bientôt calé à côté d'elle dans la moleskine molle de la banquette de leur quartier général, Alexandre prit les derniers feuillets déposés des mains d'une Clara énigmatique comme une offrande.

« Tu te souviens, dit-elle, il avait dû interrompre sa rédaction à cause… »

Alexandre la regarda en prenant l'air le plus benêt possible, les deux bras largement dépliés en signe de demande de pitié. Comment pouvait-elle croire qu'il ne savait pas où ils en étaient au mot près ! Elle sourit sous cette charge comique muette.

« Veux-tu que je te le lise à haute voix ? » demanda-t-elle brusquement comme pour se faire pardonner.

Il fut étonné, pris de court. Il n'avait jamais songé à cette façon de donner corps au texte de K. Il trouva l'idée divine. Accorder le son de la voix de Clara au texte de l'Allemand, mêler étroitement l'hier et l'aujourd'hui, le son du verbe et la résonance de l'écrit. Il n'y aurait pas songé tout seul. Il avait pourtant déjà vécu cette expérience. C'était à Belle-Île-en-Mer, quand il était étudiant. Une jeune fille, qu'il convoitait ardemment, voulut absolument qu'il l'accompagne pour écouter une lecture de Proust dans une sorte de café littéraire aux murs tapissés de livres multicolores. L'idée de rester planté sans pouvoir s'esquiver pour entendre lire des extraits cataleptiques d'*À la recherche du temps perdu* lui faisait monter au cerveau des bouffées aigres. Mais la jolie personne valait bien une messe proustienne. Il lui suffirait de plonger en apnée mémorielle tout en évitant d'avoir l'air trop abruti. Il ne put le faire. Il fut saisi dès les premières phrases par l'incroyable musique de l'auteur servie par des voix féminines successives dont la diversité renforça la prégnance des images, des sensations, des odeurs, des couleurs. Les fantômes du *Temps perdu* avaient pris chair.

Clara but un verre d'eau et se concentra avant de se lancer. Un léger frisson parcourut ses avant-bras. Leur table était suffisamment isolée pour que des oreilles intruses ne puissent voler des bribes de leur secret. La magie opéra immédiatement malgré la différence de sexe : l'homme K. semblait parler par la voix de la jeune femme Clara. Elle lisait très bien, avec une voix chaude, qui restituait le suc de chaque mot. Elle chuchotait presque à certains moments. Son rythme de flux et de reflux révélait un autre texte que celui des mots et des phrases assemblés.

Il exhalait plus nettement l'intention secrète qui avait guidé le mystérieux K. dans sa prison. Elle ne lisait pas son texte, elle l'interprétait comme une actrice, s'en étant déjà pénétrée lors de la traduction. C'était envoûtant pour lui et surprenant pour elle. Clara redécouvrait à travers le son de sa propre voix ce qu'elle connaissait parfaitement intellectuellement par l'écrit.

*

Ma chérie, je reprends, les pas s'éloignent.

Après la défaite des Afrikaners, Konrad était resté dans ce pays magnifique pensant faire souche loin des froidures du Nord et des papiers timbrés. Il avait d'ailleurs épousé la fille de son chef de kommando. L'annonce par les journaux de la déclaration de guerre en 1914 l'avait rejoint dans sa ferme du Transvaal avec plusieurs jours de retard. Il avait pris la décision de rentrer immédiatement en Allemagne en plantant là son épouse et son bétail. Nostalgie de la patrie menacée par l'Afrique du Sud désormais alliée des Britanniques ? Goût de la guerre ? Conviction que tout serait fini en trois mois ? Avant son départ, ses amis s'étaient cotisés pour lui faire tailler un uniforme réglementaire allemand et lui avaient offert deux Luger P08 numérotés 1 et 2 sur la crosse : c'était alors le fin du fin en matière d'arme de poing.

Je ne sais plus comment il avait fait pour rejoindre si vite notre pays et pourquoi il s'était retrouvé avec nous dans un régiment bavarois. Il nous a avoué plus tard nous avoir choisis tous les deux dès le premier jour sur notre mine et pour nos prénoms commençant par K. comme Krieg *! Un bon présage selon lui. Au feu, on apprend très vite à évaluer les personnes. On développe un instinct pour savoir ce que valent réellement les gens sous leurs grands airs. Il trouvait que nous n'avions pas de grands airs et que c'était bon signe. De quoi faire de bons soldats et de bons camarades. Selon lui, on ne tient au combat que s'il y a deux ou trois personnes auxquelles on est lié par une amitié indéfectible. Sinon, on se délite de l'intérieur au contact de la mort. Il ne faut pas non plus avoir trop d'amis, car leur perte inévitable détruit inexorablement les survivants. Ces leçons nous laissèrent bouche bée, tout comme les récits de combat que Konrad nous prodiguait le soir après des manœuvres exténuantes conduites sous les hurlements de nos gradés. Curieusement, ils l'épargnaient. Il faut dire que pas un d'entre eux ne l'égalait au tir, au déplacement en campagne, en camouflage et en calme. Notre encadrement était persuadé que c'était un officier qui avait été cassé de son grade pour avoir fauté avec la femme d'un général. Konrad laissait courir la rumeur, cela l'arrangeait.*

En l'écoutant, nous avions l'impression de mieux nous préparer à faire le grand saut. Il nous mettait toutefois en garde, car les combats qu'il avait connus en Afrique n'auraient sans doute rien à voir avec ceux qui nous attendaient en France. Nous n'étions pas encore montés en ligne, mais la guerre de mouvement s'enlisait en cette fin d'automne 1914. J'entends encore sa voix posée, plus grave sur les fins de phrase, comme pour créer un suspense, évoquer pour la première fois les kommandos. Personne n'avait osé l'interrompre pour lui demander ce que ce terme voulait dire et l'on a très vite été éclairés. Les kommandos en Afrique du Sud pouvaient compter cinquante hommes comme mille. Konrad et ses amis harcelaient les Britanniques avec des groupes de combattants très autonomes. L'esprit était le même quel que soit le nombre : autonomie, mobilité et surprise. Face à eux, les Tuniques rouges étaient lourdes et empêtrées dans tous leurs équipements, régiments et bataillons. Konrad avait toujours combattu dans des kommandos d'une trentaine d'hommes. Une bonne échelle pour lui. Il avait du mal à supporter plus de monde. Avec ses copains, il formait un trio. Il cassait du Britannique avec beaucoup de plaisir, et ne repartait jamais de ses rapines sans emporter des pots de marmelade piqués dans le mess des officiers ou d'autres victuailles dont regorgeaient leurs campements.

Mais au tournant du siècle, les soldats de Victoria s'étaient organisés. Plus nombreux et mieux armés, ils avaient fini par l'emporter sur le courage du fermier-soldat défendant sa terre. Ses deux amis afrikaners ont été coupés en deux par un seul obus. Cela a douché nos envies de rire quand il nous a confié cela les yeux embués. Des hommes coupés en deux… nous allions en voir en très grand nombre. Ce n'est pas beau mais on s'y habitue.

Je t'abandonne.

Ton K.

14.

Les jours suivants, avec une certaine fébrilité, Alexandre guetta Clara au lycée. Exceptionnellement, il resta plus longtemps en salle des professeurs pour pouvoir la voir à la sortie de l'un de ses cours. En l'attendant, il fut même aimable avec tout le monde, à la grande surprise de ses collègues. Certaines reprirent espoir, lui proposant avec des airs entendus de les rejoindre pour prendre un pot un peu plus tard dans la soirée dans un nouveau bistrot branché qui venait de s'ouvrir du côté de la Comédie. Il fut évasif. Dans les couloirs, il la vit enfin, entourée de lycéens bruyants, descendant quatre à quatre les marches vers la sortie, avec sur les talons une grande blonde athlétique dont la coupe de cheveux de camionneur rappelait celle de Josiane Balasko dans *Gazon maudit.* Clara lui fit de grands signes, portant le pouce et l'auriculaire à la tempe, la bouche grande ouverte mimant : « Je t'appelle. » Il rentra chez lui déçu, se demandant s'il ne devrait pas faire un crochet du côté de chez M. Licorne pour lui raconter l'histoire de la bible. Tout cela était arrivé grâce à lui. Il n'en eut pas la force. C'est elle, rien qu'elle qu'il voulait voir. Elle commençait à l'obséder.

Il avait le sentiment confus que le cadavre de K. les séparait peu à peu inexorablement. Le Bavarois prenait déjà beaucoup de place, empêchant leur relation de s'épanouir. La dernière séance avait été dingue. La lecture à haute voix l'avait rendu présent, presque vivant, palpable. Alexandre, qui voulait depuis l'enfance ressusciter les morts, était singulièrement servi. Mais ce qui l'aurait fait jubiler hier commençait à lui peser. Un sentiment pour le moins morbide l'envahissait : la jalousie vis-à-vis d'un mort. Clara était en première ligne pour décrypter le manuscrit. C'est elle qui vivait la relation la plus forte avec la petite écriture du reclus de l'autre temps. C'est elle qui avait eu cette idée géniale de le faire revivre par sa propre voix. Ève réanimant Adam de son souffle. Le paradis à l'envers.

Il vint à Alexandre des idées folles : *Elle n'est tout de même pas amoureuse d'un mort…* Émanant de lui, cette question avait sa dose d'ironie cruelle. Serait-il trahi par son espace-temps de prédilection : le passé ? Par un homme d'hier ? Le trouvait-elle finalement plus viril que lui, plus vivant, plus séduisant, lui, le disparu, le condamné à mort, l'homme sans traits, sans nom, le paria couvert de sang… ? Il était supplanté par une lettre : un simple K. Comment mettre KO un K. ? Clara serait-elle encore plus amoureuse du passé que lui ? Comment se défaire de l'emprise d'un mort ?

Et pourtant, il percevait une complicité profonde avec elle. Ils avaient communié la dernière fois autour de sa voix, de l'évocation de K. Elle ressentait ce qu'il ressentait. Cela signifiait quelque chose. Il aimait être avec elle, proche d'elle. Mais il voulait être en elle. Il voulait s'arrimer à sa présence. Malgré toutes ces questions et ces craintes, Alexandre ne souhaitait en aucune façon courir le risque de rompre leur étrange relation, même imparfaite, frustrante, blessante. Il était prêt à l'imparfait pour ne pas briser un présent si subjectif. Et, ce jour-là, soudain, l'évidence lui brûla le cœur : *Merde, elle est homosexuelle. Ce ne peut être que cela… La grande blonde… Je suis un vrai con !*

Son portable retentit au moment même où il mettait sa clé dans la serrure de son appartement. C'était elle. Il s'efforça de prendre le ton le plus naturel du monde. Autant dire qu'il le fut aussi peu que possible.

« Ça va ?

— Oui… Non, si, tout va bien, je viens juste de monter les escaliers quatre à quatre.

— On se voit demain ? J'ai avancé. C'était génial la dernière fois, non ? J'ai bien travaillé. Il écrit de plus en plus petit avec un crayon émoussé. Ce n'est pas de la tarte. Parfois, je l'engueule en décryptant ses hiéroglyphes. Tu vois le style, dit-elle en rigolant. Tu vas être sidéré. Il y a une grande nouvelle dans cette partie… Et puis, c'est de la même veine que le tout début. J'en suis encore bouleversée.

— Ah !

— Au fait, j'ai eu au téléphone mon vieux professeur, Charles Murrière. Je t'en reparle demain si tu es libre pour me retrouver au Riche.

— Oui bien sûr, à demain. Je t'embrasse.

— Tchao, tchao ! »

Le lendemain soir, Alexandre rejoignit leur quartier général en remâchant son infortune. Pour une fois qu'il se sentait vraiment en communion avec une jeune femme… Il comprenait mieux pourquoi elle ne l'avait pas questionné sur son mariage raté et qu'elle ait évacué ses questions sur ses petits copains. Il se sentit stupide et trahi. Elle arriva dans un joli tourbillon, des copies en liasse débordant de son grand sac de plage. Le même que celui qu'elle portait lors de leur première rencontre. Elle était comme à l'accoutumée : belle, légère et dense. Il n'y avait pas de raison que ce soit différent des autres fois. C'est lui qui était gêné intérieurement. Pas elle. Après avoir commandé un diabolo menthe, Clara, sans rien lui demander, attaqua d'autorité la lecture après une petite caresse sur sa main qui voulait juste dire : Ça va ?

*

Ma chère Jutta-Sibylle,
Mes chers enfants,

Je suis sorti vivant de ces années de guerre. Du moins ma carcasse n'a pas été totalement saccagée. Quelques trous et cabosses. Une jambe en compote. Tu m'as souvent reproché de ne t'avoir presque rien dit de ce que nous avions vécu avec mes amis. En me lisant tu vas comprendre pourquoi j'ai préféré rester muet. J'étais un enfant, je suis devenu un homme de guerre. Le Karl de 1918 n'avait plus rien à voir avec celui de 1915…

*

« C'est Karl ! » s'écria Alexandre comme si l'Allemand venait de pénétrer dans la brasserie.

Plusieurs personnes se retournèrent vers leur table, amusées ou courroucées. Clara et lui pouffèrent comme des gamins pris en faute.

« Nous avons les trois K. Konrad – mort sans doute au combat –, Konstantin – quel destin ? – et Karl, le rédacteur emprisonné, continua-t-il, complètement surexcité.

— Tu vois, je te l'avais dit. Ça a été un sacré choc quand j'ai vu son nom apparaître, enfin ! Karl, Karl, Karl, répéta-t-elle dans une sorte d'incantation intérieure. Tu vas voir la suite, c'est bouleversant », dit-elle en reprenant de sa voix caressante et puissante.

*

Nous avons été nourris au lait de la guerre. Gavés, même. Notre teint de peau s'est métamorphosé. Gris ou vert dehors, noir dedans. En 1918, je n'en avais pas fini avec cette vieille copine. Ce que j'ose à peine te dire, c'est que j'ai trouvé savoureux plus d'une fois son goût amer. Oui, il faut que je te le dise. Et que je me l'avoue. La guerre offre aux jeunes vies un espace terrible de jouissance mortifère. Certes, ce que nous avons vécu était atroce au quotidien. Surtout les pilonnages d'artillerie. On se sentait comme des fourmis que des coups de talon brutaux tentaient d'écrabouiller dans un fracas épouvantable. Chaque fois qu'ils nous rataient, on voyait, sous la semelle qui se soulevait pour frapper à nouveau, les restes sanguinolents de nos camarades.

Tu le sais, je ne suis pas très déstabilisé par la vue du sang ou des blessures, puisque je voulais faire médecine. Mais là… Là, c'était autre chose. En un instant, le camarade avec qui tu tapais le carton une demi-heure plus tôt, qui venait de te donner un peu du miel tendrement envoyé par sa mère, cet homme se trouvait soudainement décalotté par un éclat d'obus fin comme une lame circulaire de rémouleur. Il partait à la renverse. Il se relevait pourtant et il te parlait couvert de sang et de matière blanchâtre, son cerveau palpitant à deux centimètres de ton visage, avant de s'effondrer, relâchant ses excréments dans un bruit affreux d'évier débouché. Tu n'avais pas le temps de t'apitoyer sur son sort car tu te disais que le coup d'après serait pour toi. Tu ne pensais même pas à sa mère qui ne lui enverrait plus jamais de miel pour ses tartines. Tu trouvais juste à ce moment-là qu'il y avait une parenté entre la consistance du miel et celle de la cervelle. Je sais, c'est absurde, mais j'ai pensé à ça. Tu cassais mécaniquement sa plaque militaire en deux pour notifier plus tard sa mort, si tu n'y passais pas toi-même. Fin 1918, on ne demandait même plus leurs noms aux jeunes recrues qui nous rejoignaient. Pour ne pas trop s'y attacher. Avec Konrad et Konstantin, on leur donnait des numéros. C'était plus facile à accepter, un numéro qui s'effaçait.

Moi qui ne voulais pas tuer de Français, j'ai été servi. Je ne les ai jamais détestés, mais je ne leur ai pas fait de cadeau. Je craignais de me retrouver en face d'un copain que je m'étais fait là-bas dans ces bistrots [en français] *où ils pestaient perpétuellement contre leur gouvernement. Heureusement, après quelques mois de combat, avec nos gueules de tueurs et nos casques, nous n'avions plus figure humaine. Et puis je crois que je m'étais mis dans la disposition d'esprit de ne reconnaître personne. J'ai été plus serein quand on s'est retrouvés face aux Anglais. Konrad était comme fou face à ceux qu'il appelait toujours les « Tuniques rouges ».*

Avec Konrad et Konstantin nous redoutions les longues périodes d'attente durant lesquelles les artilleurs des deux côtés s'en donnaient à cœur joie. Nous, les biffins, on en prenait plein la figure, planqués dans nos casemates ou dans les tranchées, collés aux parois comme des sangsues sur la jambe d'un hémophile. Je ne te parle pas du nombre de copains qui sont morts ensevelis sous des tonnes de terre. Le pire, c'est que quand nous creusions pour les dégager, souvent en pure perte, nous tombions sur des cadavres décomposés des années passées. Du moins, sur ce qu'il en restait. Un jour, Konstantin a pris pour un sac à dos en peau de vache un morceau de torse velu qui émergeait du sol après un bombardement. Il voulait changer le sien. La puanteur était infernale et les mouches comme les rats y faisaient bombance.

Je ne sais plus où j'en suis… j'ai les narines emplies de cette puanteur : vient-elle de mes souvenirs ou de ma tinette ?

J'ai donc aimé, malgré moi, le goût du lait de ma mère Guerre. C'est vrai. C'est monté progressivement. Au début, tu ne comprends rien, tu es mort de trouille, tu souilles ton fond de culotte plus d'une fois. Tu voudrais être à mille lieues des marmitages. C'est indescriptible. Ce sentiment de vulnérabilité est atroce. Tu n'es plus rien. Tes pensées, tes sentiments, tes talents, ton histoire, ta mémoire, tes amours, ton corps… tout cela n'a strictement plus aucune importance. Tu pensais être esprit, tu n'es qu'un petit tas de chair molle, de merde et de sang dans une tenue-linceul vert-de-gris identique pour tous. Dans la vie normale, on croit que chaque existence est singulière, précieuse aux yeux de Dieu – comme on me l'a appris au catéchisme –, alors qu'il n'en est rien à la guerre : nous sommes réduits à un troupeau couleur chiasse promis à l'abattoir. La seule différence entre nous, après la mort, c'est la quantité de chair pourrie qui pourra être mise dans un mauvais cercueil. Mais tu peux, tout aussi bien, disparaître complètement, être rayé de la surface de la Terre, renvoyé au néant, corps et esprit. Il ne restera de toi, tout au plus, qu'une dent, un doigt, une oreille, un cheveu ou rien, rien de rien. Tu imagines cela… rien de rien. Tu peux finir en mauvais engrais de plaines devenues infertiles par la masse d'acier que nous y avons concentrée.

Ce qui était très dur à encaisser, c'est quand la faucheuse surgissait par surprise dans un moment de détente, comme le jour où le gars de la poste aux armées avait pris une balle d'un tireur embusqué en pleine tête tandis qu'il était au milieu de nous à faire la distribution en blaguant. Il était monté sur une caisse de bière pour dominer son monde. Il aimait ce moment où il voyait les visages boueux des soldats se fendre de contentement en entendant leur nom prononcé par sa bouche magique. Bing ! Une balle est tombée du ciel en plein dans son casque qui s'est ouvert comme une boîte de conserve avec sa tête dedans. Le tireur avait dû faire certainement une croix au couteau sur la balle pour qu'elle provoque à l'arrivée un tel dégât. Une balle dum-dum, c'est Konrad qui m'a appris le terme. Wilfried a pissé le sang comme une fontaine. Une partie du courrier en a été imprégnée. Cachet rouge… une drôle d'oblitération. Pour ceux dont la lettre avait été maculée de sang, c'était un mauvais présage. Pas un n'a survécu lors de l'offensive de la semaine suivante. Je ne sais si c'est vrai, mais tout le monde l'a dit et l'a cru.

Et puis, pour les survivants – pas pour tous, pour certains –, est venu insidieusement le temps de la jouissance. C'est un peu comme si la guerre les avait adoptés et avait accepté de faire pénétrer quelques rares élus dans son monstrueux vagin. La charge de terreur se transforme alors en une formidable adrénaline. Je ne sais si tu pourras comprendre cela. C'est dans nos gènes les plus ancestraux ou les plus arriérés, à nous les hommes. C'est cela que j'ai découvert en perdant une bonne part de mon humanité. Tuer pouvait être un exercice jouissif.

Konrad nous avait expliqué que le pire à la guerre c'était l'immobilisme, car le soldat se met alors à gamberger. C'est mauvais pour le moral, avec tous ces cadavres autour, et parfois les cris des blessés coincés entre les lignes. Nous avions donc pris l'habitude de nous proposer systématiquement pour les patrouilles de nuit. L'objectif était de ramener des prisonniers, des plans des positions adverses, de tenter de piquer une mitrailleuse. Konrad appelait cela « le grand jeu ». Nous y avons excellé, si bien qu'au bout d'un certain temps, nous avons obtenu d'y aller à trois seulement, alors qu'auparavant nous partions à huit ou dix sous le commandement d'un sous-officier pas toujours futé. Au bout d'un moment, les copains nous ont appelés le « kommando des trois K. » car Konrad avait popularisé le terme afrikaner. C'était même remonté très haut à Berlin, où l'on parlait de constituer des kommandos en nombre sur le modèle sud-africain.

C'est surtout à propos de ces missions que je te parle du plaisir, de la jouissance qui crée une puissante addiction. Je sais que c'est monstrueux mais au point où j'en suis, je dois dire les choses telles que nous les avons vécues. En outre, je ne suis pas certain de vouloir que ces lignes te rejoignent un jour. Pardonne-moi, mais je me demande si je n'écris pas que pour moi.

Avant de partir pour nos expéditions nocturnes, nous nous préparions tous les trois dans la même casemate. Konrad avait imposé un cérémonial. Nous étions seuls. Nous avions l'impression de revêtir une tenue sacerdotale. Nous allions officier. Sur une grande table étaient posés nos équipements de combat de nuit. Nous nous mettions entièrement nus. Nous laissions nos uniformes habituels pour enfiler des vestes renforcées afin de ne pas risquer de s'accrocher aux barbelés. Aucun bouton n'était visible pour ne pas être repéré au clair de lune. Lors d'une per-

mission dans le Tyrol j'avais dégoté des culottes d'alpiniste très souples ainsi que des chaussures de montagne. Nous portions des bandes molletières et non des bottes trop lourdes qui, lors du rampé, avaient tendance à se remplir de terre. L'armement était adapté à notre besogne : nous avions chacun deux armes de poing avec plusieurs chargeurs approvisionnés d'avance, force grenades, un poignard de tranchée et un lance-fusée pour appeler du secours si cela se passait vraiment mal. Un seul d'entre nous emportait une carabine courte avec lunette de visée. Nous la prenions chacun à notre tour, car elle était encombrante mais utile pour dégommer des officiers quand nous avions un bon angle. Par la suite, nous l'avons abandonnée au profit d'un Luger P08-artillerie à canon long et crosse de bois amovible. Plus léger et tout aussi efficace avec sa petite hausse de tir. Nous avions chacun une musette avec du chocolat et de l'eau pour tenir plusieurs heures si nous étions coincés dans un trou. Nous y mettions également de grandes quantités de cachous. À l'arrivée des Américains en 1917, nous les avons remplacés par des chewing-gums. C'est Konstantin qui a eu l'idée de les prendre pour envelopper les grelots des clochettes d'alerte qui pendaient aux réseaux de fils de fer barbelés. C'est lui qui était chargé d'y faire des brèches avec une lourde cisaille qu'il avait en partie corsetée de cuir, toujours pour nous rendre le plus silencieux possible. Nous portions le lourd casque d'acier. Nous le recouvrions d'une coiffe de tissu taillée sur mesure dans des sacs de pommes de terre très épais. Nous nous passions le visage au charbon de bois. Dans la pièce où nous nous équipions, nous ne parlions pas. Seul le cla-

quement des chargeurs engagés, des culasses verrouillées, celui d'une dague glissée dans son fourreau venaient rompre le silence spectral de notre crypte. Une fois équipés, sanglés dans nos habits de prêtres de la mort, nous nous rapprochions casque contre casque, comme le jour de notre premier assaut. Je ressens encore, en ce moment même, cette vibration amortie qui parcourait tout notre corps. Nous restions comme cela en silence, tête contre tête, quelques secondes pour intégrer la puissance des trois, une, indivisible, unique. La Sainte-Trinité du Feu. Mon nouveau catéchisme, plus proche de l'Ancien que du Nouveau Testament, moi qui écris sur cette bible qui dégouline de sang. Les dieux, c'étaient nous.

Nous étions choyés par nos officiers car nous rapportions toujours quelque chose de ces virées barbares. Contrairement à beaucoup d'autres, nous ne buvions pas d'alcool avant de grimper l'échelle de sortie. Konrad ne revenait jamais bredouille. Il s'est coulé une fois dans l'une de leurs tranchées avec une capote et un casque britannique pris sur un mort pour pouvoir rapporter ne serait-ce que de la confiture et des toasts. Pour faire bonne mesure, et faute de mitrailleuse, il est revenu aussi avec un de leurs petits grille-pain de campagne.

Tu ne peux pas savoir la jouissance que nos raids nous procuraient. Malgré la peur qui te tenaille le ventre, tu te sens invincible en rampant dans le no man's land. Cette maudite peur, au lieu d'inhiber, était libératrice au bout d'un moment. En t'en parlant, j'en ressens les effets. Je suis en train de me redresser à ma table. J'ai envie de bouger, de sauter à la gorge de mes gardiens. De frapper.

Nous vivions avec une intensité que le civil ne peut même pas entrevoir.

Tous nos sens étaient stimulés à l'extrême. Tu vois tout, tu sens tout, tu comprends tout. Tu n'es plus le fils de la guerre, tu es la Guerre. Tu n'es plus l'otage de cette garce, tu en es le taulier. Les autres sentaient cela. Quand nous étions dans les tranchées, nos camarades avaient tendance à se resserrer autour de nous comme si nous avions la baraka. La mort était notre cousine, elle devait bien nous ficher un peu la paix, pensaient-ils. Je ne me suis jamais senti aussi épanoui que lors de ces missions. Il n'y a que la proximité de la mort pour te donner autant le sentiment d'être vivant… La peur que nous suscitions en tombant sur le râble de nos ennemis était notre nourriture. Ils étaient terrifiés en nous voyant surgir des ténèbres comme des démons. Finalement, si je vais en enfer, s'il existe, je me retrouverai un peu chez moi.

J'ai envie d'être barbare ce soir… La guerre m'appelle. Je veux repartir entre ses cuisses. Si mon gardien entrait maintenant, je pense que je tenterais de l'étrangler et de m'enfuir. Konrad avait raison, il ne faut pas rester immobile. Ces feuilles dérisoires sur lesquelles j'écris sont pour l'instant mon seul espace de manœuvre. Comment pourraient-elles compenser la jouissance mortifère d'hier ?

Je vais devenir fou. Je le suis peut-être déjà. Je n'ose relire ce que j'écris.

Je viens de tenter d'arracher les pages de cette maudite bible, qui contient déjà tant de sang, pour les jeter dans la tinette. Je ne voulais plus que tu lises tout cela. À quoi bon ?

Elles ont résisté. Elles n'ont pas voulu se détacher. La reliure est incroyablement solide.

Je ne sais comment l'interpréter.

Je te laisse, mon amour.

Ton K.

*

Clara se tut, exténuée. Elle avait porté haut le texte tout ce temps, à bout de cœur et de cordes vocales. Elle en frémissait encore. Ce fut elle, cette fois, qui partit après avoir collé un baiser fraternel sur le front de son camarade à la fois heureux du partage et dépité de sa traditionnelle issue. Elle revint sur ses pas. Il la regarda plein d'espoir. « Je passe te prendre demain à 9 heures chez toi », lui rappela-t-elle.

15.

Clara avait de la suite dans les idées. Elle l'avait convaincu sans difficulté de rencontrer brièvement au Crès le professeur Murrière, au début des vacances de la Toussaint. Elle avait adopté ce vieil homme sans enfant comme grand-père de substitution. Après le coup de fil de la jeune femme, il les avait invités sans façon à rester le temps d'un week-end ou plus s'ils le souhaitaient… « Toutes les vacances même ! » La maison était à eux en son absence. Il devait décoller le lendemain de leur arrivée pour le Québec afin d'assister à un colloque international sur Stefan Zweig. Une passion pour le *subtilissime* – c'était son mot – Autrichien qu'il partageait avec Clara. Il ne rentrerait qu'à la fin des vacances scolaires après un détour par Boston pour voir de vieux collègues de Harvard. Il leur laissait « en otage », selon sa formule, sa gouvernante Mathilde et son chat persan, Mérimée. Ainsi ne manqueraient-ils ni de nourriture, ni de compagnie. Pour la compagnie, ils ne pourraient compter en réalité que sur celle du chat car Mathilde avait ses habitudes et elle était aussi discrète qu'un courant d'air.

Clara et Alexandre avaient quelques consistantes piles de copies à corriger et surtout le décryptage des confessions de l'Allemand à achever. En lui proposant cette escapade au Crès, Clara avait précisé avec une certaine gravité dans le regard que « c'était pour travailler sur la bible... ». Sous-entendu : *et pour rien d'autre...* Il avait eu envie de lui dire : « J'ai compris, je suis résigné, je ne peux me passer de ta présence. Je suis prêt à tout accepter. » Mais il s'était tu lâchement.

Après un trajet rapide et plutôt silencieux, Alexandre répondant à Clara par monosyllabes, Le Crès fut en vue. Elle le guida avec assurance dans les petites rues vers la propriété. L'élégante demeure Napoléon III des Murrière se cachait de la route départementale, bien qu'elle ait été érigée sur un mamelon, grâce à un rideau épais d'arbres gigantesques. La terre devait être exceptionnellement irriguée par quelque nappe phréatique pour alimenter une telle végétation dans cette région d'ordinaire martelée par le soleil. Alexandre franchit la grille de la propriété dans un état second. La vue de ce lieu somptueux le ragaillardit un peu.

Le professeur les accueillit sur le perron avec une affabilité légèrement précieuse. Grand et sec, les cheveux blancs encore drus, mains manucurées, gilet de laine et costume-cravate à rosette rouge, il dégageait un parfum juvénile. Alexandre mit quelque temps avant d'en identifier l'origine.

À quatre-vingts ans, Charles Murrière était resté espiègle et pince-sans-rire. Ses prunelles piaffaient. Son léger accent du Sud sonnait comme la meilleure défense contre les ombres de la vie. Son sourire et la lueur de ses yeux d'enfant taquin le trahissaient. Alexandre en conclut que le vieil homme était tout simplement jeune depuis plus longtemps que lui.

En hôte parfait, Murrière fit les honneurs de sa grande bâtisse. Le vestibule était flanqué de deux grands buffets de chasse chapeautés de marbre rosé. Avec ses imposants repose-cannes en bois de cerf, ses deux serviteurs muets en acajou et son monumental jette-habit en bois cérusé, il aurait pu contenir à lui seul le grand studio d'Alexandre. D'immenses miroirs à volutes dorées dédoublaient les volumes, accentuant l'impression de gigantisme qui saisissait d'entrée le visiteur. Le carrelage de losanges noirs et blancs, posés en diagonale, jouait le même rôle optique d'élargissement des perspectives. Un râtelier en bois fruitier recelait sous vitrines une impressionnante batterie de fusils de chasse, dont de précieux Holland & Holland aux platines finement sculptées. Témoignant de leur précision, des massacres de chevreuils et de daims les encadraient l'air absent derrière leurs regards fixes de porcelaine. Une kyrielle de paires de bottes encore crottées gisaient au sol sous une large patère qui disparaissait sous les couvre-chefs cabossés de leur hôte.

Derrière le grand escalier de marbre de Carrare, flanqué d'aériennes arabesques forgées, un passage dérobé permettait de contourner les salons qui partaient sur la gauche pour accéder directement à la bibliothèque, cathédrale de dévotion aux livres d'hier et d'aujourd'hui. Les deux grands salons en enfilade donnaient sur un parc carmin que novembre commençait à dépouiller. Un parquet fatigué, en point de Hongrie, supportait un piano à queue désaccordé, des méridiennes bancales, des canapés défoncés et quelques fauteuils au style dépareillé. Leur indolence s'épanouissait malgré le regard sévère d'un immense Vauban tout en cuirasse et superbe dans son lourd cadre. Un cartel Louis XVI battait la cadence avec componction.

La poussière était l'amie de ces lieux aux senteurs immuables. De celles qui enivraient Alexandre depuis l'enfance. Au premier étage, deux chambres parmi les douze de la bâtisse leur furent allouées, assez éloignées l'une de l'autre. Alexandre se dit que le vieil homme « savait »... Malgré son vague à l'âme, le jeune professeur s'était immédiatement senti chez lui, comme chaque fois qu'il pénétrait dans des lieux où le temps s'était attardé. En revanche, Clara trouvait tout cela un rien pesant et hiératique. Mais la présence de Murrière semblait la faire rayonner. Elle le tenait par le bras, minaudant pour le plus grand plaisir du vieil homme et au désespoir d'Alexandre. *J'ai trois concurrents : un mort, un vieillard et la gente féminine. Cela va être dur...*, se dit-il mortifié.

Après leur installation, une partie de billard français et un dîner frugal servi par une Mathilde invisible, ils expliquèrent au professeur tout ce qu'ils savaient du contenu de la sacoche de Karl et des premiers mystères exhalés par la bible allemande. Un feu crépitait dans la cheminée flanquée de deux chenets en forme d'accortes cariatides.

Le vieil homme manipula les objets qu'Alexandre avait apportés comme un archéologue l'aurait fait de quelques antiques reliques arrachées à la glaise. Il plissait les yeux en silence, faisant défiler la petite cohorte des secrets exhumés. Alexandre apprécia sa façon de questionner tactilement ces fragments et de les disposer sur la feutrine râpée de la table de bridge pour mieux les détailler. Il bougea même certains objets comme pour reconstituer un puzzle mystérieux à lui seul révélé.

Puis, calé dans un fauteuil de grand-père à larges accoudoirs, Murrière commença à parcourir d'un œil exercé les premiers feuillets en français du testament de l'Allemand. Il avait renoncé à lire directement le document original : l'écriture était trop petite et il avait la flemme de se doter d'une loupe. Il félicita Clara d'un sourire complice pour la fluidité de sa traduction. La lecture rapide achevée, il avoua son impuissance à dire grand-chose de plus que ce que les deux enseignants en avaient déjà tiré eux-mêmes.

« Ce n'est pas habituel de lire un document aussi introspectif. Même si Freud était déjà passé par là, l'époque n'était pas à la *psychologisation.* J'espère que vous trouverez les clés manquantes dans la suite du texte. Mes félicitations pour avoir résolu l'énigme de la médaille russe, dit-il. J'ignorais ce tour de passe-passe tenté par Goltz avec la carte de la naturalisation russe des soldats allemands. Quel génial coup de poker menteur ! Cela me confirme dans l'idée que je me faisais du personnage, à savoir celle d'un général très politique avec deux ou trois coups d'avance dans sa manche. Dommage qu'il ait échoué, cela aurait peut-être épargné bien des morts par la suite. Mais Alexandre, vous êtes historien comme moi, nous ne devons pas nous permettre ce genre de spéculation oiseuse : l'Histoire est l'Histoire. À propos des *Baltikum-Bünde*, je vous signale les articles de Charles-Henri Caberlet, journaliste au *Temps*, qui a couvert les événements à l'époque. J'ai fait un mémoire sur ce personnage haut en couleur, surdoué, normalien, esprit libéral très fin, converti au communisme sur le tard. Il a malheureusement fini avec Brasillach et quelques autres intellectuels dans la presse collaborationniste. Une trajectoire à l'image de cette époque : chaotique ! Mon père était abonné à ce journal qui passait pour l'organe officiel du Quai d'Orsay, et qui fut l'ancêtre du *Monde*. J'en ai une collection complète dans les placards du bas de la bibliothèque. Faites attention en les manipulant, les reliures pèsent une tonne, mais je pense que vous devriez y trouver deux ou trois choses intéressantes si vous voulez pousser plus loin la connaissance de ce qui s'est passé en 1919 en Allemagne et dans la Baltique. Mon mémoire doit être quelque part dans la bibliothèque. N'hésitez pas, ma chère Clara, à piocher dans mes nombreux dictionnaires, lexiques et recueils d'expressions idiomatiques. Cela peut vous aider même si votre travail est déjà, à l'évidence, parfait. Je vous ai toujours dit que vous auriez dû passer l'agrégation. Il n'est pas trop tard, ma belle.

« Quant à votre Karl, pour être en détention dans une forteresse et sous la menace d'une exécution, il devait nécessairement occuper un poste à responsabilité au sein du IIIe Reich. Ils sont nombreux à avoir coché les cases "Grande Guerre" et "Baltique" parmi les proches du Führer. Est-il à Nuremberg ? Pas dans le procès principal, les protagonistes sont bien connus, mais peut-être dans les autres procès qui ont suivi pour juger les seconds couteaux ? Il faudrait vérifier la date de naissance des inculpés ayant Karl comme prénom. J'espère que vous trouverez plus d'éléments concluants en poursuivant votre traduction. Clara m'a dit que vous ne souhaitiez pas sauter les étapes. Je vous comprends. Je vous promets de ne rien lire de plus ce soir en cachette... même si j'en brûle d'envie. Je suis désolé de vous être si peu utile. Clara, je compte sur vous pour m'éclairer à mon retour quand vous serez parvenus à la fin de votre travail. Si vous voulez ultérieurement trouver un éditeur je pourrai vous aider sans difficulté. J'ai quelques contacts et pour tout vous dire je serai ravi de faire la préface si la matière qui reste à dévoiler est du même niveau que le début. »

Parti pour prolonger la soirée – il n'avait plus souvent de visites, surtout de jeunes gens, en dehors de Clara –, le professeur proposa à ses convives un verre de cognac. Ses deux invités optèrent prudemment pour une tisane, tandis que le vieil homme se servait dans un ballon une rasade de pilier de bar. Étonnamment, sans que le maître de maison ait prononcé le moindre mot, Mathilde fit son apparition quelques minutes plus tard avec une tisane sur un plateau d'argent pour les deux invités. C'est à croire que la pièce était équipée de micros. Solidement campée sur des mollets de la taille de la cuisse d'un rugbyman, elle portait des vêtements qui semblaient avoir difficilement suivi le rythme de sa croissance hormonale. Toutes les parties apparentes de son corps, fort peu de chose au demeurant, étaient couperosées. Cela donnait encore plus d'intensité à ses yeux bleu acier. Ils faisaient penser à ceux des chiens de traîneau, à la fois fascinants et inquiétants. Elle répondit d'un borborygme aux bonsoirs des deux hôtes. Elle était pourtant censée connaître Clara qui n'eut droit à aucun traitement de faveur. Elle s'éclipsa d'un pas chassé étrangement souple pour son gabarit en lançant une convocation sans appel : « Petit déjeuner 8 heures ! ».

La discussion traîna en longueur. Le vieux professeur était ravi de les avoir sous la main. Il parlait de tout et de rien. De ce qu'il allait dire au Québec sur Zweig : « Un lecteur de l'âme ! Mieux, un *distillateur* de l'âme humaine. Un bouilleur de grand cru de l'espèce humaine. Un vrai génie ! » Clara et Alexandre s'adressaient de petits sourires complices en voyant le professeur écluser sa bouteille de cognac et s'agiter de plus en plus sur son fauteuil. Ce n'était pas une surprise pour Clara. Mais avec l'âge et la solitude, Murrière avait augmenté les doses d'alcool. Fatigué, Alexandre commençait à montrer des signes évidents d'impatience que le vieux monsieur n'était plus en état d'interpréter. Bientôt la pièce ne fut plus éclairée que par le feu de la cheminée. Poitrines en avant, les cariatides de la cheminée s'animèrent. Le visage de Murrière se métamorphosa, souriant ou grimaçant sous l'effet des reflets incandescents qui se disputaient dans l'âtre. Mathilde, suivie du chat persan, fit soudain une nouvelle apparition vers minuit, qui fit sursauter Alexandre. Elle aida le vieil homme épuisé et gris à se lever en lui rappelant que le taxi passait le prendre à 7 heures du matin pour le conduire à Fréjorgues. Charles Murrière fit un petit signe de la main en guise d'au revoir, solidement soutenu par sa matrone de gouvernante.

16.

Le lendemain matin, Alexandre et Clara se retrouvèrent en bas à 8 heures précises. La jeune femme avait les traits tirés. Pourtant elle n'avait rien bu la veille. Alexandre paraissait plus en forme, presque guilleret de s'être réveillé dans ce lieu inspirant. Ils n'eurent que le temps d'apercevoir la queue panachée de Mérimée fuyant vers le parc. Le chat persan les boudait ostensiblement, leur apparition coïncidant avec la disparition de son maître. Ils firent une entrée solennelle dans la grande salle à manger tapissée à touche-touche d'assiettes jaune tendre « Vieux Montpellier ». Une très grande fenêtre située au-dessus d'une cheminée à dégagements latéraux invitait les arbres du parc à se joindre à leurs agapes.

Mathilde était invisible mais le petit déjeuner était déjà en place. Il avait fort belle allure, entre porcelaine blanche, argenterie mate et tartines dorées. Caressées par la douce lumière du matin, les boiseries s'étaient mises au diapason en prenant une couleur croissant chaud. Dans les vitrines d'angle, quelques-uns des plus prestigieux ordres français étaient au garde-à-vous sur de petits supports de bois. La monarchie y occupait les étages plus nobles avec les décorations les plus anciennes, celles de Saint-Michel, du Saint-Esprit et de Saint-Louis. Leurs grands cordons moirés noir, bleu et rouge s'y tutoyaient sans façon comme on le fait entre personnes bien nées. Quoique d'extraction plus récente, l'Empire avait néanmoins droit de cité. Il trônait sur les étages inférieurs avec la Légion d'honneur déclinée en rubans rouges dans tous ses grades et dignités. Ils parlèrent de tout et de rien. Des décorations dans la vitrine. Du parc magnifique. Du travail qu'ils avaient devant eux. De la confession nocturne de Murrière.

« J'espère que tu ne regrettes pas d'être venu ?

— Pas du tout. J'aime ce genre de personnage sans âge. Et je suis impatient d'écouter le son de ta voix dans ce nouveau cadre.

— Malgré l'heure tardive, je n'ai pas pu m'empêcher hier soir de retrouver Karl, dit-elle, faisant naître sur le visage d'Alexandre une grimace aigre-douce. Je n'ai pas dormi du tout. J'irai faire la sieste tout à l'heure. Je suis complètement crevée. Je ne me remettrai plus à la traduction aussi tardivement. Tu vas voir, c'est une nouvelle fois scotchant. C'est leur vie dans leur kommando. C'est tragique, fascinant, déroutant… Si tu veux bien, pour les jours suivants, je travaillerai à la traduction le matin, on se retrouvera pour le déjeuner pour faire un point et après on partage. On se fera un footing en fin de journée ? Je pense qu'il va y avoir pas mal de choses à évacuer. »

Alexandre opina du chef. Ils se levèrent et prirent leurs marques dans le salon, face à la cheminée où quelques braises résistantes rougeoyaient encore. Ils virent alors passer Mathilde comme une ombre dans l'entrée. Elle lança à la cantonade :

« Déjeuner, 1 heure, thé, 5 heures, souper froid, 8 heures. »

Alexandre et Clara se regardèrent en éclatant de rire, imaginant la vieille femme passant ses journées devant un poste de commande de surveillance vidéo de la maison. Clara proposa à un Alexandre amusé quelques mouvements de tai-chi pour se préparer intérieurement. Puis la séance de lecture reprit. La résonance était différente dans cet immense salon voué depuis si longtemps au silence. À moins que ce ne soit Clara qui laissât libre court à son inspiration pour servir Karl. Elle pouvait le faire désormais sans crainte d'indiscrétion ; en dehors de Mathilde et de Mérimée, les voisins n'étaient pas légion.

*

Ma chère Jutta-Sibylle, mes enfants,

Je reprends mon récit d'hier là où je l'ai laissé.

Évidemment, ce sport au sein des kommandos n'était pas sans danger. C'est d'ailleurs là que se situait le point précis de la jouissance. Les choses ne se passaient pas toujours comme nous le voulions. Français et Britanniques étaient aussi des petits malins. Ils avaient également leurs K. Et cela pouvait parfois mal se terminer. Nous sommes tombés en Artois sur une patrouille britannique – c'étaient en fait des Indiens ou des hindous si tu préfères – qui venait faire exactement chez nous ce que nous voulions faire chez eux. Le problème, c'est qu'eux n'agissaient pas à trois mais plutôt à dix ou douze. Après un instant d'effarement nez à nez, les jets de grenades et tirs nourris s'exprimèrent. Je n'ai jamais rien vu d'aussi effrayant de si près. Nous étions en plein milieu d'un feu d'artifice. Les flammes des grenades que nous nous envoyions éclairaient par flashs les visages des uns et des autres comme pour rappeler brièvement que c'étaient bien des êtres humains et non des esprits casqués qui s'affrontaient dans le noir. Nous nous tirions dessus à si courte distance que nos tuniques s'enflammaient parfois à cause des projections de poudre en feu. Les mitrailleuses des deux côtés se mirent très vite de la partie, tandis que sur la droite, des fusées éclairantes étaient tirées du côté ennemi. Il était temps de dégager, car la zone allait être aspergée de torpilles sans faire de détail.

J'ai tué à l'arme blanche un ressortissant de sa Gracieuse Majesté. Il m'avait saisi par l'une de mes bandes molletières dégrafée et tentait de me ramener vers lui comme un poisson ferré. C'est là que j'ai vu qu'il portait un turban comme les sikhs. Il m'a frappé derrière la tête avec un énorme poignard courbe. Mais il était plus engoncé que moi dans son équipement, avec ses cartouchières, son fusil en bandoulière et même sa baïonnette. J'ai pu lui plonger dans le côté mon couteau de tranchée qui avait la forme d'un long clou effilé. Je l'avais longuement affûté au campement. C'est rentré tout seul, comme si je reprisais une de mes chemises avec une grosse aiguille à couture. Il a poussé un petit cri étouffé et je l'ai rejeté en arrière d'un coup violent de mes deux godillots de montagne. Je lui ai balancé ma dernière grenade à manche et j'ai filé.

Nous sommes revenus sains et saufs tous les trois mais par des chemins différents, à des heures différentes. Le combat nous avait dispersés. Comme moi, Konstantin s'était perdu en cherchant nos tranchées. C'est l'odeur de la saucisse qui nous a guidés. J'étais vivant mais criblé d'éclats de grenade aux jambes. Mon fuseau de montagne pendait lamentablement autour de mes jambes. Un vrai travail d'artiste. J'avais une énorme entaille dans le cou, derrière la tête, qui pissait le sang abondamment. J'avais trouvé cela agréable quand je rampais pour retrouver nos lignes car cela me tenait chaud dans le dos. Mes deux gros boutons de Gefreiter cousus sur le col avaient heureusement bloqué en partie la progression de la lame tranchante de mon sikh. Je n'avais absolument rien senti de mes blessures jusqu'à ce que je retrouve mes amis à la popote spéciale qui nous était réservée. À ce moment-là seulement, je me suis évanoui en disant à la cantonade : « Je n'ai rien les gars ! Buvons ! »

Konstantin a laissé un bout d'oreille dans cette affaire et Konrad a eu la joue droite lacérée comme s'il avait voulu piquer son lait à un bébé tigre furieux. Une des entailles, plus profonde, devait le marquer à jamais, lui donnant l'allure de ces étudiants qui se font taillader volontairement les joues dans des duels infantiles pour se donner une allure crâne.

Ce jour-là, nous avons bien failli ne pas en revenir. Cela s'est joué d'un rien. Même nos solides chaussures de montagne étaient profondément coupées comme si nous avions marché toute la nuit dans une carrière de silex. Cela ne nous angoissa nullement et ne freina pas notre volontariat pour les coups tordus suivants. Quitte à mourir, autant le faire en pleine vie, en terrifiant les autres.

Ce qui me terrifiait, moi, c'était de me retrouver enseveli lors d'un bombardement, gazé ou estropié. Les gars qui prenaient des balles ou des éclats d'obus dans la partie basse du visage étaient vraiment à plaindre. Ce n'était pas beau à voir. Je me souviens du petit Luther. Une belle gueule d'ange rieur. On le protégeait car nous en avions fait notre mascotte. Il a pris un éclat juste sous le nez, pas gros mais suffisant pour lui faire sauter toute la mâchoire supérieure. Un morceau de mandibule est même allé se planter profondément dans l'épaule de son voisin. Il s'est suicidé plus tard avec une fourchette qu'il avait aiguisée pendant des semaines à l'hôpital. Les miroirs étaient proscrits dans son service de gueules cassées, mais il s'était fait envoyer par sa famille un livre de son enfance. Heureux de cette demande réconfortante, ses parents n'avaient pas réalisé que dans une des pages de ce livre à tiroir, un petit miroir était encastré pour symboliser une mare… La mare au diable…

Un de mes copains d'école a pris une balle qui lui a enlevé très proprement les deux yeux. Un autre en revanche en a reçu une en pleine tête sans qu'elle lui fasse la moindre égratignure. Curieusement, la balle devait avoir une trajectoire particulière à l'entrée du casque d'acier. Au lieu d'aller tout droit et de le tuer net, elle a glissé à l'intérieur le long de la courbe avant de ressortir. Elle a pris le virage. On voyait nettement son sillon qui avait épousé la forme du casque sans toucher la tête avant de ressortir derrière, au-dessus de la nuque. Nous n'aimions pas cette loterie et autant que possible, nous voulions être du côté du croupier qui lançait la bille.

Quand nous avions enchaîné les coups de main, on partait à l'arrière nous détendre et récupérer. Je te passe les détails de notre menu de survivants. Cela te ferait rougir. Et puis c'est si loin, ces orgies de guerriers vainqueurs… je suis aujourd'hui un vaincu promis à l'exécution !

Nous étions très difficiles à commander. Konrad nous avait appris des rudiments d'afrikaner, moi j'ai partagé avec eux mon français et nous communiquions entre nous dans un sabir qui mêlait les trois langues. Nous ne saluions que les officiers que nous estimions, à la façon des Boers. Tu imagines le nombre de demandes de sanction qui a plu sur le bureau de notre chef de bataillon. Sans effet d'ailleurs, car notre palmarès en prisonniers, mitrailleuses et renseignements nous protégeait. Le major Herman Krüger nous convoquait, nous mettait au garde-à-vous pour nous passer un savon réglementaire, et puis il débouchait une bouteille de champagne que nous descendions vite fait en chantant à tue-tête des chansons de corps de garde. À cheval sur des chaises, sabres au clair, nous tournions autour de sa table de salle à manger en nous poursuivant. Nous avons même été invités plusieurs fois à déjeuner par notre général de brigade. Il connaissait le père de Konrad. Les décorations s'accumulaient.

Nous avons refusé pendant longtemps de passer sous-officiers car cela aurait signifié notre affectation dans des sections différentes.

Finalement, en 1918, notre nouveau commandant de compagnie, le capitaine Helmut von Hadler, nous a annoncé que nous étions nommés directement adjudants chefs. La veille, nous étions rentrés de chasse avec une mitrailleuse Saint-Étienne et sept prisonniers, dont un officier d'état-major pimpant, la joue rose et le teint frais, *comme disent les Français, venu sans doute éprouver des sensations fortes en première ligne. Je n'ai jamais vu un uniforme aussi bien taillé et doux au toucher. Tout son équipement en cuir piqué venait de chez Hermès à Paris. Dans sa veste seyante bleu horizon, j'ai aperçu l'étiquette du tailleur quand nous l'avons fouillé :* La belle jardinière. *J'ai traduit en allemand. Konstantin s'est foutu de sa gueule en français quand il a vu cela. «* Krieg fertig *pour vous si vous prendre vos officiers dans jardins pour enfants. » Les autres prisonniers se marraient. L'officier était terrifié avec son petit brassard d'état-major bien propret au bras et ses foudres de breveté de l'École de guerre au col. Il avait pourtant la Légion d'honneur que Konrad lui a piquée pour sa collection. Avec la sacoche bourrée de papiers du Français, les gars du Renseignement se sont régalés. Encore un bon point pour nous.*

Nous avons été furieux d'apprendre notre promotion comme sous-officiers supérieurs. Elle nous condamnait à prendre chacun le commandement d'un groupe différent. Mais von Hadler nous a assuré que nous resterions ensemble et que nous avions la mission de constituer un kommando de quinze hommes pour conduire des destruc-

tions derrière les lignes ennemies. À Berlin, ce concept avait progressé. Le général Ludendorff voulait le généraliser. Je soupçonne Konrad d'avoir fait passer un mémo à son père, qui avait le bras long. Nous avons sélectionné chacun quatre hommes de notre trempe. Nous avons décidé de mener certaines opérations lourdes à quinze. Konrad était d'accord pour cette entorse à nos règles faisant de la légèreté de notre empreinte au sol un point cardinal. Nous étions sûrs de nos hommes. Mais il nous arrivait encore de faire des raids à trois, à l'ancienne, pour le plaisir. Nos hommes nous voyaient alors partir avec des yeux de chiens abandonnés au bord de la route. Il ne fallait pas le faire trop souvent, sinon ils déprimaient. Nous cherchions tout particulièrement à détruire les parcs de réparation d'avions et de tanks des Alliés. Ces engins à chenilles commençaient à nous faire bien du mal. À quinze, nous parvenions à en détruire un plus grand nombre en une seule nuit. Cela a été une période de folie. Nous sommes devenus des sauvages. Nous avons décidé de donner un nom totémique à notre groupe : le kommando de la…

« Des mots ont été gommés et je ne suis pas arrivée à lire par transparence ce qui a été effacé », dit Clara d'un ton neutre avant de reprendre.

… car je leur avais montré une reproduction de la célèbre tapisserie de… [effacé à nouveau]. *Nous l'avions fait reproduire sur un insigne de cuivre émaillé de bleu et de blanc dans le nord de la France, que nous occupions depuis le début de la guerre. Un très beau travail d'ar-*

tisan. Chaque insigne était numéroté. Un nouvel homme nous rejoignait après sélection pour remplacer un tué en mission. Il reprenait alors l'insigne de son prédécesseur. Le taux de pertes était élevé, mais nous n'avons jamais manqué de volontaires. Les meilleurs de nos hommes – ceux qui survivaient suffisamment longtemps – devaient ensuite à leur tour créer leur propre kommando selon nos méthodes. Nous sommes passés tous les trois très vite sous-lieutenants. On parlait de nous pour la croix pour le Mérite, mais je n'y ai jamais cru. C'était réservé aux officiers supérieurs et généraux. J'ai su que le jeune Jünger, celui qui est devenu un grand écrivain de guerre par la suite, l'avait eue in extremis.

Rien ne pouvait nous résister. Nous prenions un risque maximum en progressant dans les lignes ennemies. Une nuit, nous avons même brûlé douze aéroplanes et ramené les plans de vol pour les jours suivants piqués dans le tiroir du commandant de base. Je passais parfois des heures planqué dans un trou à écouter les histoires de cul de deux sentinelles françaises avant de pouvoir les tuer en étant sûr d'étouffer leurs cris. Le poinçon que nous avions fabriqué permettait de tuer la voix dans l'œuf en frappant au niveau des cordes vocales. Tuer ainsi demandait une adresse certaine. J'étais maître dans cet art. Cela faisait l'admiration de Konrad. J'avais vingt-deux ans, j'aurais avalé le monde.

Nous étions des « Immortels » et étions adulés dans notre camp pour cela. Pour la masse de sang que nous récoltions. Nous étions de bons vendangeurs. Revenir à une vie normale, civile et tranquille était pour nous inconcevable. Ce monde honni était pour nous celui de la mollesse et de l'indécision. Nous le vomissions !

Je réalise ce soir dans mon trou que ce qui nous sauvait, c'était notre capacité à prendre des décisions dans la seconde. Nos vies, celle de nos hommes, exigeaient cette aptitude à analyser très vite pour agir dans un univers sans cesse mouvant. Nous savions prendre notre temps, mais nous ne connaissions pas l'hésitation quand il fallait frapper. Je crois que notre force venait de la fusion initiale des trois K. Nous n'avions même plus besoin de nous parler dans notre sabir – appris en partie à nos hommes en rite d'intronisation. Nous nous représentions dans l'espace sans avoir besoin de nous voir. Quand l'un agissait, les autres se mouvaient instinctivement pour prendre l'exacte place qu'il fallait pour frapper ou se protéger le plus efficacement. Nous avons communiqué ce don aux autres.

Tu vas me trouver ridicule, penser que je suis fou de solitude dans mon trou, mais j'ai eu souvent le sentiment que nous dansions tous les quinze, que nous formions un corps de ballet qui traversait les balles avec fluidité grâce à des mouvements choisis, calculés au millimètre près. Tout était improvisé à la seconde sur une partition très préparée au départ et jouée ensuite avec brio au son de la mitraille. Oui, une danse, un ballet, une harmonie incroyable. Une partie de notre cerveau gérait l'armement, l'autre la conduite de la mission. Je vois encore nos ombres se déplacer sur une crête, s'écarter, se couler dans un trou ou se concentrer avant de parvenir à la quintessence, à la fusion du groupe qui allait faire fondre nos adversaires par sa température. Une ivresse incroyable. Plusieurs fois, quand l'un d'entre nous était touché juste devant nous, j'ai vu certains de mes hommes tressauter à côté de moi comme si la balle les avait atteints eux aussi, alors qu'ils n'avaient rien. Nous étions un seul et même corps. J'ai voulu retrouver cette camaraderie, cette fusion dans les combats de la Baltique.

Nous avons tous été blessés une bonne dizaine de fois. Un de nos soldats, Erwin, nous avait battu au score avec treize blessures parce que, avec une seule balle traversant les deux fesses, on lui avait comptabilisé quatre blessures : deux par fesse avec l'entrée et la sortie du projectile. Je lui avais dit, en français, qu'il avait un formidable trou de balle… *Il ne pouvait pas comprendre. Quelle rigolade ! On l'a cautérisé au schnaps avant l'arrivée du médecin. Il gueulait comme un veau mais c'était efficace. Nous portions tous l'insigne or des blessés avec fierté. Konrad, qui avait des fonds de sa période africaine, s'en était fait faire un en or lourd lors d'une permission.*

À cette époque, quand je repensais le soir à mon arrivée en 1914 à la gare de Munich, j'avais la conviction que ce temps n'avait jamais existé, qu'il s'agissait d'un autre monde. Trop de distance séparait les deux Karl pour que je puisse faire converger les photographies d'hier et d'aujourd'hui. Plus rien ne me rattachait à la douceur de la Bavière. Le monde ancien avait sombré dans un chaos total. Mais nous étions les nouveaux dieux d'un temps dont la saveur n'avait rien de commun avec celui d'hier. Je savais que le chemin de retour serait impossible. La guerre ne fournit qu'un ticket aller pour la mort ou l'enfer prolongé sur terre. Nous avions brûlé nos âmes et nos vaisseaux. Je me sentais infiniment plus proche d'un kommando français que d'un civil bavarois.

Et le regard des femmes, ma chérie, pardonne-moi, mais le regard des femmes de ce temps était brûlant quand nous sortions tous les trois poitrines bombées et décorations en batterie. J'avais l'impression d'être relié au magma, d'être de la lave en fusion. Elles le sentaient. Nous étions des aimants, des amants, des mâles dominants. Elles venaient se réfugier dans nos bras.

De temps en temps, je surprenais le regard sur moi d'un bleu-bite [en français]. *Le même que le mien sur Konrad quatre ans plus tôt. Devais-je lui souhaiter de faire le même parcours que moi au milieu de la pisse, de la chair brûlée, du sang noir coagulé et des ossements épars ? Je ne savais pas car malgré mon assurance, les cauchemars de mon premier soldat décapité me sautaient à la gueule de temps en temps. Je rageais contre mon impuissance à dominer ces remugles qui mettaient en cause mon statut de dieu de la Guerre. Les dieux n'ont pas d'états d'âme. J'en étais honteux. Je n'en ai jamais parlé.*

Début 1918, Konstantin et moi avons commencé à être inquiets pour Konrad. Plusieurs signes nous avaient alertés épisodiquement sur son évolution intérieure. Nous avions toujours préparé très soigneusement nos raids, y compris avec l'aide des clichés de notre aviation et les renseignements de notre Bureau spécialisé. C'est Konrad qui nous avait enseigné cela en nous rabâchant que les Boers avaient perdu parce qu'ils improvisaient trop avant, pendant et après la bataille. Pourtant, il prenait de plus en plus de liberté avec les missions. Il les acceptait les yeux fermés avec une préparation de plus en plus bâclée. Il faisait une confiance aveugle à son étoile. « Ça va passer ! » nous lançait-il en rigolant devant nos airs de plus en plus sombres. Nous nous taisions, pensant que nous n'avions pas encore atteint le même degré de génie que lui. Jusqu'à la mort d'Aloïs et des autres.

Aloïs était un soldat d'à peine quinze ans solidement bâti et incroyablement talentueux au combat. Il avait triché sur son âge pour pouvoir s'enrôler. Il était sans instruction aucune, incapable de suivre une scolarité normale. Il m'avait avoué un jour qu'il avait été classé « débile » très jeune et vite mis au travail à la ferme, où il inventait toutes sortes d'instruments agraires astucieux pour échapper à l'ennui. Il ne savait ni lire ni écrire. C'est moi qui l'aidais. J'étais son scribe et son lecteur. Sept ans seulement nous séparaient mais j'avais l'impression d'être son père, les années de guerre comptant chacune pour dix. Il avait un don incroyable, il voyait à trois cent soixante degrés. Il ne voyait pas les choses à plat – c'est pourquoi il n'arrivait pas à lire – mais en rond. Je ne sais pas comment t'expliquer cela sauf en te disant que son regard était sphérique. Il pouvait se déplacer mentalement d'un point à l'autre de cette courbe pour voir ce qui se passait de l'autre côté. On lui lançait des défis en lui demandant de nous dire quel était le nombre de doigts que nous affichions dans notre dos. Il se trompait rarement. Il disait en rigolant : « Je vois votre bas du dos ! » Je n'ai jamais su s'il avait un don de préscience ou s'il disait vrai en prétendant que son cerveau voyait derrière les personnes et les objets.

Il sentait aussi – ou il voyait ? – ce qui se tramait dans la tranchée adverse et était également capable de placer une grenade à manche aussi précisément qu'un bouliste du Midi français sa boule pour faire téter le bouchon [en français].

Nous l'avions très vite adopté car son don nous était précieux. Plus d'une fois, il nous a alertés sur un danger qu'aucun d'entre nous n'avait vu. Il avait un autre atout pour lui : la baraka. Il était le seul soldat survivant du drame du mont Cornillet, en Champagne pouilleuse. Quatre cents de nos soldats avaient été asphyxiés d'un coup par les gaz que les Français étaient parvenus à introduire par des conduits dans l'immense tunnel que nos pionniers avaient creusé dans le flanc de cette colline. Hagard mais vivant, tirant le corps sans vie de son meilleur ami, Aloïs avait émergé de cet immense charnier. On ne sait pas pourquoi les gaz l'avaient épargné. Konrad se moquait gentiment de lui en l'appelant « le petit marabout vert-de-gris ». Il était notre talisman vivant. Lui qui avait été souvent maltraité en éprouvait une immense fierté. Le jour où je lui ai remis sa croix de fer, il pleurait à chaudes larmes sans pouvoir se contenir.

Et puis une nuit, lors d'une mission lancée au débotté, les choses ont tourné au désastre. Aloïs a été tué en premier car Konrad n'a pas voulu écouter sa mise en garde quand il lui a dit que la première ligne française était déserte. Impossible de reculer pour Konrad. Il ne voulait pas lâcher la mission. Il lui fallait rapporter quelque chose. Avoir sa dose. Or les Français avaient effectivement abandonné sur ordre leurs premières lignes. Cela correspondait aux directives du nouveau généralissime français, Pétain. Il avait exigé que certaines tranchées du front soient vidées de leurs troupes ou très allégées pour nous faire taper dans le vide lors de nos offensives. En revanche, sa deuxième ligne était solidement fortifiée. Il économisait ainsi la vie de ses hommes et il nous matraquait ensuite. Une fois que nous avions pris sans coup férir leur première tranchée, leur artillerie se déchaînait sur nos troupes d'assaut avec d'autant plus de facilité que leurs coordonnées étaient connues au millimètre près par leurs commandants de batterie.

Nous étions justement tombés sur un de ces réseaux fantômes. Au lieu d'écouter Aloïs et de faire demi-tour pour rendre compte, Konrad a voulu que l'on aille voir. Nous avons vu ! À peine un pied dans les tranchées vides – cela faisait une étrange impression de fin du monde, il n'y avait ni âme qui vive ni cadavre –, un déluge d'obus nous est tombé dessus. Nous avons essayé de nous abriter dans les cagnas des Français. Elles avaient été piégées par leurs sapeurs du génie. Aloïs a eu la tête arrachée par une charge placée en hauteur quand Matthias a touché le loquet de la porte de bois. Après, je ne sais plus ce qui s'est passé. Nous avons tous été à moitié ensevelis. Au petit matin, un autre kommando est venu voir s'il y avait des survivants. Ils étaient issus de notre kommando d'origine et tous volontaires. Nous étions seulement quatre à ne pas avoir succombé dans ce traquenard. Ils n'ont même pas pu rapporter les corps de nos camarades tant ils étaient en morceaux ou incrustés profondément dans les parapets comme des fossiles mous. Évacué dans une toile de tente, avant de m'évanouir à nouveau, j'ai vu une jambe délabrée plantée dans une godasse rouge sang. Cette image me hante avec d'autres. Nous avions tous les tympans crevés et nous étions criblés d'éclats. On nous a retiré du corps plusieurs dizaines de grammes d'acier, de cuivre, de cuir, de tissu, de pierre et d'esquilles de bois. Le nerf sciatique de ma jambe droite avait été sérieusement touché. « Raideur du membre en perspective ! » m'a dit le médecin major. J'avais été scalpé sur une bonne partie du crâne. Mais plus personne n'avait envie de rire en évoquant les pratiques des Indiens sioux.

Konstantin n'avait pas moins d'une soixantaine de plaies de tailles diverses. Une branche brisée de sa croix de fer a même été retirée de son sternum où elle s'était fichée. De l'arrière du crâne de Konrad, le chirurgien a extrait une canine et une molaire qui ne lui appartenaient pas. Nous avons été rapatriés dans le nord de la France dans un bel hôpital blanc pour y être soignés après les traitements d'urgence. Le dernier de nos hommes est mort de ses blessures. On avait dû l'amputer d'une jambe. Il n'a pas résisté à la gangrène gazeuse qui était montée plus haut. Nous sommes restés plus de trois mois en convalescence. Konrad était prostré. Il ne parlait plus. Nous pensions que c'était le traumatisme du bombardement. Il ne répondait pas, même quand on lui parlait dans notre langage secret. Puis il a repris du poil de la bête. Nous avons eu l'impression qu'il était comme avant. Enfin presque. De temps en temps son regard foutait le camp vers le bas ou nous balayait sans nous voir.

En rejoignant le front avec une promotion de « lieutenants en premier », malgré notre fiasco, Konstantin et moi avions décidé de quitter le kommando. Nous ne pouvions plus assumer cette fonction en étant revenus vivants sans nos hommes. Nous avions honte. Nous avons retrouvé la Régulière et ses pesanteurs régimentaires. Konrad, lui, a continué. Il ne pouvait plus faire marche arrière. On se voyait de loin en loin. Il avait de plus en plus la tête de ce vieux vétéran du Tonkin et de Cochinchine que j'avais rencontré un soir en France. Ce marsouin gouailleur et chaleureux consommait force alcool – même à quatre-vingt-dix degrés – et de l'opium. Il se consumait de l'intérieur comme une vieille momie décrivant à qui voulait l'écouter ses combats et les charmes intimes des Tonkinoises. Ses récits étaient faits sur le même ton mécanique qu'il évoque les secrets d'un vagin annamite ou ceux de la culasse du fusil Gras. Il avait aimé passionnément l'un et l'autre. C'est lui qui m'avait fait remarquer que « c'était tout de même curieux que vagin soit masculin et culasse féminin » [en français].

Konrad se parcheminait comme le vieux colonial français. Ses yeux ne voyaient plus devant. Son regard était tourné en dedans. Et ce qu'il y voyait ne lui faisait pas de bien. Nous lui avons conseillé plusieurs fois de revenir vers la Régulière, les « longues capotes », comme nous disions par dérision. « Je vais y songer ! » lâchait-il pour qu'on lui fiche la paix. Le front craquait lentement. La foi n'était plus vraiment là même si on se battait encore avec énergie. La terre allemande n'avait jamais été occupée contrairement au nord de la France. Les Russes avaient été battus en 1917, mais nous avions tous des mauvaises nouvelles de l'arrière malgré la censure. L'Allemagne se disloquait de l'intérieur, ses alliés foutaient le camp. Personne ne l'aurait avoué à haute voix, mais la victoire s'éloignait à grands pas. Il y avait trop de monde et de matériels face à nous. Le sol se dérobait sous nos pieds.

À la mi-1918, notre régiment a été transféré du côté de Saint-Mihiel, sur la Meuse. Nous avons mis une raclée, un jour, à des Américains. Sans doute pensaient-ils rejouer les Indiens et les cow-boys. Mal leur en a pris ce jour-là. Des bleus courageux mais insensés. Nous les avons hachés à la mitrailleuse et à la grenade. Ils étaient très jeunes et en très bonne santé : c'est ce que nous avons constaté en regardant les rares cadavres qui n'étaient pas trop abîmés. Nous pensions que les Britanniques étaient les champions du monde de l'équipement. Ce n'était rien à côté des Américains. Dans leur tranchée, on a trouvé un nombre incroyable de matériels divers. Chaque soldat était un grossiste de la guerre à lui tout seul. Il aurait pu ouvrir un commerce avec sa seule dotation. Ils avaient même des accordéons militaires. Incroyable ! Nous étions ravis de notre pêche mais inquiets de ce que cela révélait de la puissance industrielle de l'oncle Sam. Tiendrions-nous face à cette débauche d'armes, de troupes et… d'accordéons ?

Malgré nos exhortations, Konrad n'a jamais voulu dételer des kommandos. L'idée de perdre une seconde fois lui était insupportable. Il était déjà mort intérieurement depuis la disparition d'Aloïs et des autres. Après un coup de main, il s'est trouvé isolé, désorienté, semble-t-il. Sans doute sonné après avoir reçu plusieurs grenades. Ses hommes ne l'ont retrouvé que deux jours plus tard dans un trou avec de l'eau jusqu'au ventre. Il y avait trois cadavres de Français autour de lui et une caisse de pots de confiture éventrée. Il n'était pas mort. Il délirait avec cinq balles dans le corps, un coup de baïonnette dans le flanc et un autre dans le cou, au niveau de la glotte. Il a été ramené à dos d'homme. J'étais à ce moment-là au PC de bataillon avec Konstantin. Nous avons rappliqué aussi vite que possible et pris tous les risques pour le revoir en piquant une voiture de l'état-major. Son hôpital n'était pas à côté.

Le visage entouré de bandages qui laissaient seuls visibles ses yeux comme à travers une petite fenêtre d'igloo, il ne pouvait plus parler. Son regard avait retrouvé la lueur du premier jour de notre rencontre. Il était apaisé. Son démon intérieur l'avait quitté in extremis. Plusieurs fois, il a tourné les yeux vers le fond de la tente d'un regard insistant. Son barda souillé de merde, de sang n'avait pas encore été enlevé. Il avait noirci. Un à un, Konstantin a désigné du doigt ses équipements jusqu'à montrer sa musette terreuse. Konrad a fait un léger signe de la tête. Nous l'avons ouverte. Il y avait ses deux Luger maculés. Ceux d'Afrique. Ses yeux ont glissé de droite à gauche vers nous. Nous avons pris chacun un des Parabellum. Une lueur douce d'approbation est passée sur son visage. Avec le seul doigt qui émergeait d'un océan de bandages, il a dessiné sur le bord de son lit l'emblème de notre kommando, la… [mot effacé].

Il est mort dans la nuit. Nous avons écrit à son père.

Ce jour-là, Konstantin et moi avons été amputés : cette sensation physique de présence-absence décrite par les camarades qui avaient perdu un membre, nous l'avons éprouvée et elle nous a accompagnés par la suite pendant toutes ces années. Konrad était présent-absent en nous.

Je vais le retrouver avec Konstantin.

Je t'embrasse ma chérie et je bénis mes enfants, si la bénédiction d'un homme comme moi peut avoir le moindre sens.

Ton K.

17.

Jour après jour, les deux enseignants se coulèrent dans un rituel presque immuable facilité par l'absence totale de préoccupations logistiques. Invisible et omniprésente, Mathilde s'occupait de tout. Dans la salle à manger ou le salon, tout était toujours en place à l'heure dite. Ils en étaient presque gênés mais la gouvernante ne laissait aucune prise à l'échange, à l'aide ou aux remerciements. On l'entendait souvent bougonner ou parler dans une pièce ou une autre. Avec Mérimée ? Avec quelques fantômes ? Le matin, tandis que Clara s'attelait dans sa chambre à la suite de la traduction, entourée de piles de dictionnaires et autres ouvrages savants, Alexandre poursuivait la lecture fouillée des collections du *Temps*. La bibliothèque de Murrière était un havre, une bénédiction. Il y avait là certainement plus de dix mille exemplaires brochés ou reliés. Le concentré de toute une vie intellectuelle. Alexandre, boulimique, se lança dans la lecture de plusieurs ouvrages à la fois, sur la Baltique, la république de Weimar et les débuts du IIIe Reich. Il aborda sans difficulté des livres anglo-saxons qu'il trouva sur les étagères et ragea, en revanche, contre sa mauvaise maîtrise de l'allemand qui l'empêchait de profiter des très nombreux écrits dans cette langue.

Il avait colonisé le grand billard qui trônait au centre de la pièce cernée du chêne des rayonnages. Sa feutrine verte griffée accueillait désormais des livres, des notes, les colossales reliures du quotidien français et quelques copies éparses qu'il surnotait outrageusement. Pour se détendre, il organisait de petits labyrinthes entre les piles de papiers pour y faire circuler les boules du billard et les faire s'entrechoquer. Parfois, il restait des heures à compulser des ouvrages perché sur l'immense escabeau de chêne qui permettait d'accéder aux étages en altitude. Quand Clara le surprenait là, battant des ailes d'un air niais, il débitait en verlan la tirade de la fable « Le Corbeau et le Renard » avant de lâcher le livre qu'il tenait dans les mains. Le saisissant au vol, Clara était hilare, si rayonnante qu'il en pleurait intérieurement sous son large sourire. Elle mettait le livre sous son menton et faisait mine de s'enfuir avec sa prise comme un renard furtif. Il sautait de l'escabeau, plus qu'il n'en descendait, pour lui reprendre son *fromage*. Ils faisaient semblant de batailler quelques secondes pour se le disputer. Il espérait toujours que ces petits jeux de contact pourraient un jour gentiment dégénérer. Mais il n'en fut rien. En dehors de ces brefs moments ludiques, l'atmosphère était plutôt monacale, avec chasteté obligatoire…

Venait ensuite, en début d'après-midi, le rituel vaudou de réincarnation de Karl en forme d'oxymore : une transe calme. Après une séance trop dense, il fallait décompresser et frotter son corps pour en libérer les toxines guerrières qui y avaient adhéré. Adepte des massages chinois, Clara lui avait montré comment faire pour les évacuer de la surface du corps d'un geste ferme et sec du plat de la main – des épaules vers les mains –, comme si on voulait les débarrasser d'une gangue maléfique. Il était bon de le faire l'un à l'autre et d'aller ensuite se laver les mains. Un dispositif qu'Alexandre prisait car il lui permettait de toucher Clara, de sentir le soyeux de la peau de ses bras quand elle était bras nus malgré la température ambiante un peu frisquette. Il aurait volontiers briqué avec application et délectation tout son corps.

Alexandre l'avait convaincue de transformer le footing en longues promenades dans la propriété. Le parc était immense. La lumière tamisée par les branches des immenses arbres jetait au sol des myriades de taches dorées aux contours déchiquetés par les caprices du vent. Il l'entraîna plusieurs fois dans les communs, trouvant chaque fois des objets insolites : des lances de dragons de la Première Guerre de presque trois mètres, une vieille cuisine de campagne avec ses gamelles non récurées, une malle bourrée d'effets militaires avec le nom du propriétaire peint en anglaises sur le côté : *Colonel Henry Murrière, 21ᵉ régiment de dragons.* Elle était presque entièrement recouverte d'étiquettes bistres, bleues ou vertes indiquant le nom de diverses gares françaises et étrangères. Clara était sidérée devant toutes ces découvertes. Les objets semblaient venir en amis et confidents vers Alexandre. Il expliquait à la jeune femme leur sens et leur utilité. Sous la rouille, le vert-de-gris ou la fatigue du temps, ils retrouvaient grâce à sa science de l'exhumation toute leur fraîcheur originelle. Ceux qui les avaient utilisés jadis se déployaient devant Clara. Alexandre jouait tous les rôles, le dragon, le popotier, le colonel… passant du comique au tragique. Elle était fascinée. Sous le charme. Tous ces personnages étaient là, devant elle, bien vivants. Il la transportait ailleurs, dans un autre espace-temps. Instinctivement, il voulut pousser son avantage. Il la convainquit de laisser un mot griffonné entre deux pierres dans le cellier pour ceux qui passeraient par là… dans un siècle. Il le faisait souvent, lui dit-il. Elle le trouva délicieusement fêlé. Elle adorait être surprise, lui avait-elle confié un jour.

« Que met-on sur le message ? dit-elle, enjouée.

— *Alexandre aime Clara !* » lâcha-t-il d'un trait, sans réfléchir, comme le ferait un enfant pour son premier amour d'école.

Il s'en voulut à la seconde mais il était trop tard. Avec un bout de charbon de bois ramassé à terre, il traça les trois mots en gros caractères sur un morceau de papier posé sur son genou. Il le glissa ensuite dans l'anfractuosité. Il referma l'aveu au moyen d'une pierre. Clara ne dit rien. Ne fit rien.

Elle resta immobile. Alexandre crut sans doute secrètement pouvoir la faire craquer, la séduire même s'il la pensait attirée par les femmes… Mais la belle resta hors d'atteinte. Impavide. Elle sortit du cellier de son pas léger de danseuse sans rien dire et ne prononça pas un mot sur ce qui venait de se passer sur le chemin du retour à la maison.

Généralement, la fin de journée s'achevait tranquillement après le thé. Pour se détendre, Alexandre se plongeait dans la collection complète des *Paris-Match* qu'il avait dénichée dans un bas de placard. Clara corrigeait des copies ou passait quelques coups de fil. La lumière du coucher de soleil automnal inspira à Alexandre ce soir-là le nom d'un parfum qu'il lui proposa de lancer ensemble, un jour : une fragrance nommée *Soirance Réjane* en souvenir de ces moments divins.

« On pourrait déposer le nom et puis on ouvrirait une petite boutique rue de la Vieille-Aiguillerie… Je te vois très bien faisant l'article au milieu d'effluves capiteux… On ne va pas être profs toute notre vie », rigolait-il.

Clara approuva d'un battement de paupières. Elle n'était donc pas fâchée, se rassura-t-il.

« Il faudra que je fasse un saut dans quelques jours à Montpellier. Certaines de mes copies nécessitent une double correction. C'est un test demandé par l'Union européenne. Je suis à la bourre. Il faut que je les rapporte d'urgence à mon cocorrecteur. Il va m'arracher la tête, j'aurais dû lui donner tout ça au début des vacances. J'en profiterai pour passer une tête chez M. Licorne, s'il est là. Je crois que je lui dois bien ça. Je lui parlerai de notre intention de publier ces Mémoires d'outre-tombe. Je ne sais pourquoi mais je suis attiré par ce vieux fou. Il doit me rappeler quelqu'un que j'ai connu dans une autre vie. Veux-tu que je rapporte quelque chose ? Des cookies… ? Tu vas tenir le coup une journée sans moi ? »

Clara sourit. Elle était toujours économe de mots. Sa physionomie parlait pour elle. Il l'avait remarqué dès leur première rencontre sur la plage à sa façon de ne pas répondre verbalement à ses questions quand elles étaient sans intérêt ou quand la réponse était évidente. En même temps, il n'y avait jamais dans son attitude la moindre marque de mépris. Juste un souci délicat de ne pas polluer par un verbe inutile une relation entre deux personnes. Elle aurait pu être actrice du muet. C'était une championne du non-verbal. La nuit, seul dans sa chambre, Alexandre faisait défiler avec un ravissement acide ses mimiques de la journée. Il s'endormait en serrant très fort son polochon coincé entre ses cuisses.

Avant son départ pour Montpellier, ils décidèrent de mettre les bouchées doubles. Cantatrice de la mémoire, Clara officia debout. Sa voix emplit la vieille demeure comme une vague inexorable à marée haute. Mérimée avait cessé de bouder. Il était réapparu, se rapprochant de plus en plus des deux hôtes. Il se lova dans les jambes d'Alexandre quand elle commença à lire et participa à sa façon, modulant son ronronnement sur les variations de l'organe de la belle vestale. Parfois, il passait le long des jambes de la jeune femme, la caressant pour l'encourager avant de revenir tout frétillant vers Alexandre.

*

Ma chérie, mes enfants,

La défaite nous est tombée dessus sans crier gare. L'échec des offensives de Ludendorff au printemps 1918 a sonné le glas des opérations de grand style. Mais de là à voir tout s'effondrer d'un coup... Nous en pleurions. Toutes ces souffrances, ces sacrifices pour en arriver à cette humiliation alors que l'ennemi n'avait jamais posé ses godillots cloutés chez nous. Tu connais la suite. Cela a été effroyable de voir cette belle armée se disloquer, de croiser le regard plein de haine de certains soldats. Mon régiment est rentré à Munich. Au moins y avons-nous fait bonne figure, fanfare et drapeaux en tête. La foule nous a plutôt bien accueillis. J'ai été démobilisé sans égards particuliers, avec mon grade de capitaine et un gros paquet de marks, des arriérés de solde. Je ne suis pas parvenu à me réhabituer à la vie sans la guerre. Même le fait de porter une tenue civile me brûlait la peau comme une tunique de Nessus.

De son côté, Konstantin a tout fait pour rester dans l'armée. Dès le départ, il avait exprimé son souhait profond de devenir officier de carrière. Il n'avait renoncé à passer aspirant que pour demeurer avec nous. Je ne comprenais pas pourquoi il voulait absolument rester dans une armée humiliée sans avoir jamais été battue, réduite à une maigre force de police de cent mille hommes. Nos rencontres se sont espacées. Nous ne savions plus quoi nous dire. Et puis il y avait l'absent omniprésent. Nos rencontres faisaient resurgir chaque fois le fantôme de Konrad et d'une certaine façon celui de notre déchéance. On nous avait chassés traîtreusement de l'Olympe. Nous étions des proscrits.

Je suis parti dans le Tyrol, loin dans la montagne. Je n'en pouvais plus de la ville et de ses miasmes, des gueules rubicondes des nouveaux parvenus de la république de Weimar. J'avais fait la guerre, ils faisaient des affaires. J'ai passé des mois isolé, hagard, dans la ferme de ma grand-tante avec de brusques poussées de température comme si j'avais attrapé le paludisme, oui, le palu de la guerre avec des répliques intermittentes à hurler. Avant de monter, j'avais acheté le strict nécessaire en bougies, farine, lard, pour tenir de longs mois dans la solitude la plus complète. Des poules et une chèvre assuraient l'ordinaire. J'avais des armes et un bon stock de munitions. La chasse était mon seul dérivatif. Je pensais rester là et mourir.

De mon nid d'aigle blessé en surplomb, j'ai suivi à distance, sans vraiment le vouloir, les événements révolutionnaires qui ont embrasé l'Allemagne après la chute du Kaiser. Rouges contre Noirs. Spartakistes internationalistes contre corps francs nationalistes. Ils étaient tous d'anciens combattants devenus frères ennemis. Ils se tiraient dessus allégrement. La guerre civile entre frères d'armes. C'était à vomir ! Des anciens de ma compagnie me ren-

daient visite pour me dire que tout cela, c'était la faute des Juifs qui se pavanaient maintenant dans les rues comme des rupins avec leurs poules… Elles étaient nôtres hier… Elles n'avaient pas mis longtemps à savoir de quel côté se trouvait dorénavant le manche. Devant ces charges anti-juives, j'opinais mollement du chef, pas très convaincu de l'explication. Mais cela faisait du bien de pouvoir en vouloir à quelqu'un. « Les chefs des Rouges, ce sont tous des Juifs, répétaient mes visiteurs. C'est comme en Russie. Tous de sales youpins qui veulent nous détruire ! » ajoutaient-ils pour faire bonne mesure en me voyant amorphe face à leur diatribe.

Les Juifs n'étaient pas en odeur de sainteté chez nous, les chrétiens de Bavière – n'avaient-ils pas mis à mort le Christ ? –, mais de là à penser qu'une partie si infime de la population allemande puisse avoir une telle influence, je demeurais sceptique. J'avais du mal à parler. Cela me demandait un gros effort, alors la plupart du temps je répondais de la tête ou par monosyllabes. Cependant, mes anciens compagnons y revenaient sans cesse, c'était une obsession ou alors c'est moi qui ne comprenais plus rien à rien dans ma thébaïde. J'avais du mal à suivre les événements. À Munich, un Soviet rouge avait même proclamé sa sécession dans le Reich. Avant ce Soviet, mené par trois Juifs, il y avait eu un épisode baroque avec un certain Kurt Eisner, lui aussi juif, qui avait instauré un Conseil des ouvriers et des soldats. Le magnifique palais des Wittelsbach avait été transformé en pétaudière par cette bande de fous furieux… Bref, le mot « Juif » revenait comme une litanie.

Alexandre fit à Clara une muette demande d'interruption. La jeune femme ne pouvait le voir car elle était encore à l'intérieur d'elle-même mais elle fit néanmoins une pause car, sans qu'Alexandre le sache, elle venait justement d'arriver à la fin de cette séquence.

« Je suis confus de te couper dans ton élan mais je suis plongé en ce moment même dans les articles de Caberlet, le correspondant du *Temps* dont Murrière nous a parlé avant son départ. Il était en Allemagne à cette époque, fin 1918-début 1919. Ses papiers sont passionnants. Et cela confirme les propos un peu désordonnés de Karl. Quelques jours avant la signature de l'armistice du 11 novembre, c'est déjà la révolution à Munich. La foule des faubourgs s'est répandue dans la ville, détruisant les symboles de la vieille dynastie des Wittelsbach. On croirait lire sous sa plume les premiers pas de la Révolution française avec ses mouvements de foule aspirée tantôt par la parole de l'un, tantôt par celle de l'autre sans que l'on comprenne toujours pourquoi. Dans ce mouvement brownien, un petit homme en binocle – le Eisner dont parle Karl – s'est imposé. Insipide quand il est muet, cet ancien spartakiste se révèle un tribun hypnotique dès qu'il parle. En quelques jours, il se trouve propulsé à la tête d'une Bavière en pleine déliquescence. Il proclame une République des ouvriers et des soldats. Les relations sont rompues avec Berlin. Amoureux fou de ce que l'on nomme aujourd'hui la "transparence", il décide de gouverner à ciel ouvert. Les bureaux du gouvernement révolutionnaire sont accessibles à qui veut. Écoute ce qu'écrit le correspondant du *Temps*. J'ai pris quelques notes. Cela ne t'ennuie pas ? » demanda-t-il. Clara s'assit et se mit en posture de l'écouter le menton posé entre ses mains.

« *Des actes diplomatiques, des parchemins, des proclamations révolutionnaires, des télégrammes même encombrent tables et fauteuils dans un pêle-mêle d'arrière-boutique, et c'est à peine s'il tente de cacher à l'indiscrétion des journalistes qui l'assiègent les documents les plus compromettants,* écrit Carberlet. Il ajoute : *Dans son désir de rompre définitivement avec le passé, Eisner offre lui-même à leur curiosité les pièces qui concernent sa propre politique. Voulez-vous le télégramme envoyé aujourd'hui au gouvernement de Berlin ? Le voici. Voulez-vous l'ordre du jour du prochain Conseil des ministres ? Le voilà.* Pour autant, ajoute Alexandre, le correspondant français ne cache pas sa fascination pour ce bien étrange personnage que seules les périodes révolutionnaires peuvent faire éclore : *Sa personnalité est un tel foyer de vie qu'elle en impose ; sa force est dans ses convictions profondes, dans sa sincérité, sa franchise absolue. Il fait songer à quelque mage oriental, ou mieux, à ces artistes vieux style des cabarets littéraires.*

— Il n'est pas certain que littérature et révolution se conjuguent harmonieusement dans ces phases extrêmes, fit remarquer Clara. Qu'est-il devenu ?

— Il a été assassiné en février 1919 par une monarchiste. Il y a eu une nouvelle période de chaos qui a débouché sur une dictature rouge sanglante menée par les trois Russes dont parle Karl. Le ministre de la Guerre, Gustav Noske, a fini par parvenir à briser cette révolution comme il avait maté celle des spartakistes à Berlin, en faisant appel aux corps francs nationalistes en renfort de la faible Reichswehr. Dans l'une des casernes de Munich, un petit caporal d'origine autrichienne du nom d'Hitler a assisté à cette désintégration de la Bavière. Ça lui a donné des idées. »

18.

Ils reprirent le lendemain leurs séances liturgiques rythmées par les inflexions savoureuses de la voix de Clara. Mérimée était à son nouveau poste avec ses yeux interrogateurs en forme de billes. Mathilde toujours insaisissable. Clara mit en garde Alexandre :

« C'est rude, à nouveau. Si j'avais envie de plaisanter pour mettre de la distance, je dirais que c'est "du brutal", pour reprendre la formule d'Audiard. »

Le quadragénaire se cala dans son fauteuil, défonçant un peu plus les ressorts déjà moribonds. La voix de Clara s'éleva, faisant frissonner le poil duveteux du chat persan. Il sauta sur les genoux d'Alexandre. Une étape qu'il n'avait encore jamais franchie. Alexandre se demanda si l'âme de Karl ne s'était pas réincarnée dans l'animal… L'Allemand avait certainement eu au moins neuf vies.

*

Ma chérie,

Ce passage n'est que pour toi. Tu pourras déchirer ces pages si tu as peur que nos enfants les lisent un jour. Je te laisse juge. Dans ma tanière tyrolienne, j'essayais d'être présent le moins possible, de faire de longues courses en montagne. Mais souvent, en rentrant ivre de fatigue, le visage brûlé par le soleil et les mains abîmées par l'escalade, je retrouvais une figure familière assise tranquillement devant ma porte, fumant une longue pipe au fourneau de porcelaine ou lisant le journal du jour. Il n'avait pas fait tout ce chemin pour repartir sans avoir discuté avec son ancien chef. Je le faisais entrer, la mort dans l'âme. Il me donnait des nouvelles des uns et des autres. Elles étaient rarement bonnes. Un torrent de sang.

J'ai ainsi appris les circonstances de la mort du colonel Märker, notre ancien commandant de compagnie de 1915. Il a été massacré par les spartakistes à… je ne sais plus où. Hambourg, je crois. Il a été reconnu par un de ses anciens camarades passé au bolchevisme. Il l'a désigné comme espion à la vindicte d'une populace qui l'a mis en miettes. En sang, à moitié nu, il a pu malgré tout se dégager et plonger dans l'Elbe pour tenter de fuir. C'était un sacré gars, très combatif. Il s'est battu jusqu'au bout. Voyant échapper sa proie, la meute s'est postée sur l'autre rive pour l'empêcher de prendre pied. On lui a coupé les doigts à coups de pelle – ceux qui lui restaient. Il s'est noyé. Les femmes des Rouges ont été les plus acharnées à taillader les doigts de ce héros sous les cris d'enfants hurlant à la mort.

Andreas Boehm a connu un sort tout aussi tragique à Berlin. C'est ce que m'a rapporté l'un de ses seconds, qui avait miraculeusement survécu et était venu me voir. Son état psychologique était aussi délabré que le mien. Boehm avait fait partie de l'un de nos kommandos avant de se porter candidat pour l'aviation. Un type incroyable. Il me faisait penser à Aloïs avec son sixième sens au combat. Mais lui était un intellectuel diplômé de Göttingen. Il est revenu de la guerre avec au cou la croix pour le Mérite. Il était très respecté. Il s'est fait coincer dans un bâtiment de cadets à Berlin où il avait posté son groupe de combattants nationalistes pour empêcher les marins rouges de le prendre d'assaut. Cette caserne était bourrée d'armements. C'est pour cela que les spartakistes voulaient s'en saisir. Avec ses hommes, peu nombreux, dont quelques anciens de son kommando, il a résisté pendant quinze heures aux hordes rouges qui disposaient d'obusiers et de mitrailleuses. Ils se sont fait pilonner sans relâche. L'armée régulière s'est bien gardée de les aider. Trop dangereux pour elle. Elle avait peur des Rouges et préférait attendre sagement le résultat.

Pour sauver ce qui restait de ses corps francs – tous étaient blessés –, il a accepté une reddition négociée avec un ancien mécano de son escadrille, devenu major chez les forcenés spartakistes. Quand ils sont sortis hagards du bâtiment déchiqueté, se soutenant les uns les autres, une longue haie de haine les attendait. Crachats, coups de poing et de barre de fer, gifles et coups de baguettes de fusil et de baïonnette : ce fut un déluge orchestré par des hommes et des femmes en rage. Rien ne leur fut épargné. Ils étaient en loques. Sous la conduite d'Andreas, m'a raconté son second qui faisait partie des rescapés, la petite cohorte se tenait le plus serrée possible, les plus valides à l'extérieur encaissant le gros du supplice pour protéger les plus faibles au centre. Boehm répondait de temps en temps pour tenir à distance la meute écumante.

À un moment, il a vu à quelques pas devant lui un type de deux mètres qui avait la réputation de tuer ses adversaires avec sa masse d'abattoir. Quand il est passé à hauteur du colosse, celui-ci l'a brandie pour lui briser la nuque. Andreas a fait un pas chassé de côté comme les gymnastes, accueillant sur son genou la mâchoire gâtée du géant déséquilibré par son instrument de mort. La foule est partie d'un grand rire en voyant son Goliath de pacotille vautré par terre, assommé par un coup si inattendu et crachant quelques dents rougeâtres. Elle était venue au spectacle, participer à la curée, mais elle ne dédaignait pas les effets de surprise, fût-ce au détriment de l'un de ses propres acteurs. La pression s'est relâchée instantanément sous l'effet du rire et la colonne sanguinolente s'est crue sauvée : le bout du calvaire était à quelques dizaines de mètres. Les camions étaient tout proches. L'accord avait prévu leur emprisonnement dans une caserne tenue par des matelots acquis à la révolution. Ils avaient la réputation d'être durs mais réglos.

Alors que la foule commençait à se disperser mollement, une matrone a aperçu la médaille qu'Andreas portait toujours au cou. Elle a tendu brutalement la main pour la lui arracher. Il a esquivé, à nouveau. Dans son élan, elle est tombée de tout son poids. Elle a hurlé à la mort. Là, personne n'a ri. Ça a été la curée. Ses camarades ont été emportés vers les véhicules sous une volée de coups tandis que la foule s'est jetée sur lui. La nuit même, certains de ses camarades se sont évadés pour revenir sur les lieux du massacre. Ils l'ont retrouvé. Ce qu'il en restait en tout cas. Ils l'ont identifié grâce à un tatouage de son escadrille sur l'épaule. Sa tête était écrabouillée, il lui manquait un bras et une jambe. Il avait été émasculé et éviscéré. Une partie de ses boyaux avait été nouée autour du cou avec les débris de la médaille pour le Mérite.

Ces récits ont commencé à ébranler ma détermination à poursuivre ma vie de reclus. Je me doutais que mon camp ne devait pas non plus faire de cadeau. J'ai su comment les deux chefs spartakistes Rosa Luxemburg et Karl Liebknecht, deux Juifs, avaient été massacrés à Berlin lors d'une fausse tentative de fuite. Le corps de Luxemburg avait été balancé dans un bras de la Spree. Mais pour moi, toute cette barbarie était déchaînée par les Rouges : nous étions contaminés par les Soviets. Ils voulaient la mort de l'Allemagne éternelle et imposer leur dictature. La défaite de 1918 ne leur suffisait pas. Il fallait qu'ils parachèvent le travail d'anéantissement voulu par nos ennemis. La guerre civile était encore pire que la guerre tout court ! On s'entretuait entre frères de sang.

J'étais pétrifié à l'idée d'avoir à combattre des compatriotes, d'autant que certains de nos camarades s'étaient égarés du côté des révolutionnaires par dégoût de la guerre et par haine des régimes monarchiques et impériaux. Godfried Hanselm, un de mes meilleurs sous-officiers, était ainsi passé chez les spartakistes. Un solide gars de Westphalie qui avait été récupéré dans mon régiment après un passage dans un peloton disciplinaire. J'ai rare-

ment vu un soldat aussi maître de lui au feu. Il faisait son boulot de guerrier comme il avait rempli en temps de paix celui de tonnelier. Tout en force, calme et précision. Un bon soldat depuis son passage à la schlague, et en plus très bon camarade au repos, jamais avare de blagues et d'histoires lestes. Il est venu en pèlerinage voir son ancien chef dans sa montagne du Tyrol. Je l'ai vu débarquer un matin sans prévenir avec deux bouteilles de schnaps dans son sac à dos. Après un verre ou deux, il a déversé quelques tonnelets de sang sur mes chaussures de montagne.

Il avait naturellement commencé à combattre avec les Freikorps. Les affrontements ont été très violents. En face, les Rouges étaient aussi disciplinés, déterminés, combatifs et fervents que les nôtres. Ils croyaient dur comme fer en leur nouvelle religion prolétarienne. Ils étaient prêts à se sacrifier pour elle. La couleur sang ne leur faisait pas peur.

Un soir, après un combat meurtrier – le meilleur camarade de Godfried avait pris une balle de mitrailleuse en pleine tête –, alors que l'ancien tonnelier et son groupe se repliaient dans une rue sombre, puant la sueur et le sang, une porte s'est ouverte. C'était une sorte de cabaret, de boîte à filles. À l'intérieur, des bourgeois encanaillés se trémoussaient en poussant des cris sur une musique de tous les diables. Un homme, complètement éméché, est apparu dans l'embrasure. Je l'imagine, mon bon Godfried, avec le cadavre de son copain à moitié décapité sur le dos devant le bourgeois qui le regarde comme s'il était l'éboueur du matin. Ce garçon simple, très droit et très soucieux de justice était un soldat d'exception quand il était bien commandé. Il m'a expliqué avoir pris sa décision ce soir-là d'arrêter de se battre pour ces salauds de richards qui n'en avaient rien à foutre de lui et de son camarade mort. Il est passé de l'autre côté, chez les spartakistes. Je pense qu'il m'avait fait cet aveu pour tenter de me convaincre de le suivre dans « la bonne voie », même s'il n'avait jamais lu ni Marx ni Lénine. Il est devenu par la suite un des chefs de guerre des Rouges. De le savoir, cela me rendait malade. Mon Godfried !

Du jour de sa confession, je ne l'ai plus jamais revu … jusqu'à la semaine dernière. Il est apparu dans ma cellule en uniforme de colonel-commissaire politique russe avec les pattes de col rouges si caractéristiques de cette engeance, et toute une batterie de décorations soviétiques qui sonnaient quand il bougeait. Il arbore un monstrueux dentier nickelé qui lui donne une allure d'horrible carnassier. Sa main droite est recouverte d'un gant noir qu'il ne retire jamais. Je l'ai identifié à ses yeux. Il a fait semblant de ne pas me reconnaître, participant aux interrogatoires en russe comme s'il ne comprenait pas l'allemand. De temps en temps, il me fixait étrangement sans que je sache quel sentiment cela dissimulait. Un fantôme…

J'ai su par un gardien bavard qui m'a à la bonne qu'il s'était enfui aux pays des Soviets à la fin des années 1920. En arrivant dans sa nouvelle patrie, il a été arrêté et interrogé par la GPU de Staline. Elle le soupçonnait d'être un espion à la solde de l'Abwehr. Ils lui ont broyé un à un les doigts de la main droite dans un étau de serrurier sans obtenir d'aveux. Ils lui ont laissé la main gauche intacte pour qu'il puisse « pisser tout seul ». C'est ce qu'ils lui ont dit en rigolant. Il a moisi en prison avant qu'on ne l'en ressorte. Il a eu le temps d'apprendre le russe avec ses gar-

diens. Il a servi de traducteur quand les équipages de blindés de la république de Weimar sont venus en secret s'entraîner dans les plaines de Sibérie et en Ukraine avec la bénédiction de Staline.

Un an après sa prise de pouvoir, Hitler a mis un coup d'arrêt à ces pratiques contre-nature avec des Untermenschen judéo-bolcheviques. Le vent avait une fois de plus tourné. Godfried a été arrêté par la police politique russe, le NKVD. Le nom n'était plus le même, les méthodes, si. Ses tortionnaires ont voulu absolument lui faire avouer qu'il était un espion à la solde des nazis. Ses dents sont parties une à une à coups de marteau de tapissier. Il a été enfermé ensuite dans un camp de travail en Sibérie. Une région qu'il connaissait déjà. Après l'invasion de l'Union soviétique par nos blindés en juin 1941, les Russes ont eu de nouveau besoin de ses services. Ils l'ont extrait en urgence de son camp et envoyé chez un dentiste avant de rejoindre l'état-major à Moscou. En arrivant chez le praticien, il a trouvé la salle d'attente bondée d'anciens officiers russes, dont des généraux blêmes, flottant dans des uniformes sortis de la naphtaline et tous sans dents. Sortis de leurs oubliettes, ils ont été retapés vite fait et envoyés au front séance tenante. Certains ont été faits maréchaux à la fin de la guerre… en attendant la prochaine purge, j'imagine.

Comme lui, ses compatriotes allemands emprisonnés ont été choyés par leurs anciens tortionnaires. Ils étaient les mieux placés pour renseigner la Stavka – le haut commandement de l'armée – sur la marche des Panzerdivisionen – qui en quelques semaines étaient arrivées à portée de tir des bulbes dorés du Kremlin – et pour aider aux actions de propagande futures visant à inciter nos soldats à la désertion.

Au bout du compte, la guerre contre son ancienne patrie a fait de lui un prince rouge au pays des Soviets. Peut-être finira-t-il général de l'Armée rouge… Qui sait ? Beau parcours pour un ex-tonnelier ! Je n'arrive même pas à lui en vouloir. Au moins, Godfried est du côté des vainqueurs… contrairement à moi. Mais il sert un monstre aussi goulu que celui à qui j'ai sacrifié mon âme. Il finira peut-être par retourner dans un camp ou par prendre une balle dans la nuque. Le Moloch finit toujours pas dévorer ses enfants, qu'ils parlent russe ou allemand.

On tambourine à ma porte. Je te quitte pour la promenade. J'ai besoin de marcher en me concentrant uniquement sur mes pas sans penser à rien. Sinon, je vais perdre la raison.

Je t'embrasse.

*

Je viens de rentrer, trempé jusqu'aux os. Il pleuvait des cordes mais pas question de rater ces rares moments où je peux me détendre un peu. Quel spectacle que notre maigre cohorte espacée dans la cour et tournant en rond en tentant malgré tout de se dire un mot, de prendre des nouvelles au risque de recevoir un coup de knout. Nous sommes devenus des larves aux mains de l'ennemi. Il nous broiera quand il voudra.

Je reprends là où je t'ai abandonnée, ma chérie. La page sur laquelle je t'écris est trempée de l'eau qui coule de mes cheveux… ce ne sont pas des larmes.

Je ne pouvais plus rester confiné dans mes montagnes bavaroises, prostré et fiévreux, tandis que mon pays sombrait. Je n'avais plus de nouvelles de Konstantin. Je ne savais pas quoi faire. Je m'abrutissais dans des courses en montagne de plus en plus dangereuses. J'avais des hallucinations en altitude. Je donnais des ordres à des fantômes que la montagne répercutait à l'infini. Je montais des embuscades… contre des mouflons.

Et puis j'ai reçu un mot. Un camarade de la première heure me disait que les anciens des kommandos étaient appelés à la rescousse pour repousser les troupes russes dans la Baltique. Weimar avait donné sa bénédiction à cette mobilisation hors norme.

Je n'ai pas réfléchi. C'était ça ou la mort au fond d'une crevasse. J'avais encore envie de vivre. Je suis repassé chez moi à Munich où se trouvait tout mon équipement, notamment le Luger de Konrad. J'ai pris le premier train vers l'Est avec ma tenue fripée de capitaine. Je flottais dedans. À chaque station, des hommes qui avaient la même gueule que moi montaient dans le compartiment. Au bout d'un moment, les contrôleurs n'osaient plus nous demander nos titres de transport. Les caisses s'empilaient et il ne faisait pas de doute qu'elles ne contenaient pas que du matériel de camping. Soudain un de nos vieux chants de guerre est parti d'un wagon, se répandant comme une traînée de poudre dans le train. Les kommandos étaient de retour pour venger les chevaliers teutoniques. Nous avions besoin de sang pour nous laver de toute cette merde démocratique.

Je suis arrivé en mars, je crois, à Libau, en Lettonie. Mes camarades des corps francs ont été intégrés dans l'armée des barons baltes. J'ai pris tout de suite le commandement d'une compagnie dans la Brigade de fer [en français] *du major Bischoff. Les débris de la VIII*[e] *armée allemande d'occupation en Baltique y avaient été versés. Des débris… de sacrés débris. Je ne pouvais rêver mieux. Bischoff, un lansquenet au visage tanné et strié comme un vieux cuir de selle afrikaner, avait connu Konrad. Il avait combattu comme lui en Afrique pendant quatre ans avant d'enchaîner quatre années supplémentaires de Grande Guerre. Konrad aurait été heureux d'être là car ce major avait réalisé son rêve. Nulle discipline prussienne au sein de sa brigade bien nommée, mais une organisation afrikaner.*

Les sections étaient composées par affinités. On y retrouvait parfois les parents d'une même famille ou alors des copains du même village ou des anciens de telle ou telle unité de la guerre. Le seul étalon pour tous était le courage au feu. Après un combat, un chef défaillant savait s'il devait passer la main sans rien demander : plus personne ne le saluait. Cette troupe hétéroclite de presque dix mille soldats obéissait au doigt et à l'œil. Il y avait là des hommes venus de toute l'Allemagne, écœurés par la défaite et par les bruits qui couraient sur les discussions en cours à Versailles pour le traité de paix. Nous avions tous plus ou moins brûlé nos vaisseaux. Cela donne, ma chérie, une grande puissance intérieure. Je pensais vraiment faire souche dans ce pays. Les barons y étaient bien installés depuis des siècles ! Pourquoi pas moi ?

Ce que j'y ai vécu a été pire que tout ce que j'ai pu endurer pendant la Grande Guerre. Je n'ai jamais vu autant d'horreurs. Je t'ai toujours caché cette véritable descente aux enfers. Dante n'avait rien vu ! Et tu vas savoir pourquoi si souvent je criais dans mon sommeil des noms de villes dont tu n'avais jamais entendu parler.

J'y ai assisté à une succession de carnages innommables. Nos « amis » bolcheviques allemands, lettons ou russes avaient beaucoup d'imagination pour torturer et mettre en scène la mort, surtout celle des civils. C'était pour eux une véritable stratégie, organisée, planifiée pour gagner, si possible, sans coup férir. La peur les précédait. La couleur de leurs bannières ne laissait aucune illusion sur la finalité de leur combat. Nous n'avions pas la même alacrité même s'il ne faisait pas bon se mettre en travers de notre chemin. Nous avons beaucoup fusillé. Certains dans nos rangs ont sans doute torturé. Mais rien de comparable avec la terreur systématique des Rouges, notamment celle des Lettons vendus aux Soviets. Ils se vengeaient de leurs siècles de servage par les barons baltes en violant à mort leurs femmes et leurs filles rondes et dorées.

J'ai vu plusieurs fois le résultat. C'étaient des animaux. En libérant Mitau, nous avons trouvé des prisons regorgeant de monceaux de cadavres disloqués. Avant de fuir devant notre poussée, les Rouges avaient rassemblé les otages en tas dans une cour et les avaient achevés à la grenade. Dans des cellules, des officiers russes blancs capturés avaient été horriblement torturés. Certains avaient eu les mains plongées dans l'huile bouillante et on leur avait enlevé ensuite la peau comme des gants. De pauvres dépouilles pendaient aux alentours, vidées de leurs tripes.

Le grand jeu des Russes consistait à ouvrir le ventre de prisonniers pour en sortir l'intestin grêle qui était cloué à un poteau. L'homme, piqué de coups de sabre et de baïonnette devait ensuite courir. Les Rouges faisaient des paris sur le nombre de tours qu'il pourrait faire avant d'arriver au bout de son intestin…

Un autre de leur grand divertissement était de mettre entièrement nu un officier russe blanc et de dessiner sur lui au scalpel l'uniforme qui gisait à ses pieds. Aucun détail ne manquait : les épaulettes taillées dans la chair avec des clous plantés dans les épaules pour symboliser les étoiles de grade, les boutons, les bandes de culotte, les insignes d'unité, le ceinturon et les bottes. Le tout tailladé par des « artistes » à même le corps du supplicié. Ailleurs, des jeunes Baltes qui servaient dans nos rangs avaient été sciés entre deux planches dans le sens de la longueur. Nous étions tous endurcis, mais nous sortions vomir dehors les uns derrière les autres devant de tels spectacles. Jusqu'aux tombeaux des antiques ducs de Courlande qui ont été profanés. Leurs corps momifiés ont été exhumés et suspendus par des courroies dans les rues, la tête coiffée d'une casquette ou d'un bonnet allemands.

Inutile de te dire ce qui arrivait quand nous libérions une ville des mains des Rouges. Pour nous, tous ceux qui étaient encore vivants étaient suspects. On demandait à la population rescapée de dénoncer les complices des Soviets. Soit elle acceptait, soit nous passions tout le monde par les armes, y compris en dynamitant certains quartiers très compromis dans les massacres de prisonniers. Le ciel gris et bas était perpétuellement empourpré. Nous étions imprégnés de l'odeur de cadavres brûlés.

Et puis soudain, dans un coin perdu de Courlande, nous tombions parfois sur une ravissante demeure de style allemand encore intacte. La famille d'un baron balte y vivait encore – pour combien de temps ? –, protégée par des serviteurs lettons ou estoniens restés fidèles. Elle nous accueillait dans ce cadre paradisiaque en amis de longue date, comme si nous venions pour une party. De ravissantes jeunes filles auréolées de nattes blondes faisaient le service en robes traditionnelles sous l'œil amical mais très vigilant de leur mère qui, j'en suis sûr, cachait dans son manchon un revolver. Je souriais mécaniquement à ce beau spectacle car ma mémoire avait enregistré d'autres images : celles de leurs jeunes camarades dévastées, massacrées, les seins coupés par les Rouges. Ces moments de grâce étaient trop rares pour pouvoir nous ramener sur les rives de la civilisation. Nous étions devenus des barbares, par action et par contamination.

Je ne savais rien à l'époque des projets de notre chef, le général von der Goltz. Notre naturalisation russe nous a tous fait hurler de rire. Mais nous avons joué le jeu. Certains d'entre nous ont même cousu sur leur manche une croix orthodoxe. D'autres ont mis une cocarde russe sur leur casquette et ont commencé à apprendre le cyrillique. Les plus enthousiastes se voyaient déjà à Saint-Pétersbourg en galante compagnie. La vodka aidait à la propagation de ce mirage blanc. Notre nouvel état civil était un bon tour joué à Weimar qui tremblait sous la pluie de menaces venant de Paris et de Londres. Qu'importe désormais, nous étions des Russes blancs ! J'ai même reçu une jolie décoration tsariste après la prise de Riga. Les princes blancs en avaient des stocks et souhaitaient honorer leurs nouveaux compatriotes. Quelle cuite ensuite !

Nous, les mercenaires de Goltz, ignorions que notre chef était engagé dans une course contre la montre. Il voulait non seulement libérer la Baltique des forces communistes mais encore foncer sur Petrograd avec les princes pour y rétablir une nouvelle monarchie. Il me l'a dit plus tard : c'était la seule façon de faire ensuite pression sur Weimar et sur les négociations en cours à Versailles. Si nous ne parvenions pas à réaliser ce tour de force, l'Allemagne serait réduite à une peau de chagrin et émasculée pour longtemps. Las, malgré nos efforts, nous avons échoué devant les forces liguées contre nous. Nos « amis » lettons hostiles aux Rouges ont voulu se mettre à leur compte alors qu'ils avaient demandé notre soutien. Leur haine des barons baltes était trop forte. Quand ils tombaient sur l'un d'entre eux de nuit, ils le capturaient et lui proposaient au choix la crucifixion ou le bûcher. En retour, quand l'un d'entre eux était pris par nos amis, il n'avait pas le choix du supplice. Les barons lui faisaient ouvrir le ventre délicatement. Les entrailles étaient déposées comme on le fait d'un moteur pour pouvoir y mettre à la place des pierres brûlantes.

Armés par les Alliés inquiets de nos progrès sur le terrain – Riga était entre nos mains fin mai si je me souviens bien –, les Lettons d'Ulmanis se sont retournés soudainement contre nous. La marine de guerre britannique nous a broyés. J'ai connu des bataillons à sept cents hommes qui sur le quai de gare du retour n'en comptaient plus qu'une trentaine.

Nous avons pourtant vécu dans cet enfer des moments d'intense communion. J'y repense et cela me soulage dans ma solitude. Les images reviennent en rafales et la sensation, si forte, du souffle qui faisait flotter nos oriflammes et le reste de nos âmes. Je me souviens des obsèques militaires du jeune baron balte Hans von Manteuffel. Il avait été le chef des corps francs qui étaient parvenus les premiers à entrer dans Riga, l'ancienne capitale des ducs de Courlande alors aux mains des Rouges. Sa percée avait été fulgurante. Manteuffel était malade à l'idée de ce que l'on faisait à ses amis prisonniers dans la ville. Il avait raison. Dès le début de notre assaut, des matrones s'étaient jetées à l'arme blanche sur les otages. Ils ont été découpés en morceaux avant notre arrivée.

Rien n'a pu résister à l'élan de Manteuffel. Lui et ses hommes ont même pris et retourné contre l'ennemi une pièce d'artillerie. C'est là, alors qu'il pointait ce canon, qu'il a été tué d'une balle en pleine tête. Riga prise, notre vengeance a été terrible, comme tu peux l'imaginer. Quand je pense à tout ce que nous avons fait, à ce que j'ai fait moi-même…

[Il a laissé deux pages vierges pour reprendre son récit.]

Nous avons organisé autour de la dépouille du jeune Balte la célébration que son courage légendaire méritait. Tous les groupes de combat, les corps francs et les troupes des barons, étaient là, emblèmes en tête crêpés de noir. Il y avait celui des reîtres de Hambourg, pourpre à trois tours d'argent de la ligue hanséatique, surmonté de la flamme noire des pirates frisons. Plusieurs bannières portaient fièrement les têtes de mort chères aux hussards ou l'antique symbole indien, le swastika, qu'Hitler a repris à notre retour comme symbole du parti nazi. Ma brigade arborait le sobre étendard blanc à croix noire. J'avais fait faire pour ma compagnie un fanion de commandement avec… [Effacé]. *Nos hampes étaient dressées vers le ciel comme un défi à un Dieu dont nous contestions l'existence. Tous les pleurs de la terre balte semblaient sourdre du sol.*

Soudain, sans aucun commandement, plusieurs milliers de poitrines ont entonné d'une même voix notre vieux chant de guerre :

J'avais un camarade
De meilleur il n'en est pas.
Dans la paix et dans la guerre
Nous allions comme des frères
Marchant d'un même pas…

Du talon, nous martelions avec rage le sol en cadence comme pour prévenir les enfers de notre irruption imminente avec notre camarade.

J'ai pleuré. Je n'étais pas le seul. Je pensais à Konrad. Lors de sa mort, avec Konstantin, nous avions murmuré ce même chant à son chevet. Je sentais sa présence dans ce matin clair, lumineux pour une fois. Même les bâtiments de Riga en feu semblaient retenir leurs flammes. Nous sentions vibrer dans l'air l'âme de guerre de Manteuffel. Mais nous avions tous le sentiment que nos rêves révolutionnaires disparaissaient sous les pelletées de terre qui recouvraient peu à peu le cercueil noir de notre jeune héros.

Qui chantera pour moi demain quand on jettera sur mon corps un même couvercle de mauvaise terre ? Qui me pleurera ?

Avant la fin de l'année 1919, nous étions de retour en Allemagne, non sans avoir fait sauter à notre départ tous les bâtiments officiels de Riga. Nous sommes rentrés avec notre armement en descendant du train avant la frontière pour continuer à travers bois.

Encore plus dévasté qu'à l'aller, je suis reparti dans ma montagne du Tyrol. J'ai plusieurs fois songé au suicide en contemplant le Luger de Konrad.

Je ne sais pas pourquoi je ne suis pas passé à l'acte.

Je t'embrasse. Je voudrais mourir rapidement.

Ton K. qui te chérit.

19.

« Je poursuis ? » demanda gravement Clara après le thé. Impatiente, elle était prête à sauter la traditionnelle pause pré-dînatoire. Elle était dans un état second. Envoûtée. Plus dans ce monde mais dans celui de Karl. Elle était avec lui, là-bas dans l'autre temps, sur les rives rouges de la Baltique. Alexandre abandonna à contrecœur sa pile de *Paris-Match.* Comment résister ? Il lui pressa la main pour l'encourager malgré sa petite trahison. Mérimée hocha la tête. L'épais tapis avait gardé la trace des pieds nus de la jeune femme et formait tout autour comme de petits chaussons de laine moutonnants. Elle pouvait commencer. Elle était arrimée. Des cliquetis indistincts de vaisselle se firent entendre dans la cuisine comme si quelqu'un refermait la culasse d'une arme en s'y reprenant à plusieurs fois. C'est du moins l'interprétation saugrenue qu'en fit l'esprit conditionné d'Alexandre. Clara arrêta brusquement sa lecture, comme le font les cantatrices quand une personne grossière se met à tousser au moment même où la voix inspirée va s'élever. Puis elle reprit et Alexandre, la tête en arrière, décida de fermer les yeux, de n'être que dans les images, dans l'évocation plus que dans le sens du texte. Il voulait *voir* Karl. Il eut alors l'impression que Clara lui passait la main sur le front. C'était à peine une caresse, un souffle… L'avait-elle vraiment fait ? se demanda-t-il en conservant les yeux fermés pour encapsuler la sensation. Clara lisait déjà à haute voix et Alexandre chassa ses questions pour basculer dans son ventre afin de mieux enregistrer les vibratos secrets de la confession *post mortem* de l'encombrant guerrier teuton. Il commençait à le détester vraiment. Son ombre portée le séparait de Clara.

*

Mon amour, mes enfants chéris,

J'ai quitté ma retraite au printemps 1920, je crois, pour aller à Munich voir ma mère malade. C'est en sortant de l'hôpital que je suis tombé sur Konstantin. Je crois que je t'ai raconté cet épisode. Nous sommes restés pétrifiés un moment avant de tomber dans les bras l'un de l'autre. Il a fallu pas mal de bocks de bière pour retisser le fil des mois passés l'un sans l'autre. Konstantin était en tenue de capitaine de la Reichswehr. Il avait donc réalisé son rêve : se faire activer dans l'armée régulière. Son statut d'ancien chef de kommando avait joué en sa faveur. Le nouveau patron, le général von Seeckt, estimait qu'il fallait insuffler cet esprit à son armée famélique. Il avait gardé dans sa petite troupe la crème des officiers pour en faire l'arma-

ture de l'armée de demain. C'était un incroyable visionnaire.

À ma grande surprise, Konstantin venait de participer avec son unité à la répression à Berlin de la tentative de putsch nationaliste du général von Lüttwitz. Il avait estimé devoir obéir au gouvernement légal social-démocrate, même s'il le méprisait profondément. Nous avions pourtant pas mal d'amis chez ces putschistes nationalistes du dimanche.

Konstantin m'a convaincu de rentrer à mon tour dans la Reichswehr en jouant sur le fait que j'avais croisé dans la Baltique le général von Seeckt qui avait commandé les corps francs lors de la prise de Riga. Il se souvenait de moi et même de l'emblème de ma compagnie. J'ai finalement cédé quand mon projet de devenir conseiller militaire en Bolivie s'est effondré. Plusieurs pays d'Amérique latine voulaient muscler leur armée et leur aviation. Ils n'avaient qu'à puiser dans le vivier sans fond des anciens combattants du Kaiser. Goering avait été tenté de partir au Chili et puis il s'était rabattu sur la Suède. Nombre de nos compagnons se sont retrouvés en Amérique du Sud pour rester dans le bain militaire. Nous étions nombreux à ne rien savoir faire d'autre. Certains ont fait souche là-bas. Mais au final, je ne sais comment, les Boliviens ont su que j'avais un problème à la jambe et ils ont refusé ma candidature. Je pense qu'un de mes « camarades », qui voulait à tout prix le poste, avait dû leur donner cette information.

Et puis je t'ai rencontrée à ce bal des vétérans destiné à recueillir des fonds pour nos mutilés. Ta douceur et ta candeur m'ont désarçonné. Je me suis surpris à apprécier à tes côtés des choses aussi simples qu'une balade en canot ou une visite de musée. C'est toi qui as parfait mon éducation. À Munich, adolescent, mes parents m'avaient donné le bagage culturel indispensable à tout honnête jeune homme européen : la connaissance, en peinture et sculpture des classiques français, italiens, hollandais, espagnols… Quand j'ai vécu en France, en 1913, je suis allé à Paris passer une journée entière dans les salles du musée du Louvre. Quelle splendeur ! J'ai eu la chance par la suite de découvrir avec toi bien des galeries de peinture dans la Ville Lumière. Sur les murs de ma cellule, je projette mentalement ces tableaux que le gros Goering a raflés en si grand nombre.

Je me souviens de ton magistrat de père, lors de ma présentation, peu satisfait d'accueillir un ancien combattant claudiquant dans sa famille, même décoré de la croix de fer de 1re classe. Tu as tenu bon. La guerre avait émancipé les femmes… même allemandes. Et ta sainte mère m'avait à la bonne. Mes parents, qui avaient cru me perdre définitivement quand je suis parti dans le Tyrol dans un état suicidaire, t'ont accueillie comme la Providence.

Il fallait aussi que je trouve un travail. Je ne pouvais plus errer comme un demi-solde [en français]. *Mes réserves en marks avaient fondu et je n'avais rien touché pour la Baltique malgré les promesses du gouvernement de Weimar. Je ne voulais pas te faire vivre une vie de bohème comme tant de femmes d'anciens combattants. La seule chose que j'avais gagnée en Lettonie, c'était une nette accentuation de ma claudication. Mon nerf sciatique se rappelait de plus en plus souvent à mon attention. Je suis parvenu néanmoins à passer les visites médicales d'aptitude grâce à la complicité d'un ancien major de mon régiment. Je me suis donc retrouvé capitaine de la Reichswehr, affecté à Berlin au bureau planification de l'état-major. Un travail modeste, tu t'en souviens, car nous n'avions pas grand-chose à planifier avec notre armée lilliputienne.*

Ce qui nous sauvait, c'était l'énergie de von Seeckt. Je ne sais pas où notre commandant en chef allait la puiser. Tout ce qu'il faisait nous donnait le sentiment d'appartenir à une grande armée. Par son charisme, il nous faisait oublier nos effectifs squelettiques et notre armement dérisoire. C'était alors un rêve, seulement un rêve, mais il nous aidait à ne pas mourir d'ennui et de honte quand nous pensions à ce qu'avait été l'armée du Kaiser à laquelle nous avions appartenu. J'ai pu participer en cachette à des cours de la Kriegsakademie *clandestine qu'il avait créée. Ce n'était pas pour aller boire quelques chopes avec mes anciens camarades que je m'échappais le lundi soir, ma chérie, mais pour travailler en secret dans l'espoir d'être validé comme officier d'état-major. Nos consignes étaient strictes : n'en parler à personne, pas même à nos familles. Ces activités étaient proscrites par les Alliés.*

Une bonne petite vie, finalement. Je dois te dire que je pensais ne plus y être apte. Je me suis rangé et tu m'as formidablement aidé à revenir dans le monde des vivants même si – je peux te le dire maintenant – mon ancienne maîtresse, la Guerre, m'a fréquemment relancé. Je transportais avec moi une terrible écharde au cœur : je me sentais affreusement coupable de mes échecs, de ceux de l'Allemagne. J'avais engagé toute mon âme dans les tran-

chées de France, puis en Baltique, et je faisais désormais partie de la morne cohorte des Allemands battus. Tant de bons compagnons gisaient désormais sous terre. Nous avions eu foi en nos armes mais tout cela n'avait servi à rien. Le fait de porter l'uniforme en traînant la jambe dans les couloirs de l'état-major ne suffisait pas à panser mes plaies invisibles. Au fond de moi, j'étais profondément mortifié en pensant que le reste de ma vie de soldat se bornerait à porter ce fardeau de 1914-1919. Que pourrais-je dire à mes enfants quand ils seraient en âge de me demander ce que j'avais fait pour l'Allemagne ?

Et puis il y a eu sa rencontre, en 1922. Celle d'un certain Adolf Hitler, un ancien caporal, agitateur nationaliste dont Konstantin s'était entiché. Il n'arrêtait pas de me bassiner avec son petit génie de trois sous [en français]. *Qu'est-ce que l'Allemagne pouvait bien enfanter de génial dans la fange ambiante ? J'ai cédé un soir à ses instances. Hitler avait quitté ses quartiers bavarois et tenait meeting à Berlin. Nous nous sommes retrouvés dans une brasserie aux odeurs fortes, bière, sueur et mauvais cigares. En entrant, j'ai été surpris de voir le nombre de femmes présentes. Étonnant, car elles étaient d'ordinaire absentes du débat politique et des réunions publiques. Les politiques n'en parlaient jamais. Je n'avais d'ailleurs pas pensé une seconde à te demander de m'accompagner.*

Nous nous sommes assis au fond car je souhaitais pouvoir m'éclipser discrètement le plus vite possible. Konstantin était radieux. Sa joie me faisait envie.

Dans l'atmosphère enfumée, en bas de la petite tribune où quelques orateurs d'opérette se succédaient déjà pour chauffer la salle, j'ai aperçu un étrange bonhomme à l'allure de comptable. Il jetait des regards inquiets à une liasse de feuillets posée sur une petite table. Il la compulsait nerveusement. Je pensais que c'était l'assistant d'un des orateurs à venir, perdu dans la pagination du discours de son maître. Je cherchais des yeux le grand homme [en français], *plus au fond. Il devait nécessairement être de bonne taille et* avoir de la gueule [en français]. *Konstantin m'a fait un signe de tête en direction du terne plumitif à moustache. Je l'ai regardé d'un air interloqué. Comment cet avorton mal fagoté avait-il pu envoûter mon ami apte comme moi à évaluer d'un coup d'œil le véritable poids d'un homme ?*

Ce fut au tour du héros du jour. Il est monté à la tribune laissant ses papiers sur la table en contrebas. Il a regardé l'assistance quelques secondes avant de se lancer. J'avais l'impression d'assister aux débuts rougissants d'un avocaillon de province dans un prétoire trop grand pour lui. Mais rapidement tout est devenu fascinant. Il parlait avec un léger accent viennois assez charmant, tout en roulant aussi les r comme on le fait dans le Tyrol. Il tournait ses phrases avec humour et dérision, faisant souvent rire la salle, notamment les jeunes femmes. J'étais surpris de ce style très éloigné de ce que j'avais pu entendre auparavant de la part de quelques vieux barbons sentencieux venus parler devant nos associations d'anciens combattants. Sa dénonciation du Diktat de Versailles, ses protestations devant l'état de soumission de notre bonne Allemagne, l'appel à un sursaut, la dénonciation des Juifs qui polluaient le sang aryen : tout cela n'avait rien de nouveau. Un grand classique chez les nationalistes.

Mais avec lui tout était différent. On pouvait palper sa sincérité. Sa peau, sa chair, ses tripes faisaient corps avec ses mots. La poitrine en avant, il s'exposait comme nous le faisions au feu jadis en sortant de la tranchée. Il communiait avec chacun d'entre nous par un philtre magique répandu dans l'air.

Ce soir-là, j'ai été emporté. Même de là où je t'écris, dans ce trou puant, je n'arrive pas à me défaire complètement de ce sortilège. J'en éprouve encore une ferveur intérieure. Je n'arrive pas à ne pas avoir de la gratitude pour lui, alors que je vais être pendu à cause de lui.

Ce soir-là, Hitler m'a parlé intimement de ma propre souffrance, de mes angoisses, me promettant le secours de sa puissance tellurique pour me guérir et sauver l'Allemagne. La lueur de ses prunelles changeait d'intensité selon les inflexions de sa voix. Son regard était le plus souvent de braise ; une braise qui brûle, dévaste mais cautérise aussi. Quasiment hypnotique. J'essayais de raisonner en l'écoutant. En vain. J'étais roulé comme dans un torrent impétueux. Ses propos tenaient à la fois du chant lyrique et de l'incantation religieuse. Il en variait la tonalité, accélérant ou ralentissant le rythme comme s'il percevait à la seconde l'état de nos cœurs et de nos esprits. Il passait du ton de la douce confidence à celui de l'exhortation brutale. Il nous cajolait et nous cinglait tout à la fois.

J'avais l'impression qu'il ne parlait qu'à moi seul. Je me souviens d'une phrase qui m'a saisi aux tripes : « Les seules richesses qu'ils ne nous aient pas volées, ce sont les tombes de nos soldats. »

Plus surprenant, il n'hésitait pas à quitter les rives de la haute politique pour parler du quotidien difficile de la femme allemande. Il se faisait alors paternel, protecteur. Je comprenais pourquoi elles étaient si nombreuses à boire ses paroles.

Et puis soudain, il a lancé à la salle : « L'important, ce sont les trois K. »

Konstantin et moi avons été électrisés par cette évocation de notre ancien totem. Nous y avons vu alors un signe de Konrad, de l'au-delà, même si Hitler ne faisait qu'évoquer son fameux triptyque : Kinder, Küche, Kirche [les enfants, la cuisine, l'église].

Quand il a conclu son discours d'un vibrant « Allemagne, réveille-toi ! », toute la salle s'est levée d'un bond, renversant bocks et tables. Il était le rédempteur. Survoltées, des jeunes filles à côté de nous, les lèvres humides et le rose aux joues, applaudissaient à tout rompre.

J'étais dans un état d'excitation incroyable. Konstantin était ravi. Cette fois, c'est moi qui lui donnais de grandes bourrades amicales dans le dos.

Il a fallu jouer des coudes pour accéder au démiurge qui se disait capable de soigner les écrouelles de l'Allemagne. Je fus surpris par la mollesse de sa poignée de main mais je me suis trouvé incapable de prononcer un seul mot en sa présence. L'allure générale était falote. Seul son regard conservait encore un peu des tisons qu'il venait de jeter à la foule. Konstantin me présenta en déclinant mes titres de guerre. Hitler fit un grognement suivi d'un hochement de tête comme pour dire : « Je vois ton âme, je sais qui tu es ! » J'en fus pénétré. Pourtant la sensation était douloureuse. L'homme, qui au micro était si proche de moi et de chacun des membres de l'assistance, semblait soudain inaccessible et impénétrable. Cette distance était une souffrance. Je voulais être l'un des siens, guérir mon mal intérieur à son contact. M'accueillerait-il dans son Walhalla personnel ? Le mériterais-je un jour ?

Nous sommes repartis totalement exaltés. Je me sentais léger pour la première fois depuis la guerre. Euphorique. Je suis rentré très tard et je t'ai réveillée. Tu ne comprenais pas pourquoi... Nous avons fait merveilleusement l'amour ce soir-là. Il m'avait redonné ma puissance d'homme. J'aurais dévoré la Terre entière.

Le lendemain, Konstantin est passé me prendre à l'état-major pour que l'on déjeune ensemble. Ma fièvre n'était pas retombée. Il m'apportait un bulletin d'adhésion et un peu de littérature du parti nazi en me disant qu'il fallait que je fasse mon éducation politique. « Pour l'instant tu n'es qu'un guerrier à qui on a coupé une jambe », m'a-t-il dit. Il m'avoua être membre du NSDAP depuis sa création en février 1920, tout fier d'être dans les premiers numéros. Wolf – le surnom d'Hitler – allait nous débarrasser de la pourriture juive, matrice du bolchevisme. « Marx était juif, tous les leaders communistes sont juifs, en Russie comme en Allemagne. C'est une gangrène qu'il faut extirper », insistait-il en me donnant de la prose nazie à lire sur le sujet. Les Juifs y étaient décrits comme d'immondes vers dans un corps en putréfaction : ils corrompaient tout ce qu'ils touchaient et ils craignaient la lumière. Je trouvais toutes ces métaphores grossières et infantiles.

Sur cette question, la position d'Hitler était excessive à mes yeux. C'était mon seul désaccord de fond avec lui. J'avais déjà réfuté ce genre d'arguments avec certains de mes camarades après la défaite et Konstantin se renfro-

gnait quand nous en discutions, ne me trouvant pas assez révolutionnaire et radical. Je connaissais des Juifs qui me semblaient de bons Allemands. Notre médecin de famille à Munich était juif. C'était un homme délicat et très allemand de culture. Nous en avions dans nos unités durant la guerre et je n'ai jamais constaté leur caractère émollient sur notre race, même si souvent ils étaient tenus à distance par les autres. Le lieutenant Bronstein, qui avait gagné ses galons au feu, avait fait toute la guerre avec nous. Il avait été exemplaire. Je comprenais que nous puissions vouloir ne pas nous mélanger avec eux, éviter qu'ils soient trop nombreux dans certaines professions, mais de là à en faire la cause de tous nos maux…

J'avais du mal à suivre les raisonnements de Konstantin qui, pour sa part, n'avait jamais rencontré de Juifs en dehors de Bronstein et de quelques autres soldats. Il s'emportait, me disant que toute la décadence des arts, des mœurs, de la société était de leur fait. Il tenait la liste, longue il est vrai, des Juifs révolutionnaires rouges et y faisait référence régulièrement. Je me souviens d'un jour de l'an où il m'avait à nouveau entrepris sur le sujet en me mettant sous le nez le texte d'une conférence du théologien protestant Paul Althaus qui dénonçait l'antisémitisme des nazis, tout en expliquant que notre pays était menacé par une classe intellectuelle urbaine démoralisée et démoralisante, représentée d'abord et avant tout par la race juive.

Un jour où Konstantin m'exaspérait, je lui ai avoué que j'entretenais une correspondance suivie avec un Juif étranger. Il a failli tomber de sa chaise. J'échangeais effectivement par courrier avec notre ancien infirmier austro-hongrois, celui qui nous avait soignés avec dévouement tous les trois, en 1918, quand nous avions été hospitalisés dans le nord de la France avec nos kilos d'acier et de plomb dans le corps. Il était comme moi passionné de timbres des colonies, notamment françaises. J'avais attrapé ce virus philatélique lors de mon séjour en France en 1913 : dans ma famille d'accueil, le grand-père m'avait initié à cette collection exotique. J'ai toujours regretté – entre autres pour cette raison – que notre pays ne se soit pas lancé comme les Français et les Britanniques dans l'aventure coloniale avec la même détermination. Bien des choses auraient changé si nous l'avions fait. Nous n'aurions pas été obligés de partir à la conquête de terres à l'Est pour notre espace vital. Peut-être ne serais-je pas là à t'écrire… mais à quoi bon ces spéculations… le vin est tiré ! [En français].

Il m'avait donné son adresse à Budapest que j'avais glissée dans mon livret militaire, mécaniquement. Je lui avais écrit. Depuis mon retour de la Baltique, nous correspondions pour échanger des timbres. Shlomo était même devenu rabbin. Une catastrophe aux yeux de Konstantin qui craignait, si cela se savait, que je ne sois exclu du parti auquel j'avais finalement adhéré. Dans nos échanges épistolaires, Shlomo et moi évitions de parler politique, seulement de philatélie. Sauf une fois où je lui ai demandé pourquoi tant de ses coreligionnaires avaient embrassé la cause bolchevique : c'était pour moi le comble du criminel. J'avais lu dans une revue à la bibliothèque de l'état-major que dans le gouvernement rouge de Béla Kun en Hongrie, trente-deux des quarante-cinq commissaires du peuple étaient juifs ou d'origine juive.

Shlomo m'avait alors répondu en me rappelant tout d'abord que son peuple attendait la venue du Messie, contrairement aux chrétiens qui pensaient que le Christ était le Messie, le fils de Dieu. Cela je le savais. Cette attente messianique, du moins, m'avait-il écrit, était toujours celle des Juifs religieux. Or la guerre et ses monstruosités avaient fait des ravages dans les consciences spirituelles chez eux comme chez nous. J'en savais quelque chose, puisque j'avais moi aussi perdu ma foi. Ne croyant plus en leur religion, un certain nombre d'intellectuels avaient converti leur attente messianique en combat politique radical. Chez ces Juifs déjudaïsés, la foi marxiste-léniniste s'était substituée à l'attente du Messie. Lénine est devenu leur nouveau Messie, déplorait-il. Ils avaient échangé la Terre contre le Ciel, le tout de suite contre le plus tard.

Quand j'ai essayé de raconter cela à Konstantin du mieux que j'ai pu, il m'a demandé si je n'avais pas abusé du schnaps, et dit que tout cela c'étaient des embrouilles juives pour me pourrir la tête.

« Ce sont des sans-patrie qui ne savent que détruire les pays qui les ont accueillis, arrête avec tes conneries ! » m'avait-il tancé en me demandant de cesser de correspondre avec mon rabbin.

J'ai compris que notre amitié était en jeu. J'ai espacé mes échanges avec mon « ami » juif, puis, pris par l'activisme militant, j'ai rangé ma collection de timbres au grenier.

*

Clara était arrivée à la fin de sa livraison du jour. Elle regarda Alexandre le front plissé en se massant l'avant-bras.

« Je ne comprends pas pourquoi ces intellectuels juifs de l'après-guerre se sont laissé autant séduire par le mythe bolchevique et son sinistre cortège de violence…

— La révolution était sans doute fascinante à cette époque, répondit Alexandre. Ils avaient peut-être aussi l'espoir de tordre le cou à l'antisémitisme ancestral par la force de l'égalitarisme prolétarien. L'autre option qui se présentait à eux, la révolution noire, faisait de la haine des Juifs une obsession et un fonds de commerce. Il était impossible pour eux de l'embrasser même si la gauche révolutionnaire drainait également son lot d'antisémites. Comme partout en Europe, la réaction n'en avait pas le monopole. Ne restait plus qu'une voie médiane avec les formations centriste ou sociale-démocrate. Mais après les ravages de la guerre et l'explosion des empires, elles devaient sembler bien mièvres et ternes à tous ces idéalistes pour qui la mort était finalement un ticket d'entrée acceptable pour accéder à de nouveaux paradis terrestres. Avec les vingt millions de morts de la Grande Guerre, on peut comprendre que leur échelle de valeurs ait explosé. Ils avaient le choix entre la peste et le choléra… Pas simple ! »

20.

Alexandre proposa à Clara de faire une pause d'une journée complète en prévenant Mathilde – qui avait bien le droit, elle aussi, à une césure – de ne rien préparer pour les repas. Il estimait que les techniques de massage chinois ne suffisaient plus à évacuer tout ce limon noirâtre qui se déposait sur eux et en eux, qu'il fallait prendre du champ, de l'air, « se laver la tête », comme il disait. Il trouvait que Karl envahissait trop les pensées de Clara. Il voulait la débrancher un moment... Elle n'accueillit pas l'idée avec un débordement d'enthousiasme. Elle lâcha un *oui* plus résigné qu'autre chose. Il fut d'autant plus satisfait de son idée d'abandonner Karl. Là où il voulait emmener Clara, ce mort collant ne viendrait pas les perturber.

« Où va-t-on ? demanda Clara d'un ton dubitatif.

— Je te propose de passer la journée à Saint-Guilhem-le-Désert – il s'appliqua à prononcer *Guilhem* à la languedocienne et non à la parisienne : *Guyen* et non *Guylem* ou *Guylain* –, Guilhem c'est Guillaume en langue d'oc, et les habitants se nomment les Sauta Rocs, dit-il d'un ton qu'il voulut le moins possible semblable à celui d'un guide touristique ennuyeux.

— Allons-y ! » répliqua-t-elle sans aucune chaleur.

Durant le trajet, il lui expliqua que cette visite faisait partie des rituels de vacances de son grand-père maternel, Maurice Tournerat. Ils s'arrêtaient toujours pour déjeuner en chemin dans le même restaurant, au bord du Lez, pour déguster des truites aux amandes.

« J'adorais cette évasion avec ce grand-père maternel que j'ai beaucoup aimé. C'était un original passionné d'histoire.

— Tu passes ta vie à commémorer ! » l'interrompit brusquement Clara avec une pointe d'exaspération, ce qui chez elle était suffisamment inhabituel pour être cinglant.

Mortifié, il ne répondit pas. Elle disait vrai. Elle était pourtant la seule personne qui lui donnait vraiment envie de tâter du futur en laissant un peu tomber le passé. Mais pour l'instant, il faisait avec ce qu'il avait en stock dans son cœur, son âme et sa mémoire. À l'évidence, Karl n'avait pas décroché. Il était derrière eux en passager clandestin. Alexandre se replia mentalement dans la voiture et ne se déplia qu'en voyant apparaître le site en majesté dans cette vallée grandiose. Le ciel immaculé faisait écrin autour de la pierre blanche, crème ou dorée.

Clara eut un choc esthétique en découvrant cette architecture créée au fond d'une gorge de l'Hérault au début du IXe siècle par le comte de Toulouse et duc d'Aquitaine, Guilhem de Gellone, parent de Charlemagne. Alexandre se risqua à lui délivrer cette information à l'oreille quand il la vit en extase. Devant son air penaud, la jeune femme s'en voulut de l'avoir moralement giflé dans la voiture. Elle lui prit la main en lui disant avec tendresse :

« Guide-moi ! »

Karl s'évapora dans l'instant. Ils visitèrent tout, Clara bouche bée, Alexandre soudain lui-même, retrouvant ici ou là les traces auditives de son grand-père lui disant avec sa pointe d'accent chantant : « Tu viens ! » L'église abbatiale de Gellone avec sa nef culminant à presque vingt mètres de haut, pour une largeur de seulement quelques mètres, plongea Clara dans une longue méditation. Au lieu d'écraser le pèlerin par son étroitesse, l'étrange conception architecturale l'élevait vers le haut, vers les lumières qui filtraient au-dessus de l'autel. Une sorte de seringue spirituelle fonctionnant non par pression mais par aspiration. Croyant ou non, le passant était soulevé vers le point culminant de la nef. En entrant, instinctivement, les poitrines s'élargissaient, les poumons se remplissaient, les visages se relevaient, l'âme se redressait. Clara regarda Alexandre avec une lueur intense qui voulait dire : *Pardon et merci.*

Au bout d'un moment, Alexandre ressortit, pensant Clara sur ses talons. La lumière était très vive à l'extérieur. Il en fut ébloui. Il chercha ses lunettes de soleil dans son sac à dos et constata alors qu'il était tout seul. Il revint sur ses pas et ne vit tout d'abord rien en rentrant dans la nef. Sa rétine demandait quelques secondes avant de se réhabituer à la pénombre. Puis, il l'aperçut, assise dans une travée latérale. Une ombre parmi d'autres dans un clair-obscur épuré. Il la rejoignit à pas de loup et s'assit à côté d'elle en évitant que son poids ne fasse crisser la chaise branlante. Dans sa tête, bien des choses s'entrechoquaient. Il essaya de se laisser faire, de ne pas chercher à les ordonner ou à les dompter, de suivre les conseils de méditation qu'il avait reçus dans un désert marocain, longtemps auparavant. Il était en tumulte. Images, sons, impressions, pulsions, sensations se débattaient si vivement dans son cœur qu'il craignait que leur tintamarre insonore ne dérange la jeune femme plongée dans une intériorité qui lui communiquait progressivement sa sérénité. Il s'apaisa. Clara ouvrit les yeux, regarda le haut de la nef, se signa et se leva comme si elle n'avait pas vu Alexandre.

Sur le parvis, après quelques secondes de réacclimatation, il lui dit :

« Je ne savais pas que tu étais croyante.

— Je l'avais oublié moi-même », lui répondit-elle sur un ton indiquant que ce n'était pas le moment d'en parler plus avant.

Ils revinrent sur leurs pas pour pouvoir déambuler dans le cloître de Gellone, l'endroit préféré d'Alexandre. Il avait une passion pour ces édifices flanqués de colonnettes avec vue sur le centre, le plus souvent semé d'un parterre de buis taillés et rafraîchi par une fontaine. Les prières des moines avaient imprégné ces murs altiers. La paix s'y concentrait comme en nul autre lieu. Le dallage avait enregistré leurs pas paisibles ou tourmentés mille fois répétés. Des sillons d'usure s'y étaient formés. On pouvait mettre ses pas dans les leurs à quelques siècles de distance. Les arcades offraient généreusement l'ombre que le centre refusait obstinément. Toujours ce même contraste spirituel pour rappeler à l'homme qu'il est fait d'ombres et de lumières.

Alexandre raconta à Clara ce que son grand-père lui expliquait chaque année lors de ce pèlerinage. Au tout début du XXe siècle, un sculpteur américain fou de l'époque médiévale avait voulu acheter et démonter tout le cloître pour le remonter aux États-Unis… C'était déjà arrivé ailleurs.

« Ils ne doutent de rien, ces Amerloques ! » lâchait invariablement le vieil homme dont l'athéisme militant pliait le genou sans forcer devant son amour du patrimoine religieux français.

Le riche Américain n'était finalement parvenu qu'à acheter un certain nombre d'éléments sculptés du XIIe siècle qu'il avait ensuite incorporés dans une reconstitution complète du cloître, désormais visible à New York.

Bien qu'il soit déjà fort tard, Clara demanda à Alexandre de s'arrêter pour déjeuner à son fameux restaurant sur le Lez. La patronne ne se formalisa pas de l'horaire. Le plat était unique, truite aux amandes. Les poissons attendaient sagement dans un grand bassin leur mise à mort culinaire. Alexandre choisit la table la plus en surplomb du Lez, là où son grand-père et lui se plaçaient toujours. Clara le comprit en voyant son visage. Mais cette fois, elle ne lui fit aucun reproche acide. Elle se risqua à son tour à interroger Alexandre quand les cafés arrivèrent :

« Es-tu croyant ?

— … Je ne sais pas. Je ne sais plus très bien… J'ai été élevé dans la religion catholique mais j'ai tout lâché il y a longtemps. Quand je reviens dans des lieux comme ceux-ci, je retouche quelque chose de profond en moi que l'on pourrait nommer la "spiritualité". Et ce n'est pas seulement de la nostalgie pour mon grand-père. C'est bien plus que ça. Comment croire que ce que l'on sent ici ne serait que le fruit de notre imagination, de sensations psychologiques, d'un désir d'opium ? Jeune, au catéchisme, j'avais beaucoup de tendresse pour la figure du Christ, pour sa vie, mais aussi pour son legs à travers l'eucharistie : sa présence serait éternelle à nos côtés. J'aimais beaucoup cette idée, comme tu peux l'imaginer. Cela me parlait. Il était pour moi le champion de la réconciliation des temps. Mais je l'ai perdu de vue. Je reste néanmoins confusément convaincu de l'existence de Dieu, d'un dieu, faute de disposer d'autres mots. Tout ce que nous venons de voir ne peut avoir été fait uniquement à partir de la volonté des hommes. Il faut avoir été inspiré pour bâtir cet édifice de cette façon. C'est tout ce qui me reste de mon *credo*… Et toi ? »

Clara hésita, cherchant le point juste en elle.

« C'est étrange mais depuis tout à l'heure je peux dire à nouveau que je suis chrétienne. Merci, dit-elle avec une certaine gravité. Est-ce que la lecture de la bible de Karl m'a aussi involontairement imprégnée ? Je n'ai pas fait que traduire son texte. J'ai lu également ce qu'il y avait à côté de ses pages noircies dans le Nouveau Testament. Cela a ressuscité bien des souvenirs. Comment un tel message de fraternité a-t-il pu être dévoyé à ce point ? J'ai laissé tomber la religion avec d'autant plus de facilité qu'elle m'avait été inculquée dans la terreur du châtiment. Comment une religion d'amour pouvait-elle tabler sur la peur et la culpabilité… J'ai été très vite choquée, surtout en Italie, par le contraste brutal entre les apparences d'une bienséance catholique maintenue coûte que coûte et le caractère ignoble de certains comportements de personnes exhibées comme des chrétiens exemplaires. – Émue, se frottant l'avant-bras, elle reprit son souffle. – Ce double jeu m'a éloignée de la foi de mon enfance. Mais ici, je ne vois que des lignes pures, effilées, qui ne trichent pas avec l'homme, appellent à une relation avec Dieu et non à un rapport comptable avec une figure tutélaire faussement protectrice. Ce que j'ai perçu tout à l'heure, sans bien comprendre tout de suite, c'est qu'il ne me propose pas un deal mais une relation. Je ne sais pas pourquoi je te dis tout cela ! se reprit-elle.

— Est-ce que l'Église ne t'a pas blessée également avec ses positions morales trop raides ? » tenta

Alexandre, pensant le moment venu de clarifier leur relation.

La perche était grosse mais tant pis !

« Je ne sais pas ! Non, je ne sais pas... », répondit-elle, troublée comme s'il n'avait rien compris à ce qu'elle venait de partager avec lui.

Elle se mit instantanément en mode défensif, reculant sur sa chaise pour prendre de la distance, ne fût-ce que de quelques centimètres.

Alexandre mesura dans la seconde qu'il était en train de rompre un fil de confiance inattendu et infiniment précieux. Faussement enjoué, il tenta immédiatement une diversion pour dissiper l'ombre qui pointait une nouvelle fois son nez.

« Tu sais l'idée folle qui m'est venue hier quand j'étais sur mon escabeau dans les sommets de la bibliothèque de Murrière ? J'ai imaginé les paysages les plus gigantesques que j'aie pu voir dans ma vie – le Grand Canyon, le Machu Picchu –, recouverts à perte de vue de rayonnages chargés de livres. Tu imagines le spectacle ? Les plus fantastiques bibliothèques à ciel ouvert. Quand j'étais enfant, je pensais que Dieu avait une collection d'ouvrages infinie qui couvrait le ciel de bas en haut. Comme il n'avait pas besoin d'escabeau il pouvait y piocher à sa guise, voltigeant d'un rayon à l'autre. Tous les livres écrits depuis la naissance du monde, dans toutes les disciplines, dans toutes les langues y étaient pieusement conservés, notamment ceux qui avaient été brûlés au cours de l'histoire par la folle main de l'homme : à Alexandrie, Bagdad, Jérusalem,

Berlin, Rome, Constantinople. Des anges étaient chargés de l'époussetage avec leurs ailes en forme de plumeaux soyeux. Mais dans mon rêve figuraient déjà les volumes que l'homme n'avaient pas encore écrits, qui étaient encore en gestation. J'aimais bien cette idée d'un Dieu bibliophile fou du verbe imprimé de l'humanité ! C'est une des dimensions divines qui n'a jamais été abordée..., dit-il en constatant qu'il avait piqué l'imagination de Clara avec son petit délire.

— C'est une belle image. Je la fais mienne mais avec une restriction d'importance. L'homme n'est pas condamné, sans le savoir, au plagiat de livres existant déjà dans la bibliothèque de Dieu. Dieu ignore absolument tout de ce qui n'a pas encore jailli de la pensée et du cœur de sa créature. Si je poursuis ton image du bibliophile fou, Dieu rit et pleure en lisant la production de l'homme. Il la découvre au fur et à mesure. L'homme ne copie rien, il invente et il crée. C'est sa part éminemment divine. Je n'en reviens pas de mon discours. Je m'écoute moi-même en parlant, tellement je suis surprise de ce que je te dis... Tout cela était enfoui. Une de mes catéchistes que j'aimais beaucoup m'aurait dit que c'est l'influence de l'Esprit-Saint, le Paraclet... Je n'en suis pas encore là ! »

21.

Alexandre se félicita de cette rupture salvatrice dans les gorges de l'Hérault. Il en revint plus léger, même si toutes les ombres n'avaient pas disparu à l'horizon. Pendant le trajet de retour, il s'était mordu la langue pour ne pas lui poser carrément la question : « Pourquoi ne faisons-nous pas l'amour ? » La réaction de la jeune femme, quand il avait tenté de lui faciliter l'aveu de son homosexualité, l'inhibait complètement. Il estimait qu'elle seule pouvait en parler. S'il forçait le passage, il risquait de tout casser. Ce « tout » qui n'était pas grand-chose mais qui avait néanmoins le mérite d'exister. Dans le hall, Clara lui dit simplement *merci*, prenant sa main pour s'en caresser la joue. Elle avait déposé ensuite un baiser dans sa paume avant de regagner sa chambre.

Le lendemain, après le petit déjeuner, ils éprouvèrent tous les deux le besoin de prolonger l'abstinence mémorielle en se promenant dans le parc. Alexandre se félicita qu'elle ait aussi facilement accepté de faire encore attendre Karl. L'Allemand avait l'éternité pour lui. Il pouvait patienter, céder le pas devant les vivants. Dehors, la nature se préparait à prendre ses quartiers d'hiver. Clara s'était emmitouflée d'une canadienne élimée qui devait appartenir à Murrière car elle y disparaissait presque entièrement. Elle portait aux pieds des petites bottes fourrées et avait enfilé un bonnet en laine dont la simplicité mettait en relief la pureté de son visage. Il rehaussait ses pommettes, lui donnant un charmant petit air slave. Alexandre était habillé comme un sac avec une vieille saharienne râpée et de méchantes bottes piquées dans l'entrée. Il fut navré du contraste.

Le grand chemin circulaire qui ceignait l'immense pelouse centrale avait revêtu une épaisse tenue matelassée ocre et rouge. Tout était assourdi par le tapis de feuilles. Ils se tenaient par la main. Alexandre avait le net sentiment de bénéficier là d'un immense privilège dû à Saint-Guilhem. Il le savourait… même si c'était toujours en camarade. La main de son amour hors de portée battait dans la sienne aussi distinctement que s'il l'avait posée directement sur son cœur.

Ici ou là, l'herbe avait été violemment retournée par une harde de sangliers gourmands venus de la forêt voisine. Alexandre se souvint en avoir vu un, un jour, complètement perdu dans une avenue de Montpellier. Les voitures faisaient des embardées pour l'éviter. Il avait failli éperonner l'animal terrifié.

La conversation filait sur leur escapade et revenait vers les derniers épisodes des confessions. Ils rentrèrent et chacun reprit son poste, Clara dans sa chambre, avec l'ombre de Karl, Alexandre dans la bibliothèque, avec celle de Murrière. Clara avait accéléré au fil des pages le rythme de sa traduction. Elle avait apprivoisé l'écriture de Karl.

Il était impatient de rattraper son retard pour ne pas la laisser trop longtemps seule avec les secrets de l'Allemand. En même temps, il ne pouvait s'empêcher de s'inquiéter de la fin de leur partage hors du temps qui se profilait. Que se passerait-il ensuite... ? Il aurait voulu rester éternellement à la Réjane avec elle après avoir éliminé successivement Karl et Murrière. À la rigueur, il était disposé à conserver Mathilde et Mérimée. Même si la brûlure extrême de l'inaccompli le consumait, il préférait encore cette situation bancale au fait d'être séparé d'elle. Il ne pouvait plus se passer de l'instrument de son supplice. La visite à Saint-Guilhem avait décuplé son amour. Et curieusement, il sentait monter aussi en elle un sentiment qui s'y apparentait, sans que cela ne lève l'entrave.

Avant le pèlerinage à Saint-Guilhem, il lui était arrivé plusieurs nuits de cauchemarder sur cette situation empêchée, élaborant des issues sordides. Dans son songe noir, il était un soudard caparaçonné, l'écume aux lèvres, entrant dans la chambre de Clara en défonçant la porte. Elle avait fait de ses dictionnaires un immense et épais rempart autour de son lit. Il s'y frayait un chemin à coups de hache puis la violait. Pendant l'acte sauvage, elle ne prononçait aucun mot. Elle le transperçait de son regard fixe et réprobateur. Elle s'effritait entre ses bras ne laissant sur les draps rouges qu'une trace noire de cendre. Mathilde entrait alors pour le chasser avec une faux. Karl casqué mais sans visage la suivait : son allure générale dégageait comme une onde de contentement et de supériorité. Mérimée contemplait Alexandre d'un air méprisant. Ce dernier se réveillait paniqué, avec l'horrible sensation d'avoir été contaminé par la violence du Teuton.

Au contact de la confession de l'Allemand, il se barbarisait. Les jours qui suivirent ces bacchanales, il eut la nausée toute la journée. Il se bourra de médicaments sans que cela parvienne à l'apaiser. Il avait la douloureuse sensation d'avoir réellement outragé Clara. Elle semblait ne pas percevoir ce mal-être, alors que dans bien d'autres circonstances elle lui donnait l'impression de lire en lui. Après ce genre de mauvais rêve, il partait seul dans le parc pour se défouler. Il enlaçait les arbres centenaires, leur donnait des coups. Il aurait voulu les défoncer avec sa tête jusqu'à pénétrer en leur sein, là où la sève vivifiante coulait. Puis il revenait en sueur comme un pénitent, après avoir coupé du bois. Il la rejoignait dans le salon après s'être douché et masturbé énergiquement. Clara était à sa place. Elle avait, le plus souvent, lancé un feu dans l'âtre. Elle ne disait rien, ne le questionnait pas. Il ne confessait rien. Elle non plus. Il espérait que la grâce de Saint-Guilhem le purifierait définitivement de ces soubresauts nocturnes nauséabonds pilotés par son cerveau reptilien et par Karl.

Ils eurent tous les deux du mal à se replonger dans le testament après cette pause mystique de Saint-Guilhem. Ils repartirent à l'assaut.

*

Ma chérie, mes garçons,

1923 : j'ai découvert dans la presse la tentative de putsch d'Hitler avec le maréchal Ludendorff à Munich. J'étais consterné. Comment mon héros avait-il pu se lancer dans l'un de ces coups d'État ridicules qui germaient dans ma ville natale comme autant de mauvais champignons ? Trop tôt et trop mal préparé, t'avais-je dit alors. Tu avais espéré que je serais ainsi « vacciné » de ma fascination pour « ce petit caporal autrichien » qui te faisait peur. Cela m'avait blessé que tu ne comprennes pas les raisons de mon affection pour lui.

Hitler s'est retrouvé en prison. Plusieurs de ses compagnons ont été blessés, dont Hermann Goering. Il a été soigné en cachette par un médecin juif avant de fuir à l'étranger, d'après ce que j'en ai su. Tu t'es souvent moquée devant moi de son allure de Falstaff quand cet homme belliqueux est devenu un des grands dignitaires du Reich. Un des aides de camp d'Hitler, un soir de beuverie, m'a dit que sa blessure lors du putsch avait déréglé son système hormonal et avait créé chez lui une dépendance à la morphine. Cet ancien as de la guerre était l'une des rares personnes pour lesquelles le Führer semblait avoir une réelle affection. Pour ma part, j'ai toujours eu du mal à le prendre au sérieux. Je l'ai vu plusieurs fois maquillé comme un acteur de théâtre avec des bagues aux doigts et des stylets de jeunes filles à la ceinture. Ses tenues militaires étaient grotesques et me faisaient penser aux personnages des Bouffes-Parisiens.

Au final, le Führer a fait de son procès une incroyable tribune qui a décuplé son influence. Libéré en décembre 1924, il est devenu encore plus mordant lors de ses prises de parole politiques publiques. Malgré les exhortations de Konstantin, je ne suis pas entré dans la SA, ni dans la SS. Je suis resté attaché à mon statut d'officier de la Reichswehr.

Et puis tu sais ce qui est arrivé l'année suivante. Ça n'aurait pas dû se passer ainsi. Cet événement, qui aurait dû rester marginal dans la masse de violence de cet après-guerre, a fait basculer ma vie. Je le mesure aujourd'hui. Par la suite, contrairement à Konstantin, je ne suis jamais parvenu à la ressaisir. Je ne cherche pas d'excuses… mais c'est ainsi.

J'ai été averti que Konstantin était à l'hôpital, sérieusement amoché, au point que les médecins craignaient pour sa vie. Je suis passé le voir tous les jours. Je lui parlais de tout et de rien. Je croisais souvent le gratin de la SA dans les couloirs. À peu près rétabli, il m'a dit être tombé dans un traquenard monté par des Rouges en sortant d'une réunion du parti. Il m'a lâché le nom d'un gars qu'il avait reconnu à sa veste de cuir avec un empiècement particulier dans le dos. Un travail typique des artisans juifs, m'a-t-il assuré. J'ai identifié le bonhomme grâce à d'anciens camarades reconvertis dans la police. Il était allé se planquer à Potsdam. Avec deux fidèles de mon kommando nous l'avons retrouvé. On devait seulement le dérouiller, lui donner une leçon. Il a résisté en sortant une lame.

Je revois ton visage bouleversé quand la Schutzpolizei *a débarqué chez nous au petit matin. Ils m'ont arrêté peu après la découverte du cadavre dans le puits où nous l'avions balancé. Le chef de gare à Potsdam m'avait reconnu. Je crois que tu ignores ce détail : c'était un ancien de la Baltique, lui aussi, mais du côté des Soviets. Pas de chance.*

Heureusement tu as tenu le choc. Hitler est venu à mon procès. Je n'en revenais pas, tu te rappelles ? Il a fait payer les frais d'avocat par le parti. J'étais seul sur les bancs car j'avais refusé de donner le nom de mes camarades. J'ai pris huit ans et j'ai été cassé de l'armée. C'était la fin du monde pour moi, pour nous. Signe du destin, j'ai été enfermé à Landsberg où Hitler avait purgé sa peine. Il est venu me voir. Plusieurs fois. Il comptait sur moi à ma sortie.

Je me souviens de ce qu'il m'a expliqué dans ces moments-là sur l'esprit révolutionnaire. Pour lui, seule la révolution nationale permettrait de souder toutes les classes sociales : les Rouges étaient animés comme nous d'une foi radicale qu'il respectait mais ils brisaient ce pacte en ne parlant qu'à une seule classe, celle des ouvriers. Dans nos formations il y avait de tout, aristocrates et ouvriers, intellectuels et paysans mélangés. Il m'a dit également que l'Allemagne de demain ressusciterait la solidarité du front. Le parti y veillerait et l'État serait à son service pour maintenir intact l'esprit de la révolution nationale-socialiste. Il m'a laissé un exemplaire de Mein Kampf *dédicacé.*

J'ai osé aborder un jour avec lui la question des Juifs pour dire que nous en faisions trop, qu'ils n'étaient pas tous mauvais, que cela nuisait à la réputation de notre mouvement. Une lueur bleu acier est passée dans son regard, puis il s'est radouci dans la seconde. Il m'a pris le bras en me disant qu'il faudrait régler le problème juif d'une façon ou d'une autre. Qu'il n'avait rien contre les Juifs honnêtes sauf quand ils conspiraient avec les bolcheviks. Dans ce cas-là, ils devaient être traités durement comme des ennemis du peuple allemand. Il m'a également montré une lettre qui venait des États-Unis d'un certain Madison Grant, un avocat, célèbre professeur d'université là-bas. Je n'en avais encore jamais entendu parler. Je me souviens des timbres multicolores qui constellaient l'enveloppe. J'ai résisté à l'envie de les lui demander. Rudolf Hess lui avait traduit la missive. L'Américain lui disait son soutien total dans son approche raciale et lui annonçait l'envoi de la traduction allemande toute fraîche de son célèbre ouvrage paru, Le Déclin de la grande race*. Par la suite, à la* Braunen Haus *de Munich, j'ai toujours vu un stock de ce livre dans lequel le Führer puisait pour le donner avec ferveur à ses visiteurs comme s'il s'agissait d'un talisman. Le portrait du grand constructeur américain Ford trônait également dans son bureau au-dessus des quatre volumes de son pamphlet contre les Juifs. Il côtoyait les ouvrages du Français Gobineau sur l'inégalité des races.*

J'ai décidé dans ma geôle de donner mon âme à cet homme qui me parlait d'un ton doux avec infiniment de courtoisie, me tenant la main comme on le fait avec un enfant meurtri. Il lisait en mon âme. Il avait une capacité incroyable à remonter le moral, à tout montrer sous un jour joyeux, alors que tout était sombre. Il serait le sauveur de l'Allemagne qui briserait la culpabilité terrible que les Alliés nous avaient imposée par l'odieux Diktat *de Versailles en nous faisant porter injustement la responsabilité morale du déclenchement de la guerre.*

Oui, j'ai cru à cela, et je suis effondré ce soir dans ma cellule d'en ressentir encore dans mon cœur une morsure d'extase.

Je te quitte et t'embrasse. La journée de demain va être rude. Le juge d'instruction veut nous montrer des films et des photographies des camps.

*

Mon amour, mes enfants chéris,

Je préfère ne pas te parler de cette journée et de ce que j'ai vu. Avons-nous fait cela ? J'essaie d'effacer de mon esprit les monstruosités que j'ai découvertes aujourd'hui.

Je ne sais plus très bien pourquoi je reprends la plume. Je ne sais plus pour qui j'écris, pour toi et les enfants, pour un hypothétique tribunal de l'histoire qui m'a déjà condamné, ou simplement pour moi, pour entretenir l'illusion de faire encore partie de la communauté des vivants pour quelques semaines ? J'espère que ce n'est pas un vieux réflexe chrétien de l'enfance mettant son espoir dans les bienfaits de la confession. J'ai jeté tout cela aux orties depuis longtemps. Je ne crois plus en rien. J'ai même effacé de mon esprit le souvenir de ma mère me faisant le catéchisme et me transmettant cette douce espérance d'un Dieu-amour attentif à chacun d'entre nous, à moi en particulier. Quelle rigolade ! Qu'a-t-il fait pour mon Français décapité ? Pour les Juifs ? Il n'a même pas levé le petit doigt pour son pseudo-peuple élu ! Après ce que j'ai vu et fait… S'il existe, je ne vois pas bien où il s'est caché durant toutes ces années. Quelle ironie de voir mes phrases coincées dans cette bible, au milieu de mots qui n'ont plus aucun sens pour moi.

C'est tragique et dérisoire.

Je vais essayer de continuer en me concentrant sur ton visage et sur celui des garçons. J'ai eu si peu de temps pour leur parler, pour partager des choses avec eux. Je n'ai même pas pu leur apprendre à pêcher. Je n'écris pas cela pour que tu me plaignes. De toute façon, si tu lis cette « bible », je n'aurai plus besoin de la compassion de quiconque. Les vers auront commencé leur festin ! Je ne sais pas si j'aurai assez de pages pour te dire tout ce que je veux te confier. J'aiguise mon crayon avec mes dents pour écrire plus finement. Me liras-tu un jour ?

Je n'ai pas le courage de continuer. Je vais reprendre ma marche dans ma cellule. Ce rythme me fait du bien même si je dois revenir sans cesse sur mes pas. Je compte dans ma tête, cela m'apaise.

Je reprendrai demain.

Ton K.

*

En voyant l'état pitoyable de nombre de mes camarades de captivité, je peux t'affirmer que je tiens le coup. Ou plutôt, que j'ai tenu le coup… car si tu lis ces lignes, tout aura été consommé.

Je ne me suis pas effondré. Juste ma jambe qui me lance terriblement. Mon collègue Six, lui, est dans un état lamentable. J'ai bien peur qu'il n'attente à ses jours. J'ai essayé de lui remonter le moral lors de la promenade, mais il est très abattu. Il est vrai que, contrairement à moi, toute sa famille a été brûlée à Dresde l'année dernière après les monstrueux bombardements des Alliés. J'ai la chance de vous savoir en sécurité et de vous imaginer là-bas. En plus, je suis le seul à avoir déjà fait de la prison. C'est assez étrange, je ne pensais pas que cette expérience de délinquant me resservirait. Mais il y a vingt ans, dans ma geôle allemande, j'étais bouillonnant d'espoir contrairement à aujourd'hui où le désespoir me saisit. Je repense à toutes ces années…

Je perds mon fil…

Je reprendrai tout à l'heure, je suis épuisé. J'ai l'impression que mes facultés baissent. J'ai de plus en plus de mal à me concentrer. Peut-être mettent-ils quelque chose dans notre nourriture pour nous affaiblir avant le procès.

*

Ce que m'avait dit le Führer en venant me voir après ma condamnation dans ma cellule était lumineux. Il fallait retremper l'Allemagne comme on le fait d'une lame. Pas par plaisir mais par devoir. Le forgeron chauffe la lame pour l'assouplir et en extraire les impuretés puis il la frappe pour lui donner sa forme. Enfin, il la plonge dans l'eau froide pour lui donner sa cohésion. Aucun grain, aucun brin de paille ne peut y être toléré, de peur de fragiliser l'ensemble. Sa métaphore illustrait la façon dont nous devions être durs avec nous-mêmes et avec les autres. Ceux qui ne partageaient pas le projet national devaient être écartés sans pitié. Je me souviens d'une phrase qu'il répétait : « Nous, les soldats, avons déjà l'âme trempée. Nous sommes donc les mieux placés pour être le fer de lance de cette révolution qui fera de l'Allemagne un seul corps et un seul esprit. »

J'étais bouleversé par ses paroles et j'ai l'impression de l'entendre à nouveau chuchoter ici.

Je deviens fou.

Je reprendrai demain.

Ton K.

*

Le chemin était limpide : nous devions suivre aveuglément notre Führer pour que l'Allemagne éternelle soit de retour. En prison, Konstantin m'apportait régulièrement la prose du parti et les discours d'Hitler : conquête d'un espace vital à l'est, théorie des races, haine du judéo-bolchevisme, parti unique, méfaits de la démocratie, coup de poignard dans le dos de 1918… Je dois avouer que j'ai eu du mal à lire l'exemplaire de Mein Kampf *qu'Hitler m'avait offert, et à le comprendre. Je n'arrivais toujours pas à considérer une catégorie de mes compatriotes, les Juifs, comme structurellement malfaisants. Cette idée me gênait et me valait d'interminables discussions avec Konstantin, très radical sur la question. S'il fallait les marginaliser pour construire le Grand Reich, pourquoi pas, mais de là à les chasser d'Allemagne, je n'étais pas d'accord. Konstantin me traitait de naïf et de romantique, en me donnant des bourrades amicales dans le dos. Avant de nous séparer, nous nous réconcilions toujours en portant un toast à la mémoire de Konrad.*

J'ai bénéficié d'une amnistie quatre ans après mon emprisonnement. La crise de 1929 commençait à faire sentir ses effets sur notre économie fragile. Le début du chaos. Tu t'étais battue comme une lionne avec les amis du parti pour obtenir ma libération anticipée. Weimar a été bonne fille, elle m'a fait grâce de quatre années de privation de liberté. À la sortie, tu étais là, avec Konstantin et quelques amis des kommandos pour m'accueillir. J'ai pu enfin te tenir à nouveau dans mes bras.

Malgré tes réticences, je suis entré dans la SA le lendemain de ma libération. Je n'avais pas le choix. Une nouvelle vie commençait pour nous bien que cela ne t'enchante guère. Je suis devenu rapidement l'un des chefs, impliqué dans l'organisation des déplacements du Führer. Mon passage par les kommandos et la Baltique avait accéléré ma promotion bien que nous soyons assez nombreux à être passés par là. Hitler m'avait à la bonne à cause de mon procès et de mon refus de donner le nom de mes complices. Un facteur confiance essentiel pour lui qui semblait se méfier de tout le monde.

J'étais fier de ne plus être un petit capitaine boiteux sans avenir. Cette période a été exaltante malgré la crise. Les batailles électorales faisaient rage. Hitler était le seul à utiliser l'avion pour ses réunions publiques. Il était très moderne. Tu avais peur pour moi quand je l'accompagnais. J'étais heureux d'être proche de lui. Il me faisait du bien. Grâce à l'avion, il était partout, asphyxiant ses adversaires trop lents. Nos résultats électoraux n'en étaient pas moins en dents de scie.

*Je trouvais mes camarades de la SA pas suffisamment disciplinés et trop violents. Ils buvaient trop et faisaient n'importe quoi ensuite, notamment dans les quartiers juifs. Beaucoup avaient échappé au chômage, leur vie avait à nouveau un sens et ils partageaient une camaraderie à toute épreuve. Mais ils étaient incontrôlables. Je parlais au Führer de ces débordements inutiles qui nous faisaient passer pour des voyous. Il savait que j'avais vécu en France et il me disait de relire les ouvrages français, que leur Révolution ne s'était pas faite en un jour et surtout pas avec des premiers prix de vertu. Lui, qui ne parlait aucune langue étrangère, me disait en français qu'*on ne faisait pas d'omelette sans casser des œufs. *Nous en avons cassé beaucoup pour faire face aux Rouges – aussi brutaux que nous dans les combats de rue – et aux ventres mous de la bonne bourgeoisie wilhelminienne qui ne voulait pas se mouiller mais entendait conserver ses derniers privilèges. J'avais besoin de croire en un monde nouveau qui effacerait comme par magie tous les remugles noirs de mon passé de vaincu. Je me suis accroché à ce rêve qui m'étreint encore au moment où je t'écris, alors que tout n'est que décombres en Allemagne. Quelle folie…*

J'ai défilé au flambeau devant lui avec ferveur le soir de son arrivée à la Chancellerie, le 30 janvier 1933. Tu m'avais agrafé sur la poitrine toutes mes décorations, y compris la breloque russe que tu avais cousue avec les autres pour m'en faire la surprise. Qu'est-ce que j'ai ri en la voyant cliqueter avec les autres ! Tout cela était bien loin. L'Allemagne éternelle était de retour. Adolf Hitler était à la fenêtre de la Chancellerie du Reich. Il était impensable qu'un tel succès ait été donné à un petit caporal sans instruction s'il n'était pas prédestiné. Tout redevenait possible avec lui. Je songeais à Konrad qui n'était pas là pour savourer ce premier jour de notre revanche. J'étais un homme nouveau dans une Allemagne nouvelle. L'air était léger. On sentait qu'un poids terrible avait été ôté de nos épaules. Tout le monde s'abordait dans la rue et se congratulait. Du moins, ceux qui étaient là avec nous, à la lueur des flambeaux.

Je n'ai pu qu'approuver l'année suivante la décision du chancelier du Reich de placer la SA sous le contrôle de la Reichswehr. Il fallait la canaliser et la réformer sinon la SS finirait par nous avaler. Ernst Röhm, qui la commandait, a été furieux de cette subordination. C'était pour lui une détestable récupération bourgeoise [en français] *en contradiction avec la dimension révolutionnaire du parti. C'était un bon camarade, un vrai lansquenet – aux mœurs douteuses –, pour qui le Führer avait une tendresse particulière car c'est lui qui lui avait mis le pied à l'étrier dans les années 1920 quand il cherchait sa voie. Je n'ai pas été surpris de ce qui s'est passé en juin 1934 lors de la Nuit des longs couteaux, quand le Führer a décidé de décapiter l'état-major de la SA pour ramener tout le monde dans le rang. Röhm est mort dans sa prison, exécuté par les SS.*

Je me souviens que tu m'as dit de me méfier d'un homme capable de faire ainsi abattre son ancien protecteur. Sensiblerie de femme, me suis-je dit alors. Le souffle de la révolution doit passer pour bâtir un homme nouveau, fût-ce au détriment de nos sentiments. La révolution nationale entrait dans une nouvelle phase. Je voyais Hitler souvent. J'étais subjugué par sa détermination et inquiet de ses abattements et de ses prostrations dont j'étais parfois le témoin, même s'il faisait tout pour les dissimuler. Il y avait aussi pas mal de médecins étranges qui tournaient autour de lui.

Son aura et son magnétisme étaient sans égal. Autodidacte, il tenait la dragée haute à des généraux passés par la Kriegsakademie, *aux corps diplomatiques présents à Berlin et à ses homologues européens. Nos ennemis de l'intérieur baissaient la tête. L'économie repartait. Tu te rappelles, j'ai même pu nous acheter une Volkswagen. Elle avait beaucoup de pannes. Tant pis. J'étais fier de l'avoir. Un ami d'enfance versé dans les questions économiques m'avait dit que notre essor était artificiel, gonflé à coups de subventions d'État. Je n'en avais cure et je l'ai envoyé sur les roses.*

Nous avons fêté en cascade les coups magistraux de la nouvelle Allemagne : la signature d'un pacte de non-agression avec la Pologne, le traité maritime avec la Grande-Bretagne, la remilitarisation de la rive gauche du Rhin au grand dam des Français. En Europe, tout le monde parlait de « Monsieur Hitler » avec respect ou terreur. L'Allemagne, mon Allemagne, ressuscitait.

J'avais retrouvé ma joie de vivre et je dois m'avouer ce soir dans le huis clos de cette cellule, que le fait de voir certains exclus de ce bonheur retrouvé – Juifs, asociaux, communistes – ne faisait que la rendre plus intense. Tout le monde ne pouvait pas être admis dans le saint des saints. Nous étions les Élus… la nouvelle race élue.

Le testament Aulick

Comment avons-nous fait pour dilapider tout cela ? L'Allemagne était si grande ! Son chef n'était-il pas le bras armé d'un dieu casqué ?

À demain, mon amour, si je suis toujours là.

Ton K.

22.

Avant de partir, Charles Murrière leur avait demandé un modeste écot en échange de l'occupation de la maison : rentrer du bois et cueillir les pommes. Ils avaient rempli la première mission en revenant tous les jours les bras chargés de branchages de leur promenade. Alexandre s'était exercé à la hache et au coin pour faire éclater les bûches afin de passer ses nerfs à vif : une ancienne technique utilisée dans les séminaires pour calmer les ardeurs des jeunes puceaux… qui devaient le rester. Il avait aimé cet exercice : voir éclater une bûche sans se prendre le coin en retour dans la figure était assez satisfaisant et libérateur. Il s'était même appliqué à faire de jolis tas de bois bien symétriques. Murrière en aurait pour tout l'hiver.

Pour les pommes, Mathilde leur avait indiqué les râteliers des caves fraîches où elles devaient être entreposées afin de passer les froids sans encombre : « Les pommes ne doivent surtout pas se toucher ! » avait-elle averti avec le ton d'un procureur prêt à condamner à mort tout contrevenant.

Clara et Alexandre partirent donc dans les vergers avec une brouette de bois antédiluvienne et quelques cageots branlants. C'est tout ce qu'ils avaient trouvé. Il était temps qu'ils les cueillent car elles avaient mauvaise mine. Une fois sur place, le ramassage se fit en silence. Alexandre n'était pas en forme. Il avait encore passé une nouvelle nuit de viol… Il ne comprenait pas d'où lui venaient ces rêves. Il suspectait Karl de vouloir effacer la lumière de Saint-Guilhem.

Tour à tour, Clara et Alexandre déposèrent délicatement les fruits ramassés dans le plateau cabossé de la brouette en évitant qu'ils ne se touchent les uns les autres pour ne pas se gâter mutuellement.

Même ces malheureuses pommes ne peuvent se toucher ! se dit Alexandre tout à coup. *De toute façon elles vont valdinguer quand on va relever la brouette. Tout cela est idiot…*

Une gêne venue d'on ne sait où empoissait l'atmosphère de ce lieu pourtant charmant où les arbres fruitiers rassurants s'alignaient à l'infini. À un moment, Alexandre et Clara saisirent la même pomme tombée au sol sans s'être regardés. Ce fut le déclic. Les ombres de la nuit s'invitèrent dans le présent et Alexandre serra brutalement la main de Clara sans même s'en rendre compte.

Elle sursauta de douleur et de surprise et se dégagea vivement avec une mine assombrie. Elle évita le regard tendu d'Alexandre fixé sur elle. À la fois meurtri et furieux, il explosa :

« Je ne peux pas continuer comme ça. Je sais. J'ai tout compris depuis longtemps. Mais c'est trop dur !

— Que peux-tu bien savoir ! » riposta Clara avec une violence dont il ne l'aurait jamais crue capable.

Il en fut pétrifié. Il regrettait déjà son éclat mais il était trop tard. Le fil était rompu. C'en était fini de ses espoirs. Il se tournait déjà pour fuir quand il l'entendit dans un sanglot…

« Non, non, tu ne peux pas savoir. Tu ne sais rien. »

Son débit était saccadé. Tête baissée, les yeux fixés sur ces stupides pommes alignées comme des petits soldats prêts à mourir, elle continua dans un souffle à peine audible.

« Je comprends… Je te comprends… mais je ne peux pas. Je ne peux pas ! Je pensais que tu le sentirais intuitivement. Tu n'es pas comme les autres. Je croyais que tu n'étais pas comme les autres. J'aurais dû te le dire avant de venir ici mais c'est tellement difficile. Comment en parler ? J'en meurs à chaque fois. Ce n'est pas possible, pas maintenant… *J'ai été violé par mon grand-père, le* Commendatore *!* » hurla-t-elle soudain dans un spasme.

Habitué au son doux et mélodieux de sa voix, Alexandre fut terrassé. C'était une autre Clara qui parlait. Sous le choc, il fit un pas en arrière. Tremblante, s'essuyant le visage d'un mouvement mécanique, elle reprit, les yeux toujours fixés au sol :

« Je n'en ai jamais parlé à ma famille car je me suis crue responsable de sa saloperie. Il m'a dévastée.

Mes premières expériences sexuelles à l'adolescence ont été traumatisantes, catastrophiques. Je ne ressentais absolument rien. Pourtant je ne me suis donnée qu'à des garçons pour qui j'avais un sentiment fort. C'est tragique pour une jeune fille. On a vraiment le sentiment de n'être que de la viande traversée par un corps étranger. C'est exactement la sensation que mon grand-père a inscrite en moi. Autant te dire que toutes mes relations amoureuses ont connu la même fin rapide. Et je n'étais pas du genre à en parler à mes copines qui, elles, me racontaient leurs premières extases. J'avais honte, avec le sentiment d'être fautive. Pourquoi étais-je punie ? De quoi étais-je coupable ? J'ai essayé de faire l'amour avec une amie dont j'étais très proche et qui était lesbienne. Un désastre… J'étais une hétéro pur sucre mais interdite de plaisir. J'ai vu des psys. J'ai mieux compris mais cela n'a rien changé. Je ne ressentais rien dans les bras d'un homme. Pire, en fait j'avais toujours l'impression de me refaire violer. »

Alexandre prit sa main. Elle était sans vie, inerte. Clara se laissa faire. Elle avait déserté son enveloppe charnelle.

« Je me suis alors inventé une période “vierge consacrée” pour donner le change et essayer de garder mes amoureux. Je leur ai expliqué que lors d'un séjour linguistique aux États-Unis j'avais adhéré secrètement à une ligue virginale : pas de sexe avant le mariage. Tu vois le style… Autant te dire qu'après une période de curiosité intense doublée d'une sorte de compétition typiquement masculine pour venir à bout de mon supposé hymen, tout se terminait lamentablement. En plus, je passais pour une demeurée. Je me suis recroquevillée sur moi-même psychologiquement et je me suis déployée à fond dans la danse. J'y ai trouvé une sorte de réconfort : une jouissance du corps très particulière, intense même, puissante et subtile avec un étirement de l'âme… mais aussi un plaisir sensuel… mais pas sexuel. J'avais pas mal de copains homosexuels. Je me sentais ainsi à l'abri. C'était confortable mais frustrant.

« Je me suis résignée. J'ai lu beaucoup de livres sur l'ascèse, la méditation, la façon dont les personnes consacrées transcendent les cris de la chair par un travail sur l'âme. J'ai beaucoup étudié les soufis, à la recherche de la transcendance par le mouvement du corps comme les derviches tourneurs. Ma grand-mère disait : "Elle va faire bonne sœur…" J'étais mortifiée, surtout que je plaisais aux garçons. J'étais paralysée.

« Jusqu'au jour où j'ai travaillé sur mon mémoire de maîtrise. Je l'ai préparé avec un jeune agrégé qui était amoureux de moi. Il était très doux. J'espérais, qu'attentif aux choses de l'esprit, il ne me sauterait pas dessus. Plus nous partagions de choses intellectuellement fortes, plus je sentais en moi bouger mon corps. Quelque chose se retournait de l'intérieur… Ce qui était en défense, en pointe et me blessait, se mettait en creux. En même temps, j'étais pétrifiée à l'idée d'une nouvelle catastrophe. Pourtant je percevais confusément que notre communion intellectuelle apprivoisait ma chair. Je le sentais. Et puis un jour, j'ai su que j'étais prête : mon futur amant était le personnage exactement inverse du porc qui m'avait violée. Ce qui a sans doute permis à mon esprit de donner son feu vert. Ce fut extraordinaire.

« Je m'en veux de te dire tout ça, comme ça, alors que tu souffres de ce que tu crois être mon indifférence. Je te dis ce qui me vient comme ça me vient.

« La maîtrise soutenue, nous nous sommes séparés. La magie avait disparu, mon corps était redevenu le sujet docile et dompté de mon esprit qui exigeait des sens qu'ils rentrent au bercail. La fête était terminée. En dehors du *sublime absolu*, il ne tolérait rien d'autre. Il y avait trop de menaces au-delà. Cela a été encore plus douloureux après avoir découvert l'indicible, l'extase. Je retournais en prison après avoir été libérée merveilleusement de mes chaînes. Mais c'était une libération conditionnelle. Je n'ai pu éprouver de plaisir par la suite qu'avec de très rares hommes avec qui j'avais noué une relation intellectuelle puissante. Ils étaient toujours plus âgés que moi… et cela ne durait jamais. Il m'est difficile de faire une thèse de doctorat avant chaque étreinte.

« Je me suis sentie attirée par toi depuis le premier jour où je t'ai vu sur la plage. Tu étais à nu, vulnérable quand tu t'es levé comme si je t'avais pris en faute. Je t'ai entendu résonner en moi. Je t'ai aimé à l'instant. J'ai été bouleversée à l'idée que cela n'aurait aucune suite. Et puis, il y a eu la bible, un espoir, teinté de terreur, que notre fusion intellectuelle a fait naître. Je t'ai proposé de venir à la Réjane parce que ici, dans la maison de Murrière, je me sens en sécurité. C'est mon grand-père d'adoption, mon rempart. La quintessence de ce qui m'apaise, l'opposé absolu de l'autre fumier… J'avais besoin de ce lieu pour pouvoir continuer à cheminer avec toi sans me sentir menacée… jusqu'à maintenant. »

Lui qui pensait sentir les blessures et les troubles cachés des autres avec ses tripes n'avait rien compris, rien vu, rien perçu. Il voulait aimer Clara. Il l'avait déchirée comme dans ses cauchemars les plus odieux. Hagard, coupable, assommé, Alexandre tomba à genoux d'un coup de toute sa masse. Plus de cent kilos de chair et de sang s'écroulèrent comme un arbre miné de l'intérieur. Il ne se portait plus. Après quelques secondes interminables, Clara s'approcha de lui et plaqua sa tête contre son ventre. Effondré et tremblant, il se blottit contre elle et entoura sa taille comme il le faisait avec les grands arbres du parc pour oublier ses nuits noires. Elle lui caressa longuement la nuque. Ils restèrent ainsi un temps infini, sans bouger, tandis qu'un léger crachin lavait à petites touches les restes de sang encore suspendus dans les airs. Vidés, bouleversés, ils firent en silence le chemin du retour. Dans la brouette, les pommes s'entrechoquaient sous l'effet d'une roue récalcitrante qui jouait sa propre petite musique. À l'arrivée, tout n'était que compote.

23.

Le lendemain, ils passèrent la journée à s'éviter. N'en pouvant plus, Alexandre décida finalement de partir pour Montpellier, sans savoir s'il reviendrait. Il traversait le hall quand elle arriva derrière lui. Elle lui prit la main et lui demanda de reporter son départ.

« Tu veux quoi, en fait ? demanda-t-il d'un ton neutre.

— Continuer ! Tu partiras plus tard si tu en décides ainsi et tu verras si tu as envie de revenir. De toute façon, je vais poursuivre la traduction. Si tu ne reviens pas, je te laisserai tout dans ton casier au lycée. C'est ta découverte. Je ne suis qu'une passagère.

— Tu es bien plus qu'une passagère… Nous étions un tandem. Je suis d'accord. Je partirai régler ce que j'ai à faire dans deux jours mais je reviendrai. »

Il déposa un baiser sur sa main pour sceller son propos. Elle se laissa faire, apparemment soulagée et émue. Ils refirent une séance de lecture mais Clara ne donna plus aucune inflexion à sa voix. Elle débitait le texte au kilomètre. Alexandre aurait pu tout aussi bien se contenter de le lire de son côté. Mais, malgré leur malaise, ils n'arrivaient pas à rompre complètement avec le rite qu'ils avaient adopté. Il fallait boire ensemble le calice de la bible jusqu'à la lie. Saint-Guilhem-le-Désert n'était plus qu'un lointain souvenir. L'ombre mortifère de Karl l'avait emporté.

*

Mes enfants chéris, ma douce,

Je me revois partir le cœur battant à la Chancellerie, en ce jour de septembre 1938. Nous venions de récupérer nos frères des Sudètes martyrisés en Tchécoslovaquie. L'accord qui nous donnait raison avait été signé à Munich, ma ville natale, un motif supplémentaire de fierté pour moi. Je pensais que le Führer voulait m'offrir un poste d'officier d'état-major dans la Wehrmacht. Il savait que c'était mon rêve. Je voulais repartir combattre un jour les Soviétiques. Il m'a annoncé que je devais gagner sans retard Paris pour renforcer notre ambassade. Je suis tombé des nues. Je lui ai dit que je ne connaissais rien à la diplomatie. Que j'étais même le contraire d'un diplomate après cinq ans de guerre et dix ans d'armée derrière moi. Il m'a expliqué que Joachim von Ribbentrop, marchand de champagne avant de devenir ministre des Affaires étrangères, réussissait très brillamment sans être du sérail des vieux diplomates qui ne comprenaient rien au génie national-socialiste. Je parlais le français et j'avais la foi nazie, cela suffirait largement.

Heureusement, mon poste était « militaire ». Je devais intégrer la cellule « renseignement-espionnage » de notre représentation avec une couverture de « conseiller culturel ». J'ai dû te cacher ma véritable mission d'espion. Je n'étais pas mécontent de quitter la SA qui était en perte de vitesse. La SS, dans laquelle se trouvaient nombre de mes camarades des Baltikum-Bünde, avait toute la confiance du chef. Mon état de santé ne me permettait pas de rejoindre leurs unités combattantes.

J'ai obtempéré comme un soldat et je suis parti avec toi. Je t'ai fait découvrir ce pays béni des dieux. Les Français sont d'éternels grognards [en français] *mais c'est une contrée que j'adore. Nous y avons, enfin, conçu nos enfants.*

J'ai bien failli laisser ma peau à Paris, à peine arrivé. Quand je pense que je suis passé à travers les balles pendant cinq ans de guerre… Je t'avais pourtant affirmé que c'était un poste tranquille. Je ne t'ai jamais donné les détails de ce qui s'est passé ce 7 novembre. Je devais rester de permanence quand notre ambassadeur m'a demandé à la dernière minute de le représenter à une rencontre d'anciens combattants au cercle Saint-Augustin, lui-même étant à une réception au Quai d'Orsay. Le jeune diplomate Ernst von Rath, qui devait rejoindre sa belle fiancée française ce soir-là, a été consigné à ma place rue de Lille. Il m'a gentiment engueulé avant de me souhaiter en souriant une bonne soirée avec mes camarades de tranchées.

Pauvre petit gars. Dans la nuit, il a été assassiné par un Juif allemand d'origine polonaise, Herschel Grynszpan, qui était parvenu à tromper la surveillance du garde de l'entrée. Il a tiré sur la première personne rencontrée dans un couloir. Cela aurait dû être moi. Nous avons tous été bouleversés. Par ce geste inouï, il entendait protester contre l'expulsion de juifs polonais d'Allemagne. Pourquoi n'était-il pas allé tuer un diplomate polonais ? La Pologne refusait de récupérer ses Juifs et les laissait moisir à la frontière avec un statut d'apatride. Ce pays était aussi antisémite que le nôtre. Nous aurions d'ailleurs pu nous entendre avec les Polonais sans ce satané couloir de Dantzig qui coupait notre pays en deux et s'ils n'avaient pas joué la carte de la France contre nous.

Malgré tous nos efforts, les autres États n'ont pas voulu de nos Juifs. Toutes les conférences internationales sur le sujet ont échoué.

Le pauvre von Rath est mort deux jours plus tard de ses blessures. Hitler lui a envoyé son médecin personnel. La fureur des SA, stimulée par cet hystérique de Goebbels, s'est répandue partout en Allemagne contre les Juifs et les synagogues. Notre ministre de l'Économie était furieux quant à lui de cette destruction de biens de production, fussent-ils juifs. Tout cela n'était en outre pas bon pour notre image.

À Paris, nous le constations amèrement : on nous regardait comme des bêtes furieuses. Nous ne nous déplacions plus qu'armés et sous protection policière. Je t'ai demandé de ne plus sortir. Nos collègues de Londres, avec lesquels nous collaborions étroitement, nous avaient communiqué que Lord Halifax, le secrétaire aux Affaires étrangères – pourtant un antisémite notoire comme une bonne partie de la gentry anglaise – certifiait que des « fous » avaient pris le pouvoir en Allemagne. Nous étions allés trop loin. Hitler aurait dû m'écouter au lieu de suivre ces forcenés de Goebbels et Himmler. Nous avions maintenant une image de barbares. Nos appuis internationaux s'effritaient. Les Anglais se rapprochaient des Français, alors que nous mettions tout en œuvre par ailleurs pour qu'ils ne s'entendent pas. J'ai passé de sales nuits.

De Paris, je voyais la guerre se profiler avec inquiétude, tout en te disant que le Führer, comme à son habitude, allait trouver une solution de dernière minute pour préserver la paix, comme à Munich. J'y croyais. Quand j'allais à Berlin, au ministère, je constatais que personne ne voulait d'un nouveau conflit avec les Français et les Britanniques.

J'avais toujours foi en notre Führer, mais je suis rentré plus d'une fois la mine sombre dans notre bel appartement du boulevard Raspail. De Berlin, Hitler soufflait le chaud et le froid, alternant discours vindicatifs et professions de foi pacifistes. Il nous mettait dans une position diplomatique délicate. Notre ambassadeur Kältenbrebber ne savait pas sur quel pied danser avec les autorités françaises. Il passait sa vie au Quai d'Orsay, convoqué pour donner des explications qu'il était incapable de fournir, ne sachant pas toujours quelle était la tendance du jour à la Chancellerie.

Quand je n'en pouvais plus de cette tension, j'allais avec toi voir les expositions ou traîner dans les galeries de peinture. Je consolidais ainsi, sans me forcer, ma couverture d'attaché culturel. J'ai alors découvert le Paris de la culture et j'en suis tombé amoureux. J'évitais soigneusement d'exprimer ma fascination pour le cubisme classé chez nous « art dégénéré ». Sur les quais de Seine, j'achetais des cartes postales illustrant les œuvres de Braque, Léger, Delaunay.

Souvent, je croisais dans les galeries un Allemand sympathique, un peu grande gueule, du nom d'Otto Abetz. Il est devenu ambassadeur à Paris après la défaite de la France. À l'époque, il était en repérage... C'est ce que j'ai compris plus tard. Il avait un entregent incroyable. Engagé depuis des années dans la réconciliation franco-allemande, il avait créé en Forêt-Noire une sorte de club de pensée qui rassemblait des intellectuels et des artistes des deux pays. J'avais essayé d'y infiltrer mes propres agents. On m'a vite fait comprendre de Berlin de n'en rien faire. Parfaitement francophone, Abetz avait épousé une Française, ancienne secrétaire d'un patron de presse de Paris. Il a soudain disparu de la circulation en 1939 : les autorités françaises l'ont expulsé pour « espionnage ». Je ne connaissais pas pour ma part ses activités souterraines pour le Reich avant cela. Il n'était pas de mes agents et ne me rapportait pas. Compte tenu de la suite de sa carrière, je pense qu'il le faisait directement auprès du Führer.

Mon ambassadeur Kältenbrebber trouvait, à l'époque, que je mettais trop d'ardeur à parfaire ma couverture culturelle et pas assez à espionner. J'ai mis les bouchées doubles et fait venir de Berlin de tout nouveaux Leica. Cet appareil photographique pouvait être caché dans un simple paquet de cigarettes. Nous avons fait de très bonnes moissons. Les Français sont légers et n'ont pas de vraie culture du renseignement. Nous parvenions assez facilement à les infiltrer. Leurs interminables pauses étaient des aubaines. Flemmards, nombre d'officiers d'état-major ne mettaient pas au coffre, pendant le déjeuner, les documents secrets qu'ils étalaient sur leur bureau ou leur table de travail. Mes escadrons de femmes de ménage stipendiées intervenaient alors avec le Leica, justifiant leur ménage durant la journée par la surcharge de travail le soir. Peu d'officiers s'y opposaient, surtout si elles étaient jolies... À la vue des documents glanés, nous avons très rapidement compris que le haut état-major français était devenu une industrie à fabriquer du papier et plus une machine de guerre.

Pour fournir à Berlin un flux de renseignements de première main, j'avais une autre technique fondée sur la manipulation mentale. Les Français sont très à cheval sur l'honneur. Retourner un officier supérieur ou un général n'était pas une mince affaire. Impossible de lui demander de but en blanc de trahir contre de l'argent, même ceux qui avaient de la sympathie pour le Reich (ils étaient nombreux) ou qui étaient perclus de dettes. J'avais une technique plus subtile. J'envoyais des agents dans les grands casinos de France. Ils devaient y repérer les hommes à l'allure militaire – marche raide, rosette à la boutonnière, coupe de cheveux réglementaire – qui y perdaient leur chemise. Les militaires aiment le jeu. Ils étaient pris en photo, suivis. On parvenait assez vite à les identifier.

Je me débrouillais ensuite pour faire leur connaissance lors d'une réception ou d'un événement que l'Allemagne finançait à Paris. Mon statut d'ancien des kommandos, ma dévotion, non feinte, pour l'amitié franco-allemande jouaient pour moi et piquaient le plus souvent leur curiosité. Ma maîtrise de la langue française les flattait. Les

Français sont très romantiques. Ils adorent croire qu'on les aime et qu'on les admire au point d'étudier leur langue. Le jour de leur anniversaire, je leur offrais un ouvrage rare d'un grand auteur français. Certains le gardaient, d'autres le revendaient. Progressivement, j'établissais une relation de confiance et j'en venais à leur expliquer que j'étais convaincu que Hitler ne souhaitait qu'une chose : frapper un jour la Russie bolchevique. Ancien combattant de 14, le Fürher voulait plus que tout la paix avec la France. C'est ce qu'ils avaient envie d'entendre. La détestation des bolcheviks et de Staline dans ces milieux militaires facilitait ce mouvement d'encerclement mental.

Sur cette base de mise en confiance, je leur faisais part à mots couverts des bruits qui m'étaient parvenus quant à des dettes de jeu qu'ils auraient contractées. Je leur disais que, bien sûr, je n'en croyais pas un mot. Ils devenaient verts en m'entendant. Ils étaient ferrés. Ils me confessaient bientôt leur faute et leur situation financière désespérée. Il y avait souvent quelques maîtresses derrière tout cela. Le sexe et l'argent sont les meilleurs alliés des services de renseignement. Je leur proposais bien sûr de les aider – par amitié – sur mes fonds personnels. Tu ne le sais pas, mais j'ai menti plus d'une fois en leur expliquant que tu étais une riche héritière de la Ruhr... Je leur avançais de la trésorerie sans contrepartie et sans reconnaissance de dettes. Ils m'auraient baisé les mains. Tout était bien sûr photographié lors de la remise de l'argent. Après, c'était un jeu d'enfant d'obtenir ce que l'on voulait. J'ai eu tout de même un suicide.

J'avais d'autres fers au feu. Je sais que tu t'es inquiétée à plusieurs reprises de me voir revenir très tard, sentant la cocotte. Je pouvais difficilement te dire que j'allais à Pigalle avec un de mes agents français recruter les plus belles femmes des cabarets. Celles du moins qui avaient un ou plusieurs enfants (un moyen de pression pour nous) et qui se laissaient convaincre par quelques liasses de billets bien épaisses de coucher avec les hommes qu'on leur désignait. C'est fou tout ce qu'un officier peut dire au lit pour se faire valoir. Le ressort des frustrations était également toujours un bon levier : rares étaient les militaires qui estimaient avoir l'avancement qu'ils méritaient… Mes amazones voulaient bien évidemment comprendre comment une telle injustice était possible, qui pouvait bien s'opposer à la reconnaissance du génie qui venait, de plus, de leur faire l'amour si divinement… Le frustré, les bourses vides, déballait beaucoup de choses sur l'oreiller. Cela nous ramenait notamment du renseignement d'ambiance sur les états-majors parisiens.

Les querelles intestines françaises sont un gouffre qui m'a toujours laissé pantois. Plus nos cibles étaient âgées, plus la manne était fructueuse. J'ai dû malheureusement faire exécuter ensuite plusieurs des beautés qui nous renseignaient… auxquelles je n'ai jamais touché, mon amour. Elles avaient été retournées par le B2 français et elles servaient d'agents doubles pour nous infiltrer en retour. Je n'aimais pas beaucoup exécuter des civils, surtout des femmes. En cachette du service, j'ai plusieurs fois puisé dans les fonds secrets mis à ma disposition pour ouvrir un carnet de caisse d'épargne nominatif pour ceux qui sont devenus orphelins par ma faute. Je le faisais parvenir ensuite anonymement aux grands-parents.

Début 1939, mon ambassadeur m'a convoqué : le secrétaire général du ministère des Affaires étrangères, Ernst von Weizsäcker, voulait me voir, m'a-t-il dit, un peu vexé, pour une réunion de travail sur la France. Mes rapports étaient appréciés à Berlin, ce qu'il ne comprenait d'ailleurs pas vraiment car il trouvait pour sa part mes mémos trop détaillés et emplis de considérations psychologiques inutiles. Cette propension était étrange à ses yeux pour un ancien combattant de la Grande Guerre sorti du rang. Il me trouvait « trop intellectuel » pour un autodidacte. Au garde-à-vous et sur un ton très discipliné, je lui ai fait remarquer que le Führer, lui-même, était un autodidacte… « Le trouvez-vous trop intellectuel ? » lui ai-je demandé fielleusement avec l'air le plus neutre possible. Blême, il m'a congédié d'un geste de la main. J'ai su par la suite, par le premier secrétaire avec qui j'avais sympathisé, qu'il a paniqué à l'idée que je puisse me servir à Berlin de cette petite histoire contre lui. En relisant mon curriculum vitæ, il s'était rendu compte que j'avais été proche d'Hitler. Il ne m'a plus jamais fait aucune remarque sur le style et le contenu de mes dépêches et de mes rapports, et mes notations ont ensuite été dithyrambiques.

À Berlin, après la réunion sur la situation en France, au demeurant sans aucun intérêt, von Weizsäcker m'a gardé seul avec lui. Il voulait que je lui donne mes impressions sur ce qui se passait à Paris du côté de l'état-major de Gamelin. Il était intéressé par le renseignement d'ambiance que je récupérais par mes techniques d'infiltration. Cela permettait de mieux comprendre les luttes de pouvoir au sein de l'armée et entre les politiques. Très désinhibé après quelques bières, ce vieux serviteur de l'État m'a dressé un tableau catastrophique de notre diplomatie, comparant Ribbentrop à un petit boutiquier [en français] *confondant la gestion des affaires de l'État avec celle de son ancien commerce de spiritueux. Je ne pouvais plus l'arrêter. J'étais abasourdi par ce que j'entendais.*

J'étais intellectuellement très discipliné à l'époque. Je le suis malheureusement resté jusqu'au bout. Il m'a expliqué que notre ministre était incapable de rédiger seul le moindre télégramme diplomatique, qu'il passait son temps à plastronner dans un uniforme chamarré qu'il avait imposé à tous ses subordonnés. Je me risquais à lui demander comment notre Führer, au jugement si aiguisé, avait pu se tromper à ce point sur le personnage. Il m'a dit que Ribbentrop était un petit malin : il laissait toujours parler le Führer sur les questions internationales. Il l'écoutait d'un air pénétré et ne disait rien lors d'une première rencontre sur tel ou tel sujet. Lors de la rencontre suivante, il resservait au Führer ses propres analyses. C'est ainsi qu'Hitler était profondément convaincu de la profondeur de vue d'un ministre qui n'a jamais eu une seule idée à lui. Je me souviens que von Weizsäcker a utilisé le terme de pantin pour parler de Ribbentrop.

Je suis reparti à Paris pour le moins perplexe. Je me suis gardé de rapporter à quiconque, même à toi, ce que j'avais entendu dans ce salon de la Wilhelmstrasse. J'ai mis cette sortie de Weizsäcker sur le compte de la jalousie d'un serviteur de l'État ancienne école [en français] *face à des nouveaux venus dans la carrière comme Ribbentrop. Pourtant j'étais moi-même pour le moins un nouveau venu dans cet univers et un autodidacte n'ayant qu'un simple doctorat ès guerre : et il semblait m'apprécier.*

La vie à Paris était étrange car malgré les amoncellements de nuages, les Français étaient toujours d'une légèreté étonnante même dans les hautes sphères un peu plus informées. Rares étaient ceux qui pressentaient l'orage. Je me souviens d'un incident que j'avais complètement oublié : un accrochage avec un diplomate français du Quai d'Orsay, ancien combattant comme moi dans les corps francs. Je le sentais réticent quand je lui énumérais les avancées fulgurantes du IIIe Reich par rapport au sentiment de pétaudière [en français] *qui régnait en France. Je lui suggérais de prendre exemple sur nous. Il a un jour haussé le ton en me disant que j'étais un naïf, que je croyais servir Guillaume Ier alors que j'étais le féal de Gengis Khan. J'ai failli lui mettre mon poing sur la figure avant de me souvenir que j'étais diplomate et plus soldat.*

« Je pense que nous avons suffisamment d'indices pour que je retrouve l'identité de Karl, constata Alexandre. Nous avons son prénom, son année de naissance, le fait qu'il s'est occupé des déplacements d'Hitler avant sa prise de pouvoir et qu'il était avant-guerre conseiller culturel près l'ambassade d'Allemagne à Paris. Je me replongerai dans les collections du *Temps*. Ce serait vraiment pas de chance si son nom n'apparaissait pas dans un article sur les activités de l'ambassade. J'explorerai d'autres recoins de la bibliothèque pour voir si, par extraordinaire, Murrière n'a pas quelques annuaires diplomatiques allemands de cette époque. Sait-on jamais. Je m'occuperai de cela quand tu auras achevé la traduction. Je ne sais pas pourquoi mais pour l'instant je préfère que Karl conserve son anonymat. On verra bien après. »

Clara l'écouta tout en étant ailleurs. Elle acquiesça mollement avant de monter se coucher.

24.

Le lendemain matin, après une nuit presque blanche, Alexandre, les traits tirés, redit à Clara son intention de faire un saut comme prévu à Montpellier, juste après la lecture du jour, qui s'annonçait longue. Il n'était pas mécontent à l'idée de se retrouver seul et de faire le point sur tout ce qui s'était passé entre eux et surtout sur ce qui ne s'était pas passé... Clara se saisit machinalement de son paquet de traduction pour en faire une nouvelle lecture mécanique. Elle était physiquement là mais elle avait déserté le terrain de l'intention ; celui qui donne à une chanteuse soliste l'inspiration qui offre aux mortels des fragments sonores du divin.

*

Ma chérie, mes enfants,

Cela me fait du bien de me remémorer toute cette période même si, en 1939, nous avons été contraints de quitter Paris en catastrophe pour cause de déclaration de guerre.

Tu étais triste de devoir laisser tous tes meubles achetés chez les antiquaires de la rue Bonaparte.

Neuf mois plus tard, cependant, j'étais déjà de retour. La Ville Lumière était endeuillée. Je me suis attablé à la terrasse d'un café, place de la Concorde, avec Konstantin dans sa tenue élégante de lieutenant-colonel de la Heer, cravate de chevalier de la croix de fer au cou. Je conserve de ce début juillet 1940 un souvenir lumineux. Nous venions d'écraser les troupes françaises et britanniques après avoir terrassé l'élève des Français, la Pologne. Et Londres allait bientôt être à nos pieds pour négocier un compromis. Les prédictions du Führer se réalisaient miraculeusement les unes après les autres.

Je revenais à Paris dans les bagages du nouvel ambassadeur du Reich en France, Otto Abetz. J'ai pu récupérer notre appartement et tes précieux meubles qui n'avaient pas eu le temps de changer de mains. J'ai toujours eu un faible pour la place de la Concorde avec sa formidable perspective vers l'Arc de triomphe. Nous avons sablé le champagne avec Konstantin en pensant au génie qu'il m'avait fait rencontrer dix-huit ans plus tôt. Hitler était parvenu à réaliser ce que nous avions été incapables de faire en quatre années de combat acharné avec nos alliés austro-hongrois et turcs.

Rayonnant, mon ami était en permission. Son régiment d'infanterie stationnait à Boulogne-sur-Mer après son incroyable cavalcade en France. Tous les soldats qui passaient devant nous s'arrêtaient net, se mettaient au garde-à-vous et le saluaient avec déférence. Sa croix de chevalier les hypnotisait. Ils ne jetaient pas un seul regard sur le civil transparent. J'aurais dû mettre mon uniforme de diplomate avec mes décorations. Cette indifférence me faisait souffrir même si j'étais heureux pour mon vieux camarade. Je le trouvais superbe avec ses cheveux bruns très courts aux tempes grisonnantes du même argent que sa croix de fer. Les rares jeunes femmes françaises qui passaient à proximité le regardaient en coin avec des lueurs qui n'étaient pas toutes de haine. Il affichait cette sérénité que nous avions jadis en rentrant victorieux de nos rapines durant la Grande Guerre.

Nous avons bu pas mal de coupes à la santé de Konrad. Konstantin m'a raconté la stupéfiante campagne qu'il venait de vivre : ils avaient traversé la France avec leurs blindés en quarante jours tambour battant. Tous les équipages, m'a dit Konstantin, étaient drogués à la pervitine, ce qui leur permettait de ne pas dormir pendant plus de vingt-quatre heures. Un train d'enfer. Ils étaient menés par des généraux que nous connaissions bien. Erwin Rommel, notamment, qui avait été chef de kommando en 1917. Il paraît qu'il ne connaissait rien en matière de blindés quand Hitler lui a confié une Panzerdivision. Le Führer lui a dit la même chose qu'à moi quand je suis devenu diplomate : que la foi nationale-socialiste lui servirait de guide dans l'adversité. Rommel avait toute sa confiance. Ce Souabe sans particule était pour Hitler le type même du général issu du peuple. Il incarnait la nouvelle race de chef national-socialiste qu'il voulait imposer à la vieille école prussienne qu'il haïssait depuis 1918.

En cet été 1940 radieux, je contemplais cette place qu'Hitler avait traversée quelques semaines plus tôt lors de sa visite éclair. Dans mes rêves les plus fous, je n'aurais jamais pu imaginer me retrouver ici avec mon meilleur *ami après tant de déboires. Un peu ironique, Konstantin m'a dit que c'était maintenant à moi de jouer – moi le diplomate – pour essayer de nous* rabibocher [en français] *avec la France. Trois guerres en soixante-dix ans, il était peut-être temps de passer à autre chose. J'ai acquiescé. Je ne savais pas encore la direction que le Führer entendait imprimer à notre occupation.*

Notre nouvel ambassadeur, Otto Abetz, s'est installé dans le somptueux hôtel de Beauharnais, rue de Lille. Il était revenu à Paris en conquérant, avec son épouse française, après en avoir été chassé comme un malfrat. Il n'avait pas l'esprit revanchard mais il jubilait. Nos rencontres fortuites avant-guerre dans les galeries d'art parisiennes m'ont servi.

Je l'ai rejoint très vite comme patron en titre de la cellule « Renseignement militaire ». Plus besoin de couverture. Je devais avec mes agents être particulièrement attentif à ce qui se passait l'autre côté de la ligne de démarcation. La France ne devait surtout pas reprendre la guerre à partir de son vaste empire colonial. Je surveillais de très près tout ce qui concernait la flotte française de Toulon. Il ne fallait pas qu'elle traverse la Méditerranée pour reprendre un jour le combat contre nous. J'avais des espions au cœur même de l'entourage de Pétain et de l'amiral Darlan.

Ma guerre n'était pas glorieuse, mais elle était indispensable pour savoir ce qui se tramait au cœur de l'État français de Vichy. Je craignais au début qu'il y ait une alliance secrète entre Pétain et son ancien disciple, le général de Gaulle, réfugié à Londres. J'avais du mal à croire qu'ils aient complètement rompu. Même la condam-

nation à mort « du colonel en retraite Charles de Gaulle » par Vichy m'était apparue comme un stratagème, un rideau de fumée pour camoufler la collusion entre les deux hommes jadis intimes. Mais je m'étais trompé. Pétain finalement se satisfaisait de la situation et ne songeait nullement à organiser une vraie résistance contre nous. Il était désormais la seule figure tutélaire émergeant du désastre français. Le dernier recours. Le dernier roi de France… cela lui allait comme un gant.

Tout ce petit monde du théâtre d'ombres de Vichy était sur écoute et étroitement surveillé par mes services. Beaucoup de « mes » femmes de ménage étaient en mission dans cette ville d'eau charmante et hors du temps. Elles ratissaient tous les hôtels qui servaient désormais de pied-à-terre aux ministères du gouvernement fantoche. Les services secrets de l'État français en ont démasqué certaines. Elles ont été fusillées après procès pour haute trahison. Je n'ai pas pu m'y opposer car il fallait respecter l'apparente souveraineté de Pétain sur la zone non occupée. Après 1942, et l'invasion de la zone sud, nous n'avons plus eu ce genre de difficultés : nous occupions toute la France.

L'ambassadeur Abetz était charmant avec moi. Nous parlions art dans le secret de son vaste bureau. Comme moi, il se désolait de voir banni l'art moderne au profit d'expositions sur l'art réaliste germanique, avec notamment les sculptures grandiloquentes d'Arno Breker. Nous détestions cordialement son style. Lors de la gigantesque exposition parisienne qui lui a été consacrée à la demande expresse de Goebbels, nous n'avons pas arrêté de nous faire des clins d'œil complices devant cette débauche de chair sans charme ni finesse. Nous appelions cela entre nous « l'art brut »... Otto Abetz a fait un travail remarquable pendant quatre ans, attirant le Tout-Paris des arts et de la culture. Peu de grands noms français ont résisté à son charme, son entregent et sa table bien garnie. C'est fou ce que la diplomatie du champagne peut réaliser en période de pénurie ! Malgré toutes les critiques que j'avais entendues sur Ribbentrop, je ne pouvais m'empêcher de croire que notre Führer avait eu encore un trait de génie en nommant comme ministre des Affaires étrangères un homme complètement étranger à la diplomatie, mais grand spécialiste de cette merveilleuse boisson française !

Ma chérie, à la différence de notre premier séjour, je te sentais à Paris pleine d'insouciance comme tu ne l'avais jamais été, même en Allemagne. Malgré l'Occupation, tu arrivais à nouer des relations amicales avec des Français sincèrement favorables à l'amitié entre nos deux pays. Tu les trouvais si attachants. Très sentimentaux et romantiques. En même temps, c'est un peuple déroutant et qui peut être d'une légèreté incroyable. Je l'avais déjà constaté dans mes fonctions lors de mon premier séjour et en avais encore tous les jours des preuves après la défaite : même les responsables de ce pays étaient peu armés contre certaines pratiques d'espionnage. J'obtenais beaucoup de renseignements en jouant la carte sensible de la réconciliation franco-allemande. En même temps, c'est aussi un peuple qui peut se réveiller et être des plus combatifs. Je le mesure aujourd'hui dans mon trou.

Je crois que c'est Six qui m'a dit que le général français de Lattre de Tassigny s'est retrouvé à Berlin pour assister au printemps à notre capitulation. Je l'avais rencontré avant-guerre car c'était le plus jeune général français. Il détonnait parmi ses pairs. Déjà par son gabarit et sa prestance. Rien à voir avec les vieux messieurs que j'apercevais dans les cérémonies officielles, comme Gamelin, sorte de petit pot à tabac un peu ridicule qui semblait à peine pouvoir porter ses décorations. Le général de Lattre de Tassigny était un guerrier dans l'âme. J'ai cru qu'il allait me provoquer en duel lors de notre rencontre, en marge de commémorations du 11 Novembre, quand je lui ai parlé du redressement allemand et de la nécessaire amitié entre nos deux pays. Je n'ai pas été surpris en novembre 1942 de le voir se rebeller, après avoir servi Pétain, et rejoindre de Gaulle. Je me suis d'ailleurs fait copieusement engueuler par Abetz pour ne pas avoir empêché son évasion de France. J'ai déclenché alors un plan d'arrestations préventives de tous les officiers généraux français suspects de menées antiallemandes, y compris parmi les proches du maréchal Pétain. Mon ambassadeur, cette fois, s'est inquiété de mon zèle et de la réaction de Vichy.

Mais Pétain n'a pas bougé. Il n'a pas levé le petit doigt, même pas pour son ami le général Laure qui s'est retrouvé en Allemagne dans un camp avec également une partie du gratin politique de la IIIe République. À l'époque, je faisais surveiller de très près le vieux maréchal pour qu'il ne parte pas en Afrique du Nord reprendre le combat. S'il l'avait fait, les villes de France compteraient des places et des avenues à son nom… Mais il n'en a jamais manifesté l'intention d'après mes indicateurs, dont certains faisaient partie de sa maison. L'homme n'avait plus la vista dont il avait fait preuve durant la Grande Guerre. Sic transit gloria mundi…

Ces années à Paris ont été plutôt douces dans l'ensemble pour nous et nous bénéficiions des avantages de notre statut d'occupant. Il arrivait cependant que nous essuyions des réactions qui nous rappelaient brutalement que tous les Français ne goûtaient pas notre compagnie. Tu te souviens de cette jeune Parisienne ? Tu lui avais proposé de monter dans notre voiture quand des trombes d'eau se sont abattues sur nous à la sortie d'un restaurant. Elle avait fait oui de la tête sur notre bonne mine, puis en découvrant le fanion allemand de mon véhicule, elle s'était exclamée en prenant la fuite : « Plutôt crever ! »

Je l'entends encore… « Plutôt crever ! »

C'est moi qui vais crever.

Ton K.

*

La lecture à peine achevée, Alexandre fila sans demander son reste. Il ne put voir dans son dos le regard désespéré de Clara. Dans le vestibule, sur la patère, il prit au vol la canadienne de Murrière dans laquelle elle s'était enveloppée lors de leur promenade. Elle était bien trop petite pour lui. Il la glissa sur ses épaules comme une cape pour conserver l'odeur de la jeune femme durant le temps de leur séparation. S'ils ne se revoyaient pas, il lui resterait au moins ce vestige olfactif de leur amour mort-né.

25.

Revenir en ville ne fut pas chose aisée. Non à cause des inévitables embouteillages du centre-ville provoqués par l'astucieux nouveau plan de circulation du maire, mais parce que le changement d'espace-temps était trop brutal. Alexandre avait le sentiment d'avoir quitté Montpellier plusieurs mois auparavant. Le temps passé à la Réjane s'était dilaté, compressé, puis avait explosé. Les secondes, les minutes et les heures s'étaient rebellées et avaient décrété l'abolition du temps courant.

Abandonner Clara avait d'abord paru risqué à Alexandre. En même temps, il en ressentait l'urgente nécessité. Il était ébranlé, même si, d'une certaine façon, les confidences de la jeune femme auraient dû un peu le rassurer. La nature du gouffre qui les séparait n'était pas celle qu'il avait imaginée. Mais il était bien là. Béant. Terrifiant. Insurmontable. Il ne put toutefois s'empêcher d'imaginer Clara l'attendant sur le perron à son retour. Il s'inquiétait pour elle. Mais il s'était promis de ne pas l'appeler.

Perdu dans ses pensées et amer, Alexandre conduisait sa voiture tel un pilote de panzer envahissant la Russie, comme si une trop longue fréquentation de Karl lui faisait oublier toute prudence. C'était une sorte d'exutoire aux jours passés à se morfondre sans agir. Il lui fallut bien vite calmer ses bouffées de chaleur guerrière. Tout le monde n'était pas au diapason de ses humeurs. Des coups de klaxon en rafales et quelques injures bien senties l'aidèrent à refaire le chemin du monde reptilien vers l'univers civilisé. Après avoir garé sa voiture au parking de la Comédie, il passa en coup de vent au lycée et déposa son paquet de copies dans le casier de son collègue. Ses pas le portèrent ensuite sans vraiment réfléchir vers la boutique de M. Licorne. Alexandre devait bien à l'antiquaire une part du gâteau mémoriel.

Le brocanteur semblait n'avoir pas changé de vêtements depuis la dernière visite d'Alexandre. Il l'accueillit avec une lueur qui, à bien y regarder, pouvait s'apparenter à de la bienveillance. Alexandre eut l'impression d'être attendu. Il fut invité d'emblée d'un geste muet à passer la lourde tenture du fond de la caverne, sorte de sas vers un monde interdit et racorni. M. Licorne lui proposa de s'asseoir dans un fauteuil de cuir constellé de rustines de chambres à air multicolores. Alexandre trouva l'œuvre très contemporaine. *Encore une idée pour Beaubourg*, se dit-il. *Finalement, je ne suis pas dans une brocante mais dans une galerie d'art moderne.* Il l'informa à grands traits de leur découverte, précisant d'emblée que s'il y avait publication, les droits d'auteur seraient versés à un fonds pour financer des thésards en cours de recherches sur la Seconde Guerre mondiale. Le brocanteur y voyait-il un inconvénient ? Il écarta d'un geste de la main une question qui ne se posait pas. Ce texte ne lui appartenait plus et Alexandre pouvait en faire ce qu'il voulait.

Toujours sans ouvrir la bouche, il invita des yeux Alexandre à raconter. Malgré son abattement profond, le professeur d'histoire se réanima vite, s'enflamma bientôt malgré lui, mimant, refaisant les dialogues, avançant des liens, des suppositions, des hypothèses. L'homme Licorne ne disait toujours rien mais il s'était métamorphosé au fur et à mesure du récit. Voûté au début dans son fauteuil comme une vieille momie de Courlande après le passage des hordes rouges, il s'était saisi de chacun de ses mots pour s'en faire une solide vertèbre. Aussi, Alexandre fut-il surpris de le retrouver à la fin de son récit dans une position surplombant légèrement la sienne, alors qu'il n'avait pas changé de siège. Il n'avait jamais remarqué que le brocanteur était grand. Tassé, trop tassé d'ordinaire, comme tout ce qui occupait son échoppe, il s'était redressé. La casquette crasseuse avait disparu sans qu'Alexandre s'en aperçoive. Les traits du brocanteur s'étaient détendus, lui restituant son âge véritable qui n'était plus canonique. Même le parfum habituel d'un léger périmé qui le caractérisait avait évacué son enveloppe grise.

« Que pensez-vous de tout cela ? » demanda Alexandre, exténué par sa démonstration.

L'homme se tut encore pendant de longues minutes, la tête renversée. Alexandre entendait presque ses neurones qui s'entrechoquaient. Une souris farfouillait quelque part avec un petit chuintement. Le parquet craquait sous le poids des souvenirs. « C'est passionnant, dit-il enfin d'une voix qui avait baissé de plusieurs octaves. Oui, très intéressant… même si je ne connais pas grand-chose à cette période. Votre Klaus… pardon Karl, quelle vie ! Comment juger un homme que l'on a plongé à vingt ans dans un bain de sang ? Vous êtes enseignant, comment à votre avis réagiraient vos jeunes si demain vous les emmeniez au combat ? Ils sont déjà tellement fragiles. Quand je vois les émissions à la télévision sur les traumatismes de guerre d'aujourd'hui, que devrait-on dire pour toute cette génération ? Elle a été massacrée psychologiquement en 14 et en 40.

— C'est vrai, et en même temps je pense que nous avons toujours notre libre arbitre. Nous avons le choix, même dans les situations les plus inextricables.

— Mais cet Hitler, c'était la séduction du diable ! Comment y résister ? Il me fait penser à ce personnage du folklore allemand, vous savez… cette histoire… comment s'appelle-t-elle ? Oui. Hamelin, non Hameln. C'est le nom de cette ville de Basse-Saxe… Le charmeur de rats et d'enfants. Vous vous rappelez… oui… il entraîne les rats, puis les enfants de la ville qui se noient tous car la musique de sa flûte les fascine tous. Hitler, c'est le charmeur. Il a noyé son peuple dans le fleuve de sa folie. Il les a noyés tous, tous... Tous ! » termina-t-il en criant presque, retombant dans son fauteuil aussi écrasé qu'au début de la rencontre.

Ils étaient tous les deux anéantis. Ils ne se dirent rien de plus, reprenant des forces. Au bout d'un long moment, Alexandre se leva et fit un petit signe de tête amical pour prendre congé de M. Licorne. Comme on le fait dans le Midi tactile, il effleura amicalement son épaule en partant et ressentit au bout des doigts comme une onde trouble et triste, sans savoir s'il en était l'émetteur ou le récepteur. Il sortit de la boutique non sans avoir redressé plusieurs volumes affalés dans la poussière.

Il rentra à grands pas chez lui et se coucha tout habillé sans dîner. Dans la nuit, des bulles de mots remontèrent en désordre de son ventre... *Foutaises ! Votre Klaus... non Karl... la séduction du diable... je ne me souviens plus très bien quoi... mais je crois que cela va avec... Je ne connais rien à cette période... la flûte, la flûte...Hitler... noyé, noyé, noyé.*

Il faudra que je retourne le voir quand nous aurons fini de décrypter les mémoires posthumes de Karl, se dit-il dans un demi-sommeil. Il ne rêva pas de Clara. Ni viol, ni réconciliation. Au petit matin, il avait presque oublié les mots-bulles de la nuit. Il ne restait plus qu'une vague sensation douloureuse qui le poursuivit tout au long de son retour vers Le Crès.

Parvenu à la Réjane, il la vit tout de suite. Elle était là, sur le perron – comme il l'avait imaginée –, sans qu'il comprenne comment elle avait pu savoir qu'il allait rentrer à cette heure. Était-elle si certaine qu'il reviendrait, même s'il l'avait promis ? Le guettait-elle ? Pieds nus, elle portait une salopette beige sur un simple T-shirt carmin. Gravissant les marches pour la rejoindre, Alexandre eut à peine le temps d'interpréter son attitude pleine de promesses. Clara ne le laissa pas arriver jusqu'à elle. Campée deux marches plus haut que lui, elle se pencha et l'embrassa d'autorité sur les lèvres avec une fougue qui faillit les faire chavirer. Elle éclata de rire tandis qu'ils retrouvaient leur équilibre. Elle planta sa poitrine contre la sienne, l'embrassa à nouveau en tenant solidement son visage entre ses deux mains.

Il ressentit l'onde de tendresse qu'il avait absorbée quand elle avait saisi sa tête contre son ventre, contre son sexe, dans le verger. L'air déplacé par ce mouvement était chargé d'une sensualité qui le bouleversa. Ils se regardèrent longuement, les yeux à fleur de paupières. Une frontière était franchie. Une évidence s'installait. Taraudée par la douleur de l'absence, Clara avait muté. Son esprit avait donné carte blanche à son corps. Il était désormais en creux.

Enlacés, ils rentrèrent dans le salon. Ils virent alors Mérimée rappliquer et se frotter contre eux frénétiquement. Le thé pour deux était déjà servi… Des cookies avaient fait leur apparition. Ils n'osèrent pas parler tout de suite. Clara préféra calmer momentanément son ardeur intérieure en évoquant la visite qu'Alexandre venait de faire à Montpellier.

« Comment ça s'est passé avec ton drôle de brocanteur ? lui demanda-t-elle au bout d'un long moment de silence durant lequel leurs mains dialoguèrent allégrement par pétrissage mutuel des phalanges.

— Bien, bien... Tu sais, c'est un gars qui a dû être bousillé à un moment de sa vie. Il n'a sans doute jamais eu la chance de rencontrer une personne comme toi... Nous progressons : il m'a fait passer de l'autre côté du rideau de sa tanière. Je pense que c'est un signal fort de confiance pour lui. J'irai le voir avec toi à la fin des vacances, si tu le veux bien. Je suis sûr que tu vas achever de le décoincer.

— On continue ? lui demanda-t-elle en se dégageant tendrement. Je n'ai pas arrêté de travailler en ton absence. Je vis mal le fait de tout savoir et de ne pouvoir le partager instantanément avec toi. Je me sens prisonnière du récit de Karl. En lisant pour toi j'évacue les sortilèges. Je voudrais que nous en finissions avec lui pour pouvoir nous occuper de nous... Karl pèse de tout son poids de mort et ce que j'ai découvert m'a donné la nausée... Il est temps d'en finir avec lui et de commencer avec nous. »

Heureux d'une telle profession de foi, Alexandre l'embrassa longuement. La langue de Clara, douce et énergique, lui disait enfin ce que sa bouche avait tu jusque-là. Puis du plat de la main, Alexandre débarrassa ses *ailes* des écailles de mort déposé par Karl durant son absence. Le désir se lisait dans les yeux de Clara et sur sa peau. Mais elle se reprit et se leva pour officier. Sa voix redonna à nouveau au texte sa magie vertigineuse. Elle avait renoué avec l'intention merveilleuse des cantatrices.

26.

Mon amour,

Jusqu'à l'invasion de la Russie en 1941, je voyais Konstantin à l'occasion de permissions à Paris ou à Berlin. Toujours avec bonheur, tu le sais. Nous nous écrivions régulièrement et je lui envoyais des colis de France où nous avions de tout à profusion. Les bas et les foulards de soie parisiens, très prisés de ses nombreuses conquêtes, ne manquaient pas d'ajouter à son charme de guerrier dominant. Je vivais la guerre à travers lui. Il était mon double en armure. Cela me changeait des rapports d'espionnage et des télégrammes diplomatiques. Il était passé général et était totalement absorbé par le commandement de sa brigade d'infanterie. Je retrouvais souvent sa photographie dans la revue Signal *que nos services de propagande publiaient en français.*

Et puis, en 1943, il a été blessé à Stalingrad et évacué vers la Pologne et je me suis débrouillé pour aller le voir. Je me suis rendu à Berlin pour réceptionner une machine à crypter les messages Enigma pour le service du Chiffre de l'ambassade et je suis parti ensuite pour la Pologne afin d'interroger des mathématiciens de ce pays qui avaient tenté avant la guerre de craquer les codes d'Enigma. Ce n'était qu'un prétexte car notre machine était inviolable. De Varsovie, j'ai rejoint Cracovie où Konstantin se remettait d'une mauvaise blessure.

J'étais terrifié à l'idée d'arriver trop tard ou d'assister à sa fin comme pour Konrad, mais il était bien vivant : en revanche, il était totalement déprimé. Ses beaux régiments avaient été engloutis dans le « chaudron » de Stalingrad, comme l'avaient appelé les soldats. Évacué inconscient après un bombardement sur son poste de commandement, il s'était réveillé de son coma en Pologne, atterré de ce qu'il avait considéré comme un abandon de poste. Ses hommes, du moins ce qu'il en restait, avaient été faits prisonniers par les Russes, avec son chef suprême, ce pauvre Feldmarschall, *Paulus, devenu gris au fil des combats. Mais ce n'était pas le plus grave.*

Dans cet hôpital sinistre qui résonnait des cris des blessés, il avait une chambre immaculée pour lui tout seul compte tenu de son grade. En passant par Berlin, j'avais appris qu'il était sur la liste pour passer Generalleutnant. *Je pensais que cette bonne nouvelle lui remonterait le moral. Avant de quitter la capitale, j'étais passé chez le maître tailleur militaire pour lui acheter ses nouvelles pattes d'épaules. Il a accueilli cette nouvelle d'un rire sardonique, ajoutant que nous étions devenus tous les deux les serviteurs du maître du chaos par sa faute. Je ne comprenais rien à ce qu'il voulait dire et n'osais imaginer de qui il voulait parler. Je pensais qu'il était drogué. Konrad avait ainsi eu plusieurs crises de délire sous médicaments en 1918.*

J'ai essayé de le calmer, de lui parler d'autre chose que de la guerre, de lui donner des nouvelles de toi et de nos enfants. Son regard désespéré m'a fait taire. Et il s'est mis alors à débiter des horreurs, d'une traite, comme s'il allait mourir dans la minute. Il m'a dit qu'il savait, que je devais savoir, qu'il ne pouvait plus se taire. Il m'a parlé d'Einsatzgruppen, de massacres par balles, de villages ukrainiens rayés de la carte par la SS. Il l'avait découvert avant de partir pour Stalingrad. Il a continué ensuite à se battre, la mort dans l'âme, pour ne pas laisser tomber ses hommes face aux Russes. C'est ce qu'il m'a dit en se mordant les lèvres.

Il m'a parlé de l'un de ces lieux dévastés. À cause d'une route coupée par des partisans prorusses, il avait dû le traverser avec son état-major, en 1942 je crois. L'odeur de la mort régnait partout. Nul cadavre visible mais tout était brûlé ou saccagé, m'a-t-il dit en serrant les draps de son lit. Un village fantôme. Sur un tas de fumier, il a aperçu un chandelier à sept branches brisé. Lui qui détestait les symboles juifs, il m'a dit avoir été choqué et l'avoir retiré de là. C'est en faisant ce geste instinctivement qu'il a alors réalisé que le fantasme – il a utilisé ce mot, je m'en souviens – oui, le fantasme de son antisémitisme s'était fait réalité et qu'il ne le supportait tout simplement pas. Et ce n'était rien à côté de la suite… Au détour d'une isba, il l'a vue dans une ruelle fumante.

Je ne sais pas si je peux continuer…

Le récit de Konstantin a fait surgir des images qui sur le moment m'ont marqué au fer rouge même si j'ai réussi ensuite à les occulter totalement. Elles reviennent avec d'autant plus de force au moment où je t'écris…

Il l'a vue… Une très jeune fille blonde aux yeux clairs, une croix de David sanglante gravée au couteau sur le front. Hagarde, immobile comme une statue de sel, elle était assise sur un tas de vieux chiffons, s'appuyant sur un bras, du sang séché sur ses cuisses. Ses vêtements étaient en lambeaux, ses cheveux pendaient avec un reste de natte tressée. Ses yeux fixaient un point sur le mur à côté d'elle. Saisi, Konstantin s'est approché lentement, faisant signe à ses hommes de rester à distance. Il s'est avancé encore, les mains ouvertes, essayant d'attirer l'attention de la jeune fille qui a tourné la tête, le dévisageant enfin. Son regard, m'a-t-il dit, était froid, à la fois vide et acéré comme une lame. Du fond de sa pureté souillée, l'enfant déchirée a fixé l'homme en armes droit dans les yeux et l'a terrassé. Quand, tremblant, il a fait un geste vers elle pour la tirer de là, elle a soudain brandi un rasoir et s'est tranché la gorge. Konstantin dans son lit a hurlé comme il avait alors hurlé en Ukraine et s'est effondré.

*

Clara s'arrêta net, secouée tout à coup de sanglots. Alexandre se précipita pour la prendre dans ses bras. Elle se pelotonna contre lui sans parvenir à freiner le flot de ses pleurs. Il l'emmena dehors sur le perron, puis dans le parc. Ils ne revinrent qu'au bout d'une heure. La nuit était tombée. Le feu crépitait dans le salon à leur retour. Quelques bougies étaient allumées. Des plateaux-repas les attendaient.

« Prends la suite, lui dit-elle. Je n'en ai plus la force. J'aurai dû te le demander plus tôt. Je pensais tenir le coup sur ce passage. Mais il faut aller jusqu'au bout. »

Pour la première fois, Alexandre prêta sa voix aux confessions de sang de Karl. Ses inflexions masculines donnèrent au texte d'autres couleurs, d'autres saveurs, amères. Mérimée le regardait d'un drôle d'air, ne comprenant pas ce dérangeant changement de rôle. Il avait appris à aimer le timbre de Clara.

*

Par fidélité à la mémoire de Konstantin et parce que je vais mourir à mon tour, je ne cacherai rien ce soir. Je lui dois cela. Je vous le dois aussi, à vous mes êtres aimés qui peut-être lirez tout cela. C'est tout ce que je peux faire encore même si je sais qu'il n'y aura pas de rédemption pour moi.

Konstantin m'a répété ensuite que nous servions le diable. Il l'a hurlé : « Le diable, le diable… » Sa chambre résonnait de ses imprécations. Et se tapant la tête de la paume, il répétait en boucle : « C'est moi qui t'ai entraîné là-dedans… c'est moi… » J'étais terrorisé à l'idée que l'on puisse l'entendre. La Gestapo avait des agents partout. Le voir ainsi sur son lit, le débit haché, le regard brûlant, m'était insupportable. Tout ce qu'il proférait était une insulte à notre foi nationale-socialiste. Que lui avaient-ils fait là-bas, à Stalingrad, ces salauds de judéo-bolcheviks ? me suis-je dit. C'en était trop ! Je suis parti brusquement en me bouchant les oreilles après qu'il m'a vociféré qu'à l'est, les Juifs n'étaient pas envoyés en camps de travail : « Ils sont tous asphyxiés dans des tunnels, puis brûlés ! »

J'ai fui, dégringolant les escaliers quatre à quatre, trempé de sueur. J'ai croisé le regard d'une infirmière stupéfaite.

Je ne l'ai jamais revu. À l'été 44, mon Konstantin s'est fait sauter une grenade sous la gorge quelque part sur le front russe. Il était impliqué dans le complot du colonel Klaus Graf von Stauffenberg contre celui qu'il avait appelé le maître du chaos… Sur la foi de l'annonce de la réussite de l'attentat, il avait fait arrêter les chefs SS de son district et mis une balle dans la tête de leur commandant qui avait œuvré en Ukraine. Un témoin a rapporté à la Gestapo – j'ai vu le rapport – qu'il avait dit en tirant : « Pour la jeune fille ! »

Une semaine plus tard à Paris, j'ai reçu par la valise diplomatique un paquet soigneusement renforcé aux angles. Dedans, il y avait le second Luger de Konrad et un simple mot : N'oublie pas la jeune fille ! À-Dieu, Karl. Konstantin.

Je l'ai oubliée.

Je l'ai effacée de ma mémoire. Et Konstantin également.

Je ne pouvais abandonner mon maître. Celui qui m'avait redonné vie. Comment aurais-je pu le trahir ?

Ton K.

*

« Je crois que cela suffit pour aujourd'hui », trancha Clara, à bout de nerfs.

Le sentiment d'urgence qu'ils avaient ressenti tous les deux sur le perron n'avait fait que croître au fil du récit tragique de Karl. Ils avaient désormais un besoin vital d'antidote contre toutes ces sombres nuées. Il leur fallait livrer un autre assaut qui ne laisserait sur le terrain que deux extases partagées, deux vainqueurs. Le moment était venu. Le corps de Clara avait franchi la frontière.

27.

Ils montèrent à l'étage, savourant chacune des marches qui signalait leur progression d'un craquement complice. Clara le conduisit en silence dans sa chambre, tout au bout du long couloir à balustres. La pénombre complète avait déjà envahi la pièce. Comme une invite, le grand lit était en bataille. Il leur fallait désormais s'entrechoquer pour ne plus laisser leurs esprits en solitude. Omnipotent durant ces deux semaines, le verbe devait faire place à la chair. Qu'importe ce qui se passerait le lendemain.

Debout, face à face, dans la pièce encore tiédie par le frêle soleil de novembre, ils engagèrent tendrement les hostilités. Ils s'embrassèrent longuement, savoureusement, partageant leur souffle, ouvrant l'un à l'autre le chemin de leur âme, faisant tomber d'emblée barrières et forteresses. Clara commença à dénuder sa prise de guerre avec cette sûreté et cette précision qu'elle avait dans les gestes de la vie courante. Sublime moment, Alexandre frémissant sous les doigts de son aimée.

Dégagé de toute entrave, il entreprit à son tour de la dépouiller du faux-semblant des vêtements.

Il fit craquer quelques coutures, Clara se gardant de l'aider pour prolonger la saveur de la mise au jour de sa peau. Le geste d'Alexandre était moins sûr, plus fébrile, sa célérité plus brouillonne. Chaque pore enfin libéré de son bâillon entendait rattraper goulûment le temps perdu à percevoir l'élan de son vis-à-vis sans jamais pouvoir y répondre. Ils avaient été emprisonnés trop longtemps. Ils étaient saisis d'une fringale tactile. Ils voulaient aller au contact comme une troupe trop longtemps bridée. L'échange fut intense, puissant, à la mesure du temps passé à le préparer dans la solitude de leur cœur. La chair exprimait différemment ce que l'esprit avait compris dès le début, quand Alexandre et Clara s'étaient vus sur la plage.

En la caressant, en la soulevant, en l'étreignant, il saisit pourquoi il avait pensé à plusieurs reprises à elle en tutu. La danse classique l'avait forgée, lui donnant cette élasticité verticale et cette musculature qui l'avaient fasciné. Tout était résumé désormais dans la paume des mains qui couraient maintenant avec entrain et une légère anxiété, celle d'oublier ne serait-ce qu'une parcelle de ce territoire. Il aurait voulu être aveugle pour décrypter le corps de Clara en braille. Mais son grain de peau était trop fin. Pour la lire, il ne fallait pas l'égrainer mais la palper, la soupeser, la malaxer. Tout était rond, doux, tendu, duveteux, harmonieux et fort. Le corps ambré de Clara était veiné, brûlant, vivifiant, enivrant. Alexandre s'appesantit sur l'aine, territoire de transition plein de promesses entre le ventre et le haut des cuisses, à deux ou trois baisers du sexe si proche et de la poitrine altière, plus lointaine. Sa bouche et ses deux mains n'y suffisaient pas pour l'enserrer. Clara résistait aux assauts pour mieux les stimuler. Son corps arc-bouté décochait ses caresses quand Alexandre ne s'y attendait pas.

Toujours debout, bien que fléchissant de plus en plus sous le poids du désir, il se glissa derrière elle pour mieux pouvoir encercler ses deux seins, pétrir ces tendres prisonniers consentants, embrasser cette nuque qui l'avait fait tant rêver. Il sentait contre son ventre et son sexe les deux longs muscles fermes et ronds qui couraient de part et d'autre de la colonne vertébrale de Clara. Elle les bandait et les faisait jouer en roulant des épaules comme si elle avait voulu le porter tout entier sur son dos. Puis il repassa devant elle pour déposer une ribambelle de baisers sur ses paupières closes, sur son front, tout en empoignant cette fois ses fesses auxquelles il avait trouvé tant de caractère. La toison gorgée, Clara se cambrait de plus en plus sous ses assauts, le laissant faire pour savourer la montée inexorable de la jouissance.

Elle se dégagea ensuite de ses bras d'un mouvement fluide et se glissa derrière lui, ses doigts agiles naviguant bientôt sans relâche de la poitrine au sexe de son aimé. Tout son corps était collé si puissamment contre le dos d'Alexandre qu'il eut le sentiment d'être complètement couvert, recouvert, protégé, encerclé, conquis, alors qu'elle était moins grande et bien plus légère que lui. La détermination de son offensive inflexible le submergea. Il n'avait jamais ressenti cela auparavant. Ses deux mains en arrière cherchaient bien à caresser à l'aveugle ce qu'elles pouvaient saisir mais Clara ondulait, chavirait, esquivait pour conserver l'ascendant.

Ils continuèrent ainsi longtemps, combattant, tournoyant, alternant, ployant, résistant le plus longtemps possible à l'appel du choc décisif. Cette résistance opiniâtre les conduisit tous les deux à la lisière de la douleur. Comme celle qu'ils avaient acceptée d'endurer ces derniers jours en offrant au cœur plus de place qu'au corps. Celui-ci jubilait enfin d'avoir été si patient. L'esprit avait sarclé le corps en profondeur. Il pouvait être ensemencé.

D'un même mouvement, ils se jetèrent sur le lit brusquement comme si l'incandescence du sol n'autorisait plus la station debout. Le sommier craqua bruyamment. L'étreinte fut aussi puissante que brève, emplissant le vieux manoir d'un hurlement partagé à la seconde. Ils n'eurent même pas une pensée pour les oreilles de la vieille gouvernante ni pour celles des fantômes de la demeure. Encastrés, entremêlés, comme si leurs peaux étaient de vieilles connaissances, ils sombrèrent vite dans le coma délicieux qui suit les amours accomplies et prometteuses.

Le petit jour filtrant à travers les volets de guingois les réveilla imbriqués corps et âme. Sans mot dire, tout en sourire, Clara se blottit un peu plus contre lui comme si elle voulait passer la barrière du derme et de l'épiderme. Se fondre. Elle ne fut pas longue à réveiller sa flamme. La trêve était finie. Le doux combat pouvait reprendre. Contrairement à la veille, ils expédièrent les préliminaires pour en venir très vite à l'entrée en matière. Elle fut longue, profonde et presque calme. Ils atteignirent le paroxysme du plaisir en ordre dispersé cette fois, une jouissance douce et prolongée… comme si la journée offrait, selon les heures, des orgasmes à la tessiture différente.

Ils abandonnèrent rapidement l'idée de se doucher ensemble dans la petite salle de bains attenante. En essayant de la rejoindre, Alexandre défonça l'une des portes coulissantes de la minuscule cabine, et il n'était pas certain que la faïence du bac antique déjà fissuré puisse résister à son poids. Clara était hilare en regardant sa salle de bains dévastée par son géant à l'air faussement penaud. En descendant l'escalier, Alexandre fit remarquer à la jeune femme que plusieurs tableaux d'ancêtres hiératiques avaient pris de la gîte depuis la veille :

« Sans doute un effet de l'onde de choc de cette nuit, dit-il, tandis que Clara se plaquait un peu plus contre lui.

— Je trouve que certains ont dans l'œil une imperceptible lueur égrillarde qu'ils n'avaient pas hier soir… Le peintre a dû repasser dans la nuit pour en corriger l'éclat ! » plaisanta-t-elle pour ne pas être en reste.

Ils entrèrent dans la salle à manger où les attendait… une Mathilde rayonnante. Le petit déjeuner était copieusement servi. « Il faut vous nourrir ! »

décréta la gouvernante d'un ton maternel. Mérimée rappliqua de la cuisine et leur fit fête en déposant sur leurs bas de pantalon le plus de poils possible. Les rayons de lumière qui filtraient à travers les persiennes entrouvertes jouaient avec les poussières en suspension dans l'air. Le parc invitait par son dépouillement à la sérénité. Les sangliers étaient revenus, laissant leurs sillons profonds comme d'immenses stigmates marron sur le vert encore tendre de l'herbe.

Après quelques minutes de silence rompu seulement par le cliquetis des cuillères dans les tasses de porcelaine et le crissement de la lame sur la tartine de pain croustillante, Clara expliqua à Alexandre qu'en attendant son retour espéré, elle avait achevé toute la traduction. Elle était arrivée à la fin… Elle savait donc. Elle ne fit aucune objection à ce que ce soit Alexandre qui achève la lecture à haute voix du testament de Karl. Bien au contraire. Elle avait atteint sa limite intérieure d'évocation. C'était à lui d'enterrer Karl. Pour la dernière fois, l'Allemand ressusciterait avant de s'en retourner au néant. Il devait faire place nette aux vivants.

*

Ma chérie, mes enfants,

J'ai continué à servir fidèlement le maître de mon âme. Que pouvais-je faire d'autre ? Je ne voulais pas être à nouveau du côté des perdants. La nuit, je faisais de plus en plus souvent des cauchemars. Je revoyais les horreurs de Lettonie, les femmes aux seins coupés, mon Français de 1915 toujours là avec sa gorge béante. À Paris, nous suivions avec inquiétude les nouvelles du front est. Depuis Stalingrad, le mythe de notre invincibilité s'était brisé. Notre empire se fissurait de partout. Trop de frontières à tenir, plus assez de troupes, ni de moyens. Avec angoisse, je revoyais se profiler les affres de la défaite de la Première Guerre. Notre pays n'y survivrait pas une seconde fois. Nous serions rayés de la surface de la Terre si nous perdions. Il fallait nous battre jusqu'au bout. C'est ce que je me disais lors de mes longues insomnies pendant lesquelles je me levais pour voir nos deux fils dormir. C'était la seule vision qui parvenait à apaiser un peu mes tourments. Je mettais le plus possible à distance ce que Konstantin m'avait dit.

Le débarquement à l'ouest de juin 1944 nous a complètement pris au dépourvu. Le Renseignement de notre armée recoupait celui de l'ambassade, qui avait mis sur écoute des diplomates des pays neutres – généralement bien informés des intentions anglo-américaines. Nous étions convaincus que les Alliés viseraient le Pas-de-Calais ou la Norvège. J'en aurais mis ma main à couper. Je l'avais dit à Rommel lors de sa visite française d'inspection du mur de l'Atlantique.

Après le déferlement des Américains sur les plages, notre commandement s'est déchiré sur la question de savoir s'il fallait rejeter les Anglo-Américains à la mer ou s'il fallait les attendre de pied ferme avec nos divisions blindées, plus en retrait dans le bocage normand. De toute façon, rien n'aurait pu leur résister. Même pas notre armée, pourtant victorieuse depuis quatre ans sur tant de fronts.

À Paris, ce fut très vite la panique à l'hôtel de Beauharnais. Une panique polie, encore embuée des usages doucereux de la diplomatie. Tout le monde se hâtait lentement dans les couloirs. Mais c'était bien la peur qui se lisait sur les visages tirés. L'ambassade déménageait en vitesse pour cause d'avancée des troupes alliées. Nos poches de résistance à l'ouest tombaient les unes après les autres. Otto Abetz était vert comme les grandes tapisseries des Gobelins des salons d'apparat. Son épouse française encore plus.

J'ai été convoqué à Berlin à ce moment-là, alors que nous n'avions pas encore fini nos cartons. Je ne t'ai rien dit alors, mais je m'attendais à être arrêté et exécuté par la Gestapo à cause de mes liens avec Konstantin. J'avais emporté avec moi, caché dans le col de ma veste, une capsule de cyanure. Des colonels, des généraux et des maréchaux étaient pendus à Berlin à des crocs de boucher. Sur ordre d'Hitler, les tribunaux condamnaient à tour de bras les « traîtres » au terme de procès conduits par des juges hystériques. Tout le monde était suspect. J'avais remis au premier secrétaire de l'ambassade, en qui j'avais toute confiance, une enveloppe avec des instructions pour vous faire passer en Suisse si je ne revenais pas. Je ne voulais pas que vous vous retrouviez en camp de concentration après mon exécution.

Dans l'avion, songeant à la mort probable qui m'attendait à Berlin, j'ai regretté de n'avoir rien laissé par écrit pour vous, de n'avoir pas tenté de partager quelques bribes de ma vie avec les miens. Je me rattrape aujourd'hui… C'est une chance, d'une certaine façon.

Une voiture à fanion des Affaires étrangères m'attendait à Tempelhof. Il n'y avait pas de SS en vue. J'ai commencé à me détendre en constatant la déférence du chauffeur. Quelques instants plus tard, j'ai été reçu par un Ribbentrop jovial, le teint toujours rose et le cheveu lisse. Il m'a expliqué, avec d'amples moulinets de bras, que le Führer avait une grande mission pour moi. Je devais partir pour Budapest rejoindre notre ambassadeur Edmund Veesenmayer. J'étais nommé premier secrétaire d'ambassade.

Je changeais complètement de statut en devenant le premier collaborateur de Veesenmayer et ma carrière prenait un tour politique. Je n'aimais pas beaucoup cette perspective car je ne me suis jamais perçu comme un vrai diplomate. Et puis, mon futur patron était également colonel dans la SS. Depuis la terrible confession de Konstantin – même si je n'avais pas voulu le croire –, j'étais réticent à approcher de trop près la garde noire.

Alexandre se tut instantanément et croisa le regard de Clara qui savait déjà qu'avec cette information majeure, ils tenaient l'identité de Karl.

Ribbentrop m'a expliqué brièvement que le chef de l'État hongrois, le régent Horthy, nous donnait du fil à retordre. On avait besoin de moi là-bas. Je n'ai pas compris pourquoi au départ. Il m'a assené un discours confus d'où il ressortait que les Juifs sapaient le moral de la population et travaillaient pour les Soviétiques qui s'approchaient des Carpates. Il m'a salué le bras tendu avec un retentissant « Heil Hitler » *après m'avoir remis un dossier à lire sur la Hongrie et congédié. Je viens d'apprendre grâce à mon geôlier que Ribbentrop a été condamné à mort avec d'autres à Nuremberg. Ce n'est pas une grosse perte.*

Je ne connaissais pas grand-chose à la Hongrie, juste ce que les rares documents que j'avais parcourus à Paris m'avaient appris. Le dossier fourni par notre direction « Europe centrale-Balkans » était dense. Le vol vers la capitale hongroise m'a permis de compléter mes connaissances.

La désagrégation de l'Empire austro-hongrois avait créé un état d'anarchie dont les bolcheviks avaient profité en 1919 pour pousser leurs pions. Mais en Hongrie, la greffe rouge n'avait pas pris. Après les cent jours de la Commune démente du révolutionnaire juif Béla Kun, le pays avait plongé dans une féroce contre-révolution nationaliste. Elle avait conduit à des massacres de Juifs pendant une année entière et à l'instauration des premières lois antijuives d'Europe sous couvert de numerus clausus *pour les professions jugées stratégiques comme le droit, la finance et la presse. Mais, tout en étant antisémite, l'amiral Horthy, régent autoproclamé, s'était opposé à l'extermination des Juifs hongrois. C'était donc le seul de nos pays satellites à ne pas avoir procédé à des déportations massives.*

En bons diplomates, nous n'employions d'ailleurs jamais les termes embarrassants de « déportation » ou de « camps de la mort » mais ceux de « déplacement hors des frontières » ou de « camps de travail ». Je dois dire que ces terminologies me convenaient car elles me permettaient de ne pas imaginer ce qui se passait réellement malgré les innombrables rumeurs qui couraient sur le règlement de la question juive in fine. D'une façon générale, les diplomates n'étaient pas informés de ce qui se passait réellement dans les camps d'extermination. La SS craignait que certains d'entre nous n'alertent les pays neutres. Cela restait nébuleux et lointain, ce qui m'allait bien.

Je ne l'ai vraiment découvert qu'ici. Ce que Konstantin m'avait dit… gazer des personnes… Je ne pouvais me résoudre à croire qu'une telle monstruosité ait pu être mise en œuvre. Mon pays de culture, même en état de guerre, ne pouvait certainement pas se livrer à ces horreurs. Des confidences remontaient jusqu'à moi à propos de massacres systématiques effectués en 1941 dès l'entrée en Russie, mais je les attribuais à des débordements isolés et malheureusement inévitables en temps de guerre. Bien sûr, je n'ignorais pas les imprécations publiques de mon Führer à l'encontre des Juifs qui paieraient de leur existence le fait d'avoir déclenché une Seconde Guerre mondiale, mais je préférais me souvenir de ses propos apaisants dans ma prison de Landsberg.

Dans le dossier de Ribbentrop que j'ai consulté avant mon arrivée à Budapest, j'ai trouvé un texte confidentiel de l'amiral Horthy à son Premier ministre, présenté par nos services comme le point de vue intime de celui qui, après avoir été notre allié fidèle, lorgnait vers les Alliés. Horthy s'y déclarait farouchement antisémite depuis son plus jeune âge. Il expliquait en substance qu'il trouvait intolérable que les activités économiques, juridiques et culturelles soient pour l'essentiel aux mains des Juifs et que l'image de la Hongrie soit donnée à l'étranger par eux. Dans les années 1920, la moitié des avocats de Hongrie étaient juifs. Cette situation était inacceptable, estimait Horthy tout en reconnaissant que ces individus étaient attachés à leur patrie, comme le peuple magyar. En bon pragmatique, il soulignait en outre que l'élimination des Juifs de certains postes clés de la société susciterait un problème car il faudrait plus d'une génération aux bons chrétiens incompétents pour bien remplacer les mauvais Juifs compétents. Il se refusait donc à les traiter avec inhumanité.

La fin du document m'a frappé et je l'ai encore en mémoire. Il affirmait que les Croix-Fléchées étaient plus dangereuses que les Juifs car elles voulaient livrer la Hongrie à l'Allemagne. Ce qui était vrai. J'ai découvert sur place que notre ambassade entretenait à grands frais depuis longtemps ce mouvement fasciste local totalement acquis aux idéaux de notre Reich et connu pour sa sauvagerie contre les Juifs, que je réprouvais absolument.

En mars 1944, le Führer avait décidé d'envahir le pays. Une invasion « amicale », bien sûr. Horthy avait été maintenu en poste. Un fantoche utile. Ma mission à mon arrivée en juillet consistait, avec mon collègue diplomate Ernst Six, à mettre la diplomatie hongroise sous contrôle étroit, tandis que notre collègue Benzler plaçait l'économie en coupe réglée pour aider notre effort de guerre. Quant à la SS, elle avait été dépêchée dès le mois de mars pour rattraper le retard dans le règlement de la question juive. Adolf Eichmann était à la manœuvre. Il se méfiait de nous, les diplomates. Eichmann estimait que nous n'étions pas assez purs sur le plan idéologique pour entrer dans « le grand secret ».

Il t'a toujours fait une sale impression, ma chérie. C'était pour toi un petit comptable sadique et coincé.

J'aurai dû écouter tes intuitions. Quand je pense qu'en ce moment il est libre quelque part, qu'il doit se promener dans un costume civil bien taillé… Ce sinistre crétin. Il a toujours aimé les beaux vêtements pour compenser l'insignifiance de son allure.

Avec lui, le transfert des Juifs hors des frontières de la Hongrie a commencé : d'abord ceux de province, puis le nœud s'est refermé sur Budapest où des ghettos ont été ouverts. Les SS et la gendarmerie hongroise ont travaillé main dans la main. Pour obtenir la participation des instances juives locales à sa sinistre besogne, Eichmann n'a pas hésité à leur faire des déclarations d'amitié, leur assurant qu'ils n'auraient rien à craindre si leurs ouailles restaient calmes et coopéraient aux mesures de regroupements… Elles l'ont malheureusement cru. Mon juge d'instruction m'a affirmé que d'avril 1944 à janvier 1945 nous avions transféré – donc tué – plus de cinq cent mille Juifs hongrois, jusque-là épargnés. Et j'ai ma part dans ce chiffre monstrueux… que je le veuille ou non.

Quand je suis arrivé à Budapest à l'été, nous étions en pleine crise avec l'équipe hongroise au pouvoir. Le régent avait renvoyé le Premier ministre qui était auparavant à notre botte. Les déportations étaient stoppées. Par les agents de l'ambassade, nous savions qu'Horthy, bien qu'antisémite, continuait à voir certains de ses anciens proches, des notables juifs, et qu'il complotait contre le Reich. Tout se délitait. C'est pour cela que j'avais été envoyé en catastrophe à Budapest.

Quelques semaines plus tard, en août, la Roumanie, fidèle alliée du Reich et voisine de la Hongrie, a retourné sa veste. Le roi Michel a pris le pouvoir et fait arrêter tout le personnel de l'ambassade d'Allemagne. L'homologue de Veesenmayer à Bucarest s'est tiré une balle dans la tête. J'ai repris l'habitude alors de me déplacer armé des deux Luger de Konrad. C'était la pagaille la plus complète. J'ai songé à cette époque à te faire partir avec les garçons – tu t'en souviens ? –, mais tu n'as pas voulu. Je savais que tout était fichu mais j'ai continué.

La réaction d'Hitler ne s'est pas fait attendre. Alors que ce n'était plus dans mes fonctions, il a demandé que ce soit moi qui sois chargé de la capture du fils du régent pour faire pression ensuite sur son père. J'ai été honoré de me voir confier cette mission délicate. Pour mettre en confiance Miklós Horthy, j'ai monté un traquenard dans la banlieue de Buda. Mes agents étaient déguisés en Juifs avec houppelandes et étoiles jaunes. Le jeune homme a pensé rencontrer des émissaires de Tito avec qui il était en contact. J'ai pu monter l'affaire assez facilement car son chauffeur était un homme à nous. Il a été expédié ensuite à Mauthausen comme otage. Hitler m'a fait parvenir une décoration avec un mot dédicacé disant que seuls les purs restaient purs jusqu'au bout. Cela m'a touché.

Après cet épisode, l'amiral Horthy a donné sa démission, tout comme son Premier ministre. Berlin nous a imposé de mettre Ferenc Szálasi, le chef des Croix-Fléchées, à la tête d'un gouvernement fantoche. C'était à mon avis une grave erreur. Fanatique, ne pensant qu'à tuer des Juifs, Szálasi était incontrôlable, même par nous.

Horthy s'est retrouvé quant à lui en villégiature dans un beau château bavarois. Je ne crois pas qu'il ait été jugé au moment où je t'écris. En revanche, Ferenc Szálasi a été pendu l'année dernière avec la plupart des dirigeants des Croix-Fléchées. Cela me réjouit plutôt. Leur procès est allé très vite. Avec nous, les diplomates, les nouvelles autorités hongroises, étroitement contrôlées par les Russes, prennent leur temps. Ils font durer le plaisir.

Dans la foulée de ces événements, Eichmann a repris son travail de déportation. Je le revois plastronnant dans les salons de notre ambassade, un verre de tokay à la main, répétant sa formule fétiche : « Cent morts, c'est une tragédie… Cinq cent mille, c'est une simple statistique. » Après la Pologne, les Juifs ont été déportés vers l'Autriche.

Cela m'est arrivé plusieurs fois de signer personnellement des bordereaux de transfert de Juifs à la place de notre ambassadeur quand il était absent. Ils avaient la forme de banals documents douaniers. Je « transférais » de simples objets, des choses, non des êtres humains. Je faisais écran entre mes yeux et ma conscience, entre ce que Konstantin m'avait révélé et ce que je me refusais à admettre. Déjà, à l'époque, je ne tenais intérieurement qu'à un fil… je ne concevais pas de le couper. Je me serais écroulé.

Plus les Russes ont progressé vers la Hongrie, plus les Croix-Fléchées se sont livrées à d'effroyables massacres. J'ai protesté auprès de notre ambassadeur contre ces débordements sans vouloir reconnaître que ce que nous faisions pour notre part aboutissait exactement au même résultat mais d'une façon industrielle. Veesenmayer m'a regardé comme si j'étais un demeuré en me disant que je n'étais pas ici en tant que diplomate mais en tant que soldat du Reich aux avant-postes.

J'ai pensé qu'il avait raison. J'étais un soldat. Nous n'avions pas le choix.

Je me suis néanmoins démené pour faire démanteler plusieurs centres de détention des Croix-Fléchées où ils torturaient atrocement les Juifs avant de balancer leurs cadavres dans le Danube. Ce fleuve n'avait plus rien de bleu. J'ai fait valoir à la direction SS que ces désordres contrevenaient aux ordres d'Heinrich Himmler et brouillaient l'image de l'Allemagne auprès des pays neutres. J'ai été suivi car la SS détestait le désordre. Le rendement était moins bon... Et puis j'ai su que certains d'entre eux libéraient en douce des Juifs contre mille dollars par tête. Quelques centaines de Juifs ont ainsi pu échapper à la mort. Un gradé SS de l'ambassade m'a avoué un jour, quand j'ai évoqué devant lui ce trafic, que certaines riches familles juives, qui étaient déjà dans le camp de concentration de Bergen-Belsen, en avaient été sorties pour être transportées par la Lufthansa au Portugal. Leurs rançons étaient arrivées in extremis avant qu'elles ne soient transférées dans un camp d'extermination. Signe de décomposition avancée, tous les trafics allaient bon train. J'ai vu passer des notes confidentielles qui prouvaient que le gros Herman Goering était en concurrence avec Heinrich Himmler pour siphonner les avoirs des industriels juifs de Hongrie.

Un événement pour le moins surprenant m'a également aidé à démanteler certains centres d'exécution à Budapest. Un officier SS, en civil, s'était fait contrôler un soir par des Croix-Fléchées. Il avait changé d'imperméable, oubliant ses papiers dans l'autre. Les Hongrois étaient comme d'habitude éméchés. Tous les suspects avaient droit au même traitement pour contrôler une éventuelle circoncision : pantalon baissé sur les chevilles. La chose n'était semble-t-il pas claire pour cet officier allemand qui avait subi une opération chirurgicale et il s'est fait tabasser et emprisonner avec des Juifs destinés à être exécutés le soir même. Il est parvenu à jeter par un soupirail une pierre enrobée d'un billet de cent marks et d'un message à faire passer à une unité de Waffen SS qui tenait garnison à quelques centaines de mètres de là. Ses camarades n'ont pas tardé à arriver. Ils ont abattu toutes les Croix-Fléchées trouvées sur place. Je ne sais pas ce que les compagnons de détention du SS sont devenus. Nous avons dû ensuite régler les conséquences de cet incident avec le Premier ministre hongrois, furieux que l'on ait touché à ses chers tueurs.

À l'ambassade, comme un bon soldat, j'ai continué à faire mon travail. Je passais une bonne partie de mon temps à dicter à nos « hôtes » hongrois les réponses diplomatiques à faire quand la question juive était évoquée par les Neutres. Mais j'avais de plus en plus de mal à les contrôler : certains d'entre eux collaboraient déjà en sous-main avec des antennes alliées.

À l'époque, nous savions que les légations helvétique, suédoise, portugaise et espagnole, ainsi que la Croix-Rouge internationale et les Églises se mobilisaient pour donner aux Juifs des certificats de protection et de faux certificats de baptême. Le Vatican multipliait les protestations auprès des autorités hongroises. Les Américains avaient menacé de bombarder Budapest si nous poursuivions. Même le Salvador s'en est mêlé via la représentation suisse qui gérait ses intérêts dans les pays de l'Axe : du jour au lendemain, des ressortissants de ce pays ont proliféré comme par magie dans les rues de Budapest. Un jour, un SS a attrapé au collet dans la rue un Hongrois, de toute apparence un Juif sans son étoile jaune, qui a produit un passeport salvadorien en bonne et due forme. Il a pu continuer son chemin sous l'œil abasourdi du SS qui est venu me rapporter l'information pour savoir quelle était la marche à suivre avec cette nation dont il n'avait jamais entendu parler. Je lui ai dit de laisser en paix les Salvadoriens…

Nos services de renseignement nous ont signalé par ailleurs l'activisme d'un certain Raoul Wallenberg, un diplomate suédois. Avec des fonds américains et suédois, il fournissait également quantité d'autorisations d'émigration et de faux certificats. Les SS de l'ambassade avaient envisagé de le faire abattre par des Croix-Fléchées. Je l'ai vu à l'ambassade quand il est venu plaider la cause de ses protégés et je l'ai aidé : il m'était possible de fermer les yeux sur certains dossiers et de donner des consignes à nos troupes concernant les citoyens hongrois détenteurs de passeports de protection des pays neutres.

J'ai recroisé une fois Wallenberg au début de ma détention dans cette sinistre forteresse. Je ne sais pas pourquoi les Russes l'ont enfermé ici, en faisant fi de son immunité de diplomate d'un pays neutre. J'ai demandé tout à l'heure en allemand à Godfried Hanselm – qui s'est curieusement attardé dans ma cellule après m'avoir ramené de ma visite au juge d'instruction – ce qu'il était devenu. Il a passé un doigt sous sa gorge. Pourquoi l'ont-ils tué ? Un type qui n'avait fait que sauver des vies ? Et moi je vais avoir droit à un procès… Dans son bel uniforme de l'armée russe,

Godfried a levé les yeux au ciel devant mon étonnement. Que pouvait valoir la peau d'un saint dans ce cloaque généralisé, semblait-il dire.

Pour la première fois, mon ancien sous-officier m'a ensuite adressé la parole. Il doit savoir que le procès est proche et mes jours comptés. Il a engagé la conversation en allemand d'une voix presque imperceptible en partie couverte par le sifflement dû à son monstrueux dentier. Le réglementaire « mon lieutenant » m'a figé sur place : entendre un colonel soviétique me servir du « mon lieutenant » dans cette cellule glauque, quel choc. Il avait l'air triste et fatigué. Il m'a dit que de toute façon lui et moi étions morts depuis longtemps, en France dans les tranchées, ou à Berlin pour lui et en Baltique pour moi. Il m'a confié que Moscou avait demandé, plusieurs mois auparavant déjà, la peine de mort pour tout le personnel diplomatique allemand de haut rang capturé à Budapest. Notre ambassadeur s'est déjà suicidé en prison, deux étages plus hauts. Il avait préféré devancer l'appel. Le procès des diplomates allemands doit montrer au monde entier le respect du droit par les Hongrois « libres » et leurs nouveaux amis russes.

Je n'ai même pas cherché à orienter mon juge d'instruction vers les quelques vies que j'avais sans doute sauvées. À quoi bon ! Le bout du chemin est là. Je n'ai aucune envie de vivre avec toute cette culpabilité. Je préfère rejoindre Konrad et Konstantin, s'il y a un enfer réservé aux guerriers. J'ai décidé de rester muet quand le jour du procès arrivera. Dans mon mutisme, je penserai à toi, rien qu'à toi et aux enfants. Godfried m'a parlé de mon inévitable exécution et m'a dit qu'il regrettait de ne pas pouvoir faire quelque chose pour moi. Je lui ai fait comprendre d'un signe de la tête que je n'attendais plus rien. Après un silence, il m'a proposé de faire en sorte que je sois fusillé au lieu d'être pendu comme les autres. J'ai fait oui de la tête.

Godfried est allé vers la porte, il a collé son oreille contre le battant, puis est revenu vers moi. Il s'est mis alors au garde-à-vous comme avant et m'a salué à l'allemande. En tournant les talons réglementairement, il m'a dit qu'il commanderait lui-même le peloton d'exécution pour être sûr que tout se passe bien.

Je l'en ai remercié. J'ai entendu sa mâchoire grincer.

Je vais donc cesser de vivre dans quelques heures ou quelques jours. Je suis calme et prêt au saut dans les ténèbres, même si je n'arrive toujours pas à comprendre comment j'ai pu envoyer à la mort d'un trait de plume des milliers de personnes, femmes et enfants compris, et comment, de façon concomitante, j'ai pu vouloir sauver quelques familles en les arrachant des mains des Croix-Fléchées ou en acceptant les faux passeports salvadoriens. Je sais aujourd'hui que j'ai accepté de participer à une mise à mort de masse dont je ne me faisais aucune représentation mentale tout en me battant contre des exécutions artisanales dont j'avais vu les effets bien réels dans les rues de Budapest et dans le Danube. Je crois, au soir de ma vie de soldat, que dans ma tête les grandes choses dépendaient d'Hitler. Pour moi, il savait ce qu'il faisait pour sauver l'Allemagne ; seuls les enjeux plus modestes concernaient ma conscience… Contrairement à Konstantin, j'ai accepté de la couper en deux, d'être une sorte de Janus

Bifrons… les yeux ouverts d'un côté, fermés de l'autre. Je vais en payer le prix. Il ne restera rien de moi… sauf peut-être ces lignes.

Je vais arrêter d'écrire et confier cette bible dès demain à ceux qui m'ont aidé ici et qui m'ont promis de tout faire pour qu'elle te parvienne. Je ne veux pas courir le risque qu'on me la confisque si on me change de cellule pendant le procès ou après ma condamnation à mort.

Cela peut aller très vite maintenant.

Adieu ma chérie, adieu mes enfants.

Pardonnez-moi.

Karl.

28.

Alexandre reposa les derniers feuillets sur le guéridon et s'assit de toute sa masse dans le fauteuil qu'il avait si souvent martyrisé. Mérimée s'était réfugié dans les jambes de Clara durant la lecture et entama, le silence revenu, une sarabande, passant des jambes de Clara à celles d'Alexandre à la vitesse d'un métronome fou. Sa queue heurta la base du meuble et quelques feuilles glissèrent au sol. Alexandre se pencha pour les ramasser machinalement. La dernière page qu'il avait lue s'était retournée. Il s'apprêtait à la remettre dans le bon sens à la fin de la liasse quand il devint blême. Tout en bas, une petite licorne était sommairement dessinée au crayon.

« J'ai oublié de te le dire, expliqua Clara, surprise par sa réaction : en parvenant à la dernière page écrite par Karl, j'ai vu qu'il avait fait un dessin en bas, comme pour clore le chapitre de sa vie. Il avait été effacé comme certains mots que j'ai signalés. Mais j'ai pu trouver sur la page suivante la trace de la pointe du crayon. J'ai fait comme à l'école quand j'étais enfant, je l'ai noircie et le dessin est apparu par contraste. Je l'ai redessiné sommairement sur la dernière page de ma traduction pour respecter le document. Pourquoi cela te frappe-t-il tant ? »

Alexandre se rendit compte qu'il n'avait jamais évoqué ni la marotte du brocanteur, ni le surnom qu'il lui avait donné. Devant Clara, il l'avait toujours appelé « le broc' » ou « le brocanteur ». Il lui raconta tout. Silencieuse et concentrée, Mathilde avait fait son apparition dans l'embrasure de la porte. Elle ne perdait pas une miette de ce qui se disait.

« Est-ce que M. Licorne serait… ? » dirent-ils à l'unisson.

Le soir même, Alexandre repartit seul à Montpellier, laissant Clara à la Réjane malgré sa proposition de l'accompagner. Il voulait voir M. Licorne en tête à tête et préférait qu'elle ne soit pas mêlée à ses demandes d'explication, ne sachant pas comment il réagirait.

Alors qu'il s'engageait à grands pas dans la rue Fournarié, il fut bloqué rapidement par un cordon de policiers. Il reconnut parmi eux un de ses élèves de l'année précédente, devenu auxiliaire depuis peu. Celui-ci lui fit un grand sourire en le reconnaissant. Alexandre lui demanda ce qui se passait.

« Y a comme un mort ! » lui répondit-il avec un air d'importance, la casquette enfoncée au ras des oreilles.

Alexandre ne put s'empêcher de penser que les cours de français n'avaient pas tous été parfaitement assimilés. Il lui demanda une faveur : pouvait-il lui permettre de longer le trottoir... Il avait rendez-vous juste de l'autre côté avec des amis, rue de l'Université. Et il était déjà diablement en retard. L'apprenti policier lui fit un clin d'œil complice et, plein d'importance, le fit passer sous le ruban blanc et rouge de la police nationale. Alexandre sentit les battements de son cœur s'accélérer quand il passa devant la boutique de M. Licorne, point de concentration de l'agitation. En ralentissant le pas devant la porte bancale, il eut le temps de voir, dépassant d'une couverture posée sur un brancard, une main maculée de sang. Un officier de police sortit à ce moment-là de la boutique avec dans un sachet plastique un Luger gluant. Les jambes coupées, Alexandre arriva de l'autre côté de la rue péniblement, sous l'œil inquiet de son amical cerbère.

« Oh, monsieur, ça va ?

— Oui, oui. Merci. »

Il rentra chez lui comme un somnambule. Il passa un coup de fil à Clara pour lui dire qu'il rentrerait à la Réjane le lendemain. Il ne lui parla pas tout de suite de ce qu'il avait vu. Sa voix était blanche. Clara le perçut et lui dit un « À demain » plein de tendresse. Il avala un somnifère puissant.

Il dormit comme une pierre. Il se leva le lendemain matin dans un état semi-comateux. Il prit une douche avant de descendre pour reprendre le chemin de la Réjane. En bas, machinalement, il passa les doigts dans sa boîte aux lettres.

Au fond, un pli l'attendait sans impatience. Il avait tout le temps devant lui. En le saisissant, il sut. Il sut instantanément sans avoir besoin de voir au verso de l'enveloppe la licorne gaufrée dans l'épaisseur du papier. Il remonta quatre à quatre dans son studio pour l'ouvrir. Il mit les objets de Karl sur la table, comme une sorte de petit autel destiné à accueillir la missive d'outre-tombe qu'il décacheta avec la dague SA. Son rêve d'enfant se réalisait, mais d'une façon dramatique qu'il n'avait jamais imaginée : un ancien vivant lui écrivait personnellement depuis les rivages du Styx qu'il venait tout juste d'atteindre.

*

Cher ami,

Je ne sais pas dans quel état d'esprit vous êtes. J'espère que vous n'avez pas le sentiment d'avoir été trahi ou joué. De là où je suis, je m'en voudrais. Ce n'était pas mon intention. Et je vous crois plus fort que cela. Ne soyez pas triste ou culpabilisé. On l'est souvent quand on a connu un futur suicidé. Ceux qui nous survivent ignorent que mettre fin à sa vie est un acte éminemment vivant. Le dernier, donc le plus puissant. Un choix, un pacte avec soi-même. Il faut une impulsion de tout l'être pour accomplir ce geste. Mais je ne veux pas faire trop de philosophie de comptoir. J'espère seulement ne pas faiblir tout à l'heure. Il faut pouvoir sauter le pas.

De toute façon, mon évasion ne sera remarquée par personne… ou presque.

Désolé de tirer ma révérence de façon aussi brutale. Je vais me servir du Luger de mon père, l'un des deux qui avaient appartenu à Konrad. Comme vous, j'ai toujours eu le sens du détail. Dans mon capharnaüm, j'ai toujours su au millimètre près où se trouvait chacun de mes débris. Ces décombres étaient là pour me protéger, pour faire rempart face au genre humain. Comment un général pourrait-il ignorer où se trouve chacune de ses sentinelles, pour prendre une image qui vous parlera, j'en suis sûr ?

Aussi voyais-je sans difficulté la moindre trace d'ordre que vous tentiez de mettre dans mes troupes en débandade quand j'avais le dos tourné. J'ai failli vous virer plus d'une fois manu militari de mon champ de bataille, mais la candeur qui émane de vous m'a toujours désarmé. Vous vous occupez de la guerre, vous en parlez remarquablement, comme si vous l'aviez faite, mais pourtant vous semblez ignorer tout du mal. Ou plutôt, vous dégagez une sorte d'innocence, comme un legs de l'enfance non soldé. C'est ce que j'ai perçu quand vous êtes venu me parler dans mon antre. Et c'était bon de vous sentir là. De sentir une vraie présence humaine, sans jugement. Je ne sais pas pourquoi. Je l'ai perçu encore plus fortement quand vous êtes passé à la télévision. Cela faisait du bien à ma blessure de vous entendre. C'est pour cette raison que j'ai voulu vous passer la main, vous transmettre le fardeau en sachant qu'il ne vous ferait pas ployer comme moi.

C'est une histoire tragique mais ce n'est pas votre histoire. J'ai aussi aimé la façon que vous aviez dans ma boutique de saisir les objets comme s'ils étaient des fragments de personne. C'est ce que je faisais souvent avec les souvenirs de mon père, j'aurais voulu qu'ils me parlent de lui. Dans ma désolation intérieure, vous étiez une sorte de réparateur sans vous en rendre compte. Vous étiez celui qui ferait le pont, le lien sur terre avec lui tandis que je serais enfin sous terre.

Vous m'avez donné la force de faire le voyage. Le temps était venu pour moi de rejoindre l'Absent, ce père que j'aime et déteste passionnément depuis longtemps. Il m'a donné le jour et a détruit mes nuits. Au moment où vous lirez ces lignes, je serai avec lui. Je ne sais trop comment la rencontre va se dérouler. Sans doute de vagues réminiscences de mon catéchisme d'enfance m'aident-elles bizarrement en ce moment à imaginer la scène... Lui et moi avons maintenant sensiblement le même âge. Je suis même un peu plus âgé que lui. C'est curieux de penser cela ! Mais ce face-à-face doit se faire. Cela me pèse depuis trop longtemps pour que je ne puisse pas conserver une certaine densité là-haut ou là-bas, une fois débarrassé de mon corset terrestre. Ma peau me gêne terriblement ces derniers temps, comme un carcan trop serré. Le temps de la grande mue est arrivé. Une mue radicale, j'en conviens. Il faut que j'en sorte, que je sorte. M'évader de mon corps pour le rejoindre. Je ne l'ai jamais connu et en même temps je l'ai tant scruté jusqu'à me fondre en lui.

Je vous dois encore quelques explications, vous qui cherchez toujours le pourquoi du comment.

J'ai trouvé par hasard la sacoche de mon père quand j'étais adolescent. Elle avait été cachée dans un faux plafond que j'ai découvert à la suite d'une fuite d'eau, alors que j'étais seul à la maison. J'étais tout excité, espérant un trésor dans cette maison plus que centenaire. Je fus un peu déçu. Je ne comprenais pas l'allemand à l'époque, ni le sens de tous ces objets. L'aigle à swastika de la dague m'avait impressionné. Ma mère ne m'avait jamais parlé de rien, ni à mes deux frères plus âgés que moi de deux et trois ans.

Elle n'était pas parvenue à se débarrasser complètement de son accent germanique. Elle racontait qu'elle était alsacienne et que toute notre famille avait disparu dans les décombres de la guerre. Nous ne nous posions pas plus de questions. Jusqu'à l'apparition de cette maudite sacoche. Le soir de ma découverte, ma mère a pâli en la voyant entre mes mains. Nous sommes catholiques, elle m'a fait jurer sur la bible de mon père de ne pas en parler à mes frères. J'ai accepté, mais à une condition : qu'elle m'explique tout ce que cela signifiait. J'aurais mieux fait de jeter tout cela à la mer plutôt que de me plonger dans cette tourbe.

Je suis né au printemps 1945 à Montpellier. Mon père se nomme Karl Aulick. Mes prénoms de baptême sont Klaus, Konrad, Konstantin. Je ne sais pas pourquoi mes frères n'ont pas hérité de ces deux derniers prénoms avant moi. Tout cela faisait sans doute beaucoup à porter inconsciemment pour un enfant.

Comme vous le savez, Aulick était depuis l'été 1944 diplomate du Reich à Budapest. Il craignait que sa famille soit emportée par la tourmente finale. Il ne se faisait aucune illusion sur son propre sort. Les Russes avançaient à grands pas. Il savait qu'il n'échapperait pas à la mort compte tenu du rôle de l'ambassade d'Allemagne et des SS d'Eichmann dans la déportation des Juifs de Hongrie. Qu'il le veuille ou non, il était impliqué. Premier secrétaire, il était sur le papier le premier collaborateur de l'ambassadeur.

Le berceau de la famille Aulick se trouve en Bavière. Nous sommes donc de tradition catholique marquée par un fort sentiment d'amitié pour la France, fille aînée de l'Église. Francophile et francophone, mon père a fait une année de médecine à Montpellier en 1913. Il avait eu son bac à dix-sept ans et obtenu une dispense pour suivre les cours de la célèbre faculté. Il a quitté la France à temps, au début de l'été 1914, pour ne pas être interné. Il a rejoint sa patrie en cachant ce détail afin de ne pas risquer d'être suspect aux yeux des autorités militaires. Il a dit qu'il venait de passer son baccalauréat. Personne n'a vérifié dans le tourbillon de la mobilisation. C'est pourquoi il a été versé dans une unité combattante et non dans un service de santé.

Ce départ de France fut un déchirement pour lui. Selon son témoignage à ma mère, il s'y était fait nombre d'amis, notamment la famille F. qui l'a hébergé à Castelnau-le-Lez durant son année d'étude. Trente ans plus tard, cette même famille, très croyante, a accepté, sans poser de questions, de prendre soin de ma mère enceinte et de mes deux jeunes frères. Mon père avait eu cette idée car sa femme parlait français à cause de ses deux séjours à Paris. Il espérait en outre que les F. auraient conservé leur grand cœur malgré la guerre et les années. Il ne s'était pas trompé.

Notre famille d'accueil ignorait ce que mon père avait réellement fait pendant la guerre. Elle savait juste qu'il avait servi comme officier quelque part en Russie et qu'il n'en était pas revenu. C'est ce que ma mère avait inventé comme histoire. Nous avions tous des papiers d'identité français originaires d'Alsace. Ma mère avait des fonds importants en devises et en or dont je préfère ne pas imaginer la provenance. C'est ce qui lui a permis de s'installer plus tard dans le midi de la France, dans une grande maison où nous avons commencé une nouvelle existence en ignorant tout de la vraie vie de mon père. Tout juste avions-nous remarqué avec mes frères que Maman éteignait brutalement la télévision quand passait une émission sur la guerre. Sachant que son mari y avait été tué, nous trouvions cela compréhensible. Elle ne s'est jamais remariée et nous n'avons jamais vu aucun homme dans les parages. Il n'y avait aucune photographie de notre père dans la maison. Elle nous avait dit avoir perdu tous les albums de la famille dans sa fuite.

Mon père a accepté de devenir diplomate à la demande d'Hitler dont il avait été un proche dès les années 1920, comme vous l'avez lu. Pourquoi s'est-il donné corps et âme au « messager du chaos » alors qu'il n'était pas antisémite au départ ? Pourquoi n'a-t-il pas voulu écouter Konstantin et regarder en face les horreurs du nazisme ? Je ne le comprends toujours pas malgré son testament. Je vais de ce pas le lui demander…

Ma mère m'a affirmé qu'à Budapest elle ignorait totalement ce que devenaient les Juifs qui étaient déportés par les autorités hongroises et la SS sous la supervision de l'ambassade d'Allemagne. Mon père lui servait la fable des camps de travail à l'est ou en Allemagne. A-t-elle menti ? Je la crois, sinon qui croirais-je ?

Elle m'a raconté une anecdote que je n'ai pas oubliée. Avant son départ pour la France, elle a été violemment apostrophée dans une rue de Buda par l'épouse du consul de Suisse, accusant mon père de faire partie des « bourreaux » et de « mettre à mort les Juifs et les Tziganes dans des chambres à gaz ». Pétrifiée de honte sur le trottoir, elle a été incapable de répondre. Elle est rentrée à la maison verte de rage. Elle a demandé à mon père d'émettre une protestation officielle auprès des autorités helvétiques qui propageaient des calomnies scandaleuses sans fondement. Elle voulait que cette femme vienne lui présenter personnellement des excuses... À aucun moment, elle n'a été ébranlée par ces accusations et n'a douté d'avoir eu affaire à une folle. Elle m'a dit que mon père était aussi indigné qu'elle. Elle était certaine qu'il ne jouait pas la comédie. C'est incroyable ? Aulick s'était-il imprégné jusqu'à la moelle de son propre discours officiel de diplomate ?

Après cet incident, mon père a décidé de nous mettre à l'abri. Il a prétexté un voyage de santé... en Suisse, indispensable pour ma mère enceinte afin de nous faire disparaître du paysage. Nous sommes partis à Zurich, mais avec l'intention de passer ensuite très vite en France. Comme diplomate, il avait encore quelques facilités même si le Reich était en train de se disloquer. Avant de nous quitter à la frontière, il a confié à sa femme sa sacoche avec ses reliques et les deux Luger sans lui dire qu'en faire. On ne fouille pas une femme enceinte, elle les a passés sans problème à la douane.

Budapest a été « libérée » par les Soviétiques en janvier 1945 après des combats terribles de presque deux mois. Ils ont fait quatre cent mille morts. Mon père s'est caché dans un sanatorium, dans la partie basse de Buda, puis il a fini par se livrer quelques mois plus tard. Je n'ai jamais su quand exactement. Il a été emprisonné dans une forteresse avec tous les diplomates allemands survivants. Veesenmayer s'est suicidé au début de sa détention. Mon père a été fusillé tout début 1946. La plupart des autres, me semble-t-il, ont été pendus cette année-là ou en 1947.

Ma mère n'avait aucune nouvelle de son mari. En 1947 ou 1948, avec des airs de conspirateur, le curé de Sainte-Thérèse, notre paroisse, a demandé à ma mère de venir le voir. Il lui a remis un colis scellé par la nonciature du Saint-Siège à Budapest et transmis par la valise diplomatique à Paris. Un prêtre parisien venait de le lui remettre en lui disant qu'il ne savait pas ce qu'il y avait dedans mais que ce devait être important. Une longue lettre détaillée accompagnait le colis. Elle avait été rédigée en français et en allemand, et signée par deux hommes : un prêtre catholique et un rabbin hongrois ! Elle expliquait comment mon père avait pu écrire son testament dans une bible et la faire sortir.

Le gardien affecté à la garde spéciale de mon père était juif. Il avait d'ailleurs été choisi pour cela, pour en faire « baver à ce salaud d'Aulick », selon la formule du commandant de la forteresse. En fait, ce gardien était le fils d'un rabbin du VIIe arrondissement de Budapest – le quartier juif –, qui n'était autre que l'infirmier hongrois dont parle mon père dans ses lettres. Mobilisé dans l'armée austro-hongroise durant la Première Guerre mondiale, cet homme avait soigné Karl blessé grièvement lors de l'assaut des tranchées vides. Ils avaient sympathisé car ils étaient des collectionneurs de timbres passionnés des colonies. Ils avaient correspondu ensuite jusque dans les années 1920, puis le contact s'était rompu jusqu'à ce que mon père le retrouve en Hongrie et le sauve fin 1944 avec toute sa famille en lui fournissant de faux certificats de baptême et des pièces d'identité aryennes.

Le rabbin avait poussé son fils à se porter candidat pour être le gardien du nazi Aulick. Seul Juif à postuler, il fut embauché instantanément, sa motivation étant évidente aux yeux de tous. Lors de leur première rencontre, alors que mon père pensait passer un mauvais quart d'heure, le jeune homme lui dit que son père était prêt à témoigner en sa faveur pour tenter de faire fléchir les juges et lui éviter peut-être la mort. Aulick en fut bouleversé. Mais il lui fit valoir que cela ne servirait à rien. La corde l'attendait de toute façon. Les Russes, les nouveaux maîtres, y veilleraient.

Il formula une requête différente. Il voulait écrire pour ne pas devenir fou et pour laisser une trace. Mais il voulait être certain de ne pas voir tomber son testament entre des mains étrangères. Simon en avait discuté avec son père qui, à son tour, s'en était ouvert à un ami, prêtre de son état, ancien combattant austro-hongrois de 1914 également. C'est ce prêtre qui a fabriqué la bible « trafiquée » avec l'aide du rabbin et de son épouse.

Mais ils ne l'ont pas fait n'importe comment. Le rabbin et le prêtre ont travaillé en commun sur le Livre saint –

« En priant ensemble », précisait la lettre – pour voir à quels endroits précis de l'Ancien et du Nouveau Testament insérer les pages vierges destinées au prisonnier. Ils ont voulu construire une sorte de parcours spirituel, de page en page, de façon qu'Aulick jette volontairement ou involontairement un coup d'œil sur les textes qui cernaient les pages blanches destinées à son propre « évangile ». Ils voulaient tenter de sauver son âme, lui proposer un chemin de rédemption avant que la mort ne survienne. C'est l'épouse du rabbin qui a décousu puis recousu la bible avec les feuillets vierges selon les instructions des deux hommes. Elle l'a reliée et en a doré les tranches pour qu'elle retrouve sa forme originelle insoupçonnable. Le fils du rabbin l'a donnée à Karl avec des crayons.

Les deux serviteurs du Livre n'ont jamais su s'ils étaient parvenus à leurs fins salvatrices car Aulick n'a rien dit à son geôlier en lui confiant la bible pour sa femme, peu de temps avant son exécution. Seulement un « merci » et une phrase sibylline : « Je vais rejoindre les deux K. Ils m'attendent. » Par respect, le prêtre et le rabbin se sont abstenus de lire la confession ultime de cet homme enfanté par la guerre et ils ont fait en sorte qu'elle parvienne à ma mère en France.

Quand elle a lu les lettres de mon père, elle a découvert des pans entiers de sa vie. Ce fut un choc. Elle a été hospitalisée peu après. Nous n'avons pas su pourquoi et nous avons été accueillis à nouveau par les F. pendant la durée de son absence. Elle m'a dit avoir voulu à son retour de maison de repos jeter la bible lors d'une sortie en mer au large de Palavas, avec la sacoche, mais n'y être pas parvenue. Cachant le tout dans un faux plafond, elle a repoussé à plus tard sa destruction. Elle ne l'a jamais fait. Peut-être aurait-elle eu l'impression de condamner à mort mon père une seconde fois ? Tant que la sacoche était là, il vivait encore un peu avec nous dans cette ville qu'il avait aimée.

Ma mère m'a raconté ce qu'elle savait ou ce qu'elle voulait que je sache. J'ai demandé à conserver la bible et le reste. Elle l'a accepté la mort dans l'âme. J'ai commencé alors à étudier l'allemand d'arrache-pied et cette période noire de l'Histoire. Avec une question qui me taraudait : pourquoi avait-il agi ainsi ? Pourquoi ce chassé-croisé dans l'horreur entre un Konstantin antisémite qui se rebelle contre le IIIe Reich et lui qui ne l'était pas et qui reste passif jusqu'au bout ? Qu'aurais-je fait moi-même ?

Plus je me la posais, plus je me disloquais.

En 1966, ma mère et mes deux frères se sont tués dans un accident de la route en rentrant de Menton. J'ai pensé à une vengeance. De qui ? Je ne sais pas trop. Une sorte de justice immanente qui faisait de moi le seul dépositaire du secret de mon père. Moi, le seul à ne pas l'avoir connu… J'ai beaucoup regretté de ne pas avoir été avec ma famille au moment de l'accident. Je faisais alors des démarches à Aubagne pour m'engager dans la Légion étrangère. Échapper à tout cela, en le rejoignant d'une certaine façon, au moins dans l'expérience du combat. J'ai été recalé. Les toubibs ne m'ont pas trouvé assez stable psychologiquement. Mon état ne s'est pas amélioré quand je me suis retrouvé tout seul. J'ai hérité de la maison et de l'histoire de mon père. Seul rescapé. Je me suis abîmé lentement en ressassant tout cela. J'étais le fils de… Comment le fuir ? Son sang est le mien.

Je vous ai vu plus d'une fois détailler mes licornes. Une de mes lubies ? Non. Mon père dans les groupes de la Baltique avait cet animal pour emblème. C'était auparavant celui de son kommando avec les deux autres K. Son souvenir m'oppressait, mais une force incontrôlable me poussait à tout faire pour me rapprocher de lui. C'est pour cela que j'ai adopté à mon tour cette bête comme totem protecteur. J'ai depuis longtemps effacé les passages de la Bible où Aulick évoque le blason de son escouade pour qu'on ne puisse pas faire de lien avec moi si on la découvrait.

Je ne savais pas jusqu'où j'irais avec vous. Je ne pensais pas que vous trouveriez la solution de l'énigme de la décoration russe. Et puis je vous ai vu rappliquer, fiévreux, presque exalté. Après, les choses se sont enchaînées sans que je les maîtrise vraiment. Je vous ai alors choisi comme légataire universel de ma mémoire et de celle de l'Absent. Je vous ai donné un peu de son âme, de ce qu'il en restait, pour avoir moins à porter.

Je suis plus léger, je peux y aller.

Voilà, j'ai fini, et je vais en finir. Je veux le rencontrer pour de bon. Lui parler. Qu'il m'explique l'inexplicable. Si vous êtes père un jour, votre fils ou votre fille ne portera pas de fardeau invisible. Vous semblez ignorer le mal. Peut-être est-ce pour cela que vous m'avez été envoyé avant de partir.

Adieu Alexandre.

Ce sera la première et la dernière fois que je signe une lettre de mon vrai nom.

Klaus Aulick

*

Alexandre décida de rentrer immédiatement à la Réjane. Il fit le trajet dans un état second. Un hémisphère de son cerveau pilotait la voiture, l'autre se remémorait les détails de ce drame. Tous les mots troubles de M. Licorne remontaient de son ventre en grappes gluantes. Ils formaient une épaisse évidence qu'il n'avait pas su lire à temps. En entrant dans Le Crès, il vit passer un sanglier solitaire affolé qui lui coupa la route brutalement. Ce n'était pas une licorne, mais il ne put s'empêcher de penser aux mânes de Karl fuyant précipitamment la Réjane.

Il monta les escaliers du perron quatre à quatre. Le rez-de-chaussée était désert et silencieux. Il fut terrifié à l'idée que Clara ait pu partir après ce qu'ils avaient vécu. Il se précipita dans la chambre de Clara. Elle l'attendait, allongée sur le ventre en travers du lit, la canadienne imprégnée de l'odeur d'Alexandre sur ses épaules. Elle n'esquissa pas le moindre mouvement mais Alexandre devina son expression radieuse comme s'il avait, comme le jeune Aloïs, le don de vue à trois cent soixante degrés. Il rampa doucement sur elle, les coudes appuyés de part et d'autre de son corps pour ne pas trop l'écraser. Après l'avoir embrassée dans le cou de longues secondes, explorant chaque millimètre carré, il lui raconta tout à l'oreille.

« Lis-moi la lettre à haute voix », lui demanda-t-elle quand il eut fini. Ils s'assirent en tailleur sur le lit et les mots de Klaus résonnèrent dans la pièce, en lieu et place de ceux de son père.

Ils firent ensuite l'amour passionnément. Le charme entre eux ne s'était pas dissipé.

Épilogue

Alexandre s'occupa de la dépouille de Klaus. Son ancien élève, auxiliaire de police, lui avait révélé le nom sous lequel M. Licorne était connu à l'état civil : Bastogne. Il lui avait fallu attendre la fin de l'enquête, obligatoire en cas de suicide, pour récupérer le corps à la morgue afin de le faire inhumer. L'homme avait laissé dans sa boutique un mot très explicite sur ses intentions. La police avait bouclé très vite l'enquête sur ce fait divers sans mystère ni importance, pour passer à d'autres choses plus sérieuses. Comme Alexandre s'y attendait, personne ne se manifesta pour prendre en charge les obsèques du défunt. Il n'eut pas de mal à trouver dans quelle allée du cimetière Saint-Lazare se trouvait le caveau où la mère et les deux frères de Klaus avaient été enterrés sous le nom de Bastogne. Il fit le nécessaire avec les pompes funèbres en se faisant passer pour un membre de la famille. Du moment qu'il payait…

Par un matin froid et lumineux, Clara et lui observaient machinalement le travail des fossoyeurs devant le caveau ouvert. Alexandre avait fait passer une petite annonce dans *Midi libre* pour inviter ceux qui avaient connu M. Licorne à se joindre à eux. Ils étaient seuls. Sur la pierre tombale, Alexandre avait fait graver une licorne stylisée sous le vrai nom du fils de Karl – Klaus Aulick –, encadré de ses dates de naissance et de décès.

Alexandre ferma les yeux pour se recueillir, la tête en arrière comme il le faisait souvent dans le salon de Murrière en écoutant Clara. Ils n'avaient pris pour l'instant aucune décision les concernant. L'air avait cette apesanteur méridionale qu'il adorait. Le froid lui donnait encore plus de piquant bleuté. La lumière vive, presque tranchante, l'éclat du ciel avaient toujours été pour lui synonyme d'élargissement dans tous les sens du terme. Même les yeux fermés, il en sentait la transparence à nulle autre pareille. Elle caressait son visage. Il s'en gorgeait.

L'air bleu... Le bleu était depuis l'enfance sa couleur fétiche, celle de l'évasion. Depuis sa rencontre avec Clara, le temps s'était dilaté. Il espérait le compresser avec elle, pour la vie. Les yeux clos, il chercha des doigts la main de Clara, sur le côté droit où elle était, puis un peu plus en arrière. Il ne la trouva pas. Il griffa le vide. Il eut soudain peur d'ouvrir les paupières. Son âme coula, s'écoula, s'écroula. Il sentit alors Clara se plaquer violemment contre son dos comme si elle avait couru, revenant sur ses pas. Elle l'enserrait maintenant de toutes ses forces, ressuscitant au milieu des caveaux les effluves enivrants de leur première nuit d'amour, elle derrière, lui devant.

« Toujours ! » lui glissa-t-elle à l'oreille. Il se retourna et l'embrassa longuement, calfatant de toute sa tendre puissance le moindre interstice entre le mal d'hier et leur amour d'aujourd'hui.

Belle-Île-en-Mer, 2016.

Coulisses

Montpellier est ma ville natale.

La barrette de décorations allemandes, avec sa médaille russe incongrue, existe bien. Intrigué, j'en ai fait l'acquisition chez un antiquaire, il y a une dizaine d'années. J'ai mis plus de deux ans avant d'en percer le secret grâce au livre de Jacques Benoist-Méchin, *Histoire de l'armée allemande* (Albin Michel), qui en rend compte.

S'agissant de la Grande Guerre, il est difficile de mettre en avant ce qui a pu influencer ma plume après un demi-siècle de lecture sur ce thème. Les livres de l'Allemand Ernst Jünger et du Français Maurice Genevoix, écrivains combattants, émergent parmi tant d'autres. Ils m'ont marqué dès l'adolescence. Les récits de combat de 1914-1918 sortent de mon imagination, mais j'ai tenté de m'inscrire dans leur veine.

Pour les aventures africaines de Konrad, l'ouvrage *Trois ans de guerre* du général afrikaner Christiaan Rudolf de Wet (Félix Juven éditeur), m'a fourni d'utiles indications. Le terme de « kommando » vient bien de l'afrikaner mais, à ma connaissance, il n'a pas été employé durant la Grande Guerre. Les Allemands ont engagé des « troupes d'assaut ou de choc » (*Strosstruppen*) et les Français des « corps francs ».

Ernst von Salomon, ancien cadet de l'armée prussienne, m'a permis à travers son célèbre livre *Les Réprouvés* (Plon), de m'imprégner de ce qui animait les milieux nationalistes activistes après la défaite de 1918. Certaines anecdotes sur les violents affrontements intestins entre Rouges et Noirs dans l'Allemagne chaotique de l'après-guerre sont inspirées de son livre autobiographique.

Le journaliste du *Temps* Charles-Henri Caberlet n'a jamais existé que dans mon imagination. Mais les extraits de ses articles, cités par Alexandre, sur la révolution munichoise sont quant à eux, bien réels. Ils ont été publiés à l'époque dans les colonnes de ce grand quotidien (ancêtre du *Monde*) par l'envoyé spécial du *Temps* en Allemagne, Paul Gentizon.

Le livre de Dominique Venner, *Les Corps francs allemands de la Baltique* (Le Livre de Poche) – avec celui de Benoist-Méchin déjà cité –, m'a été utile pour l'évocation des barons baltes et des Baltikum-Bünde.

La citation des propos du théologien protestant allemand Paul Althaus sur les Juifs (rapportée par Konstantin pour convaincre Karl) est exacte.

Les propos de l'acteur Niels Arestrup ont bien été tenus à *L'Express*... mais en 2014.

Pour saisir « Hitler avant Hitler » – ce qui est essentiel pour appréhender la période en descendant le fil du temps et non en le remontant –, il faut citer, parmi l'abondante littérature, deux ouvrages clés : l'un est paru en 1947, l'autre en 2013, *Souvenirs d'une ambassade à Berlin* (Flammarion), du Français André François-Poncet, et *Adolf Hitler. La séduction du diable* (Albin Michel), du Britannique Laurence Rees. Ils ont guidé ma plume pour les passages consacrés au « messager du chaos », expression utilisée dès le début des années 1930 par la résistance militaire à Hitler.

Pour la partie concernant la Hongrie, les faits rapportés sont exacts… à quelques détails près. L'ambassadeur du Reich à Budapest, Edmund Veesenmayer, par ailleurs Standartenführer (colonel) dans la SS, ne s'est pas suicidé. Il a été condamné à seulement vingt ans de prison à Nuremberg ; peine réduite par la suite à dix ans… À cet aune-là, Aulick n'aurait écopé que de quelques années de détention. Le romancier aura donc été plus sévère que les juges.

Le livre de François Fejtö, *Hongrois et Juifs* (Balland), m'a été indispensable pour plonger dans la mise en œuvre de la « solution finale » dans ce pays préservé jusqu'en mars 1944. La figure de Raoul Wallenberg, infatigable sauveur de Juifs, avant d'être englouti par l'ogre russe, est évoquée avec justesse dans *Raoul Wallenberg, le Juste de Budapest*, de Jacques Derogy (Stock). L'amiral Horthy n'a pas été condamné après la guerre. Témoin libre, il a déposé contre Veesenmayer au procès de Nuremberg. Il a fini ses jours en exil au Portugal. Après la chute du communisme, ses cendres ont été transférées dans sa terre natale.

Glossaire

Allemagne

Abwehr : service d'espionnage et de contre-espionnage allemand.

Baltikum-Bünde : groupes de combat en Baltique (1918-1919) formés par des volontaires allemands (corps francs) venus aider leurs « frères de sang », les Barons baltes, et la VIIIe armée allemande, autorisée exceptionnellement par les Alliés à combattre les bolcheviks.

Braunen Haus : « maison brune », le quartier général des nazis en Bavière, à partir de 1930. Allusion à la couleur des tenues paramilitaires nazies.

Diktat : surnom péjoratif allemand donné au traité de Versailles.

Drang nach Osten : la poussée vers l'est.

Einsatzgruppen : unités de police paramilitaire et de la SS chargées à l'Est, à partir de 1941, de l'extermination par balles des juifs et des opposants au Reich.

Feldgrau : vert-de-gris.

Feldmarschall : maréchal.

Freikorps : corps francs.
Gefreiter : caporal.
Generalleutnant : général de division.
Heer : armée de terre.
Kommando : vient de l'afrikaner mais, à ma connaissance, il n'a pas été employé durant la Grande Guerre. Les Allemands ont engagé des « troupes d'assaut » ou « de choc » (*Strosstruppen*) et les Français des « corps francs » pour aboutir au même résultat avec des effectifs plus étoffés que ceux des unités des « trois K. ».
Kriegsakademie : école de guerre.
Major : commandant.
Militärpass : livret militaire.
NSDAP : *Nationalzocialistische Deutsche Arbeiterpartei.* Parti national-socialiste des travailleurs allemands. Abréviation : parti nazi.
Panzerdivisionen : divisions blindées.
Reichswehr : nom de l'armée allemande de 1919 à 1935.
Schutzpolizei : police chargée de la sécurité publique dans les villes allemandes.
Schutzstaffel (SS) : au départ escadron de protection d'Hitler puis organisation nazie qui prend au cours de la guerre de plus en plus d'importance politique, idéologique et économique. Son chef suprême, Heinrich Himmler, est responsable de la mise en œuvre de l'extermination des juifs voulue par Adolf Hitler.
Stahlhelm : casque d'acier.
Standartenfürher : colonel.

Sturmabteilung (SA) : section d'assaut. Formation paramilitaire des premiers pas du nazisme. Garde brune au service d'Hitler avant que la SS ne prenne le relais.

Untermensch : « sous-homme » dans la littérature raciale nazie.

Walhalla : paradis des guerriers. Panthéon allemand pour les hommes illustres.

Wehrmacht : nom donné à l'armée allemande de 1935 à 1945.

Wilhelmstrasse : équivalent allemand du Quai d'Orsay français, par allusion à la rue où se trouvait implanté le ministère des Affaires étrangères à Berlin (littéralement « la rue de Guillaume »).

Russie

GPU : police secrète soviétique.

NKVD : police secrète qui succède en 1934 à la GPU.

Stavka : état-major de l'Armée rouge.

Remerciements

Ils vont en tout premier lieu à mon épouse, Sophie, soumise à rude épreuve pendant la très longue conception et rédaction de ce roman. Merci pour son soutien ardent, sa lecture percutante et ses stimulants avis durant ces quatre années pour le moins agitées.

Un merci très affectueux à mes quatre filles : Laurène, Domitille, Clémence et Marine. Leurs regards incisifs, leurs réactions décapantes et irrévérencieuses et nos empoignades m'ont permis d'améliorer substantiellement plusieurs aspects du manuscrit… jusqu'à la création d'une scène à laquelle je n'avais pas songé initialement.

Ma gratitude se porte très vigoureusement vers Cécile Boyer-Runge, présidente des éditions Robert Laffont. Merci pour sa ferme confiance.

Claire Le Ho-Devianne, éditrice chez Robert Laffont, m'a aidé de ses conseils affûtés. Ils m'ont permis de sortir le manuscrit de quelques ornières. La rigueur de sa relecture m'a beaucoup apporté.

Merci à Benoît Yvert de m'avoir indiqué la bonne route.

Un salut amical à l'écrivain américain Max Byrd pour ses encouragements, sous le ciel de Californie, lors des premiers balbutiements de ce roman. Merci de tout cœur à mon vieux complice Jean-François Bouthors pour son accompagnement délicat.

Ma reconnaissance également à mes amis historiens, spécialistes des questions militaires, Guillaume Lasconjarias et Louis Delpérier, pour leur précieuse relecture et leurs suggestions avisées pour traquer anachronismes et imprécisions historiques. Ceux qui demeureraient me sont imputables.

Composition réalisée
par Rosa Beaumont

Imprimé en France par CPI
en novembre 2016

Dépôt légal : novembre 2016
N° d'édition : 55925/02
N° d'impression : 138694